中國語言文字研究輯刊

四 編

許錟輝 主編

第 5 冊

《漢書》字頻研究（下）

海柳文 著

花木蘭文化出版社

國家圖書館出版品預行編目資料

《漢書》字頻研究（下）／海柳文 著—初版—新北市：花
木蘭文化出版社，2013〔民102〕
目 2+216 面；21×29.7 公分
（中國語言文字研究輯刊　四編：第 5 冊）
ISBN：978-986-322-214-9（精裝）
1. 漢書　2. 研究考訂
802.08　　　　　　　　　　　　　　102002761

ISBN-978-986-322-214-9

9 789863 222149

中國語言文字研究輯刊
四　編　　第五冊　　　　ISBN：978-986-322-214-9

《漢書》字頻研究（下）

作　　者　海柳文
主　　編　許錟輝
總 編 輯　杜潔祥
出　　版　花木蘭文化出版社
發 行 所　花木蘭文化出版社
發 行 人　高小娟
聯絡地址　235 新北市中和區中安街七二號十三樓
　　　　　電話：02-2923-1455／傳眞：02-2923-1452
網　　址　http://www.huamulan.tw 信箱 sut81518@gmail.com
印　　刷　普羅文化出版廣告事業
初　　版　2013 年 3 月
定　　價　四編 14 冊（精裝）新台幣 32,000 元

《漢書》字頻研究（下）

海柳文　著

上　冊
自　序
第一章　關於《漢書》 ……………………………………… 1
　　第一節　《漢書》作者簡介 …………………………… 1
　　第二節　《漢書》簡介 ………………………………… 2
　　第三節　《漢書》的重要價值 ………………………… 6
　　第四節　《漢書》的版本 ……………………………… 9
　　第五節　《漢書》所反映的封建正統思想 …………… 10
第二章　國內字頻研究概況 ……………………………… 11
　　第一節　綜合性語料的早期字頻統計 ………………… 11
　　第二節　專項語料的字頻統計 ………………………… 13
　　第三節　新世紀時期的漢字字頻研究 ………………… 14
第三章　《漢書》字頻研究 ……………………………… 17
　　第一節　《漢書》字頻研究的意義 …………………… 17
　　第二節　依據的語料及工具 …………………………… 18
　　第三節　字頻統計項目的說明 ………………………… 19
　　第四節　字頻區段的劃分標準 ………………………… 21
　　第五節　《漢書》的字頻分佈 ………………………… 24
　　第六節　《紀》《表》《志》《傳》與《漢書》全書對比 · 75
　　第七節　《漢書》各頻段字種筆畫統計 ……………… 80
　　第八節　《漢書》的字種與現代漢語三千高頻度漢字
　　　　　　對比 ………………………………………… 82
　　第九節　以上古主要典籍字頻統計爲基礎確定的古漢
　　　　　　語常用詞詞目 ……………………………… 152

下　冊
第四章　《漢書》字頻總表 ……………………………… 161
　　第一節　超高頻區段 …………………………………… 161
　　第二節　高頻區段 ……………………………………… 163
　　第三節　中頻區段 ……………………………………… 190
　　第四節　低頻區段 ……………………………………… 213
　　第五節　超低頻區段 …………………………………… 231
《漢書》字種筆劃索引 …………………………………… 331
後　記 ……………………………………………………… 373
參考書目 …………………………………………………… 375

目
次

第四章 《漢書》字頻總表

第一節 超高頻區段

序號	字種	絕對字頻	相對字頻	累積字頻	累積覆蓋率	均頻倍值	分佈量
1	之	16446	2.049126%	16446	2.049126%	120.9804	1.00
2	以	11671	1.454174%	28117	3.503301%	85.85443	1.00
3	爲	10775	1.342535%	38892	4.845836%	79.26326	1.00
4	不	10389	1.294441%	49281	6.140277%	76.42376	1.00
5	王	8303	1.034531%	57584	7.174807%	61.07869	1.00
6	年	7272	0.906071%	64856	8.080879%	53.49442	1.00
7	其	6695	0.834179%	71551	8.915057%	49.24989	1.00
8	十	6654	0.829070%	78205	9.744127%	48.94828	1.00
9	子	6576	0.819351%	84781	10.563479%	48.3745	1.00
10	曰	6553	0.816486%	91334	11.379964%	48.2053	1.00
11	而	6199	0.772378%	97533	12.152343%	45.6012	1.00
12	侯	6174	0.769263%	103707	12.921606%	45.4173	1.00
13	人	6050	0.753813%	109757	13.675419%	44.50513	1.00
14	大	6037	0.752194%	115794	14.427613%	44.40949	1.00
15	也	5618	0.699987%	121412	15.127600%	41.32724	1.00
16	者	5553	0.691888%	126965	15.819489%	40.84908	1.00
17	有	5531	0.689147%	132496	16.508636%	40.68725	1.00
18	二	4929	0.614140%	137425	17.122776%	36.2588	1.00

序號	字種	絕對字頻	相對字頻	累積字頻	累積覆蓋率	均頻倍值	分佈量
19	上	4672	0.582118%	142097	17.704894%	34.36826	1.00
20	下	4586	0.571403%	146683	18.276297%	33.73562	1.00
21	三	4474	0.557448%	151157	18.833745%	32.91172	1.00
22	於	4271	0.532155%	155428	19.365900%	31.41841	1.00
23	天	3903	0.486303%	159331	19.852203%	28.71132	1.00
24	將	3888	0.484434%	163219	20.336637%	28.60098	1.00
25	太	3834	0.477706%	167053	20.814343%	28.20374	1.00
26	中	3754	0.467738%	170807	21.282081%	27.61525	1.00
27	月	3670	0.457272%	174477	21.739353%	26.99732	1.00
28	所	3569	0.444688%	178046	22.184040%	26.25435	1.00
29	五	3559	0.443442%	181605	22.627482%	26.18078	1.00
30	國	3409	0.424752%	185014	23.052234%	25.07735	1.00
31	帝	3396	0.423132%	188410	23.475366%	24.98172	1.00
32	四	3317	0.413289%	191727	23.888655%	24.40058	1.00
33	公	3298	0.410922%	195025	24.299577%	24.26081	1.00
34	至	3253	0.405315%	198278	24.704891%	23.92978	1.00
35	一	3040	0.378776%	201318	25.083667%	22.36291	1.00
36	與	3004	0.374290%	204322	25.457957%	22.09808	1.00
37	軍	3004	0.374290%	207326	25.832247%	22.09808	1.00
38	百	2994	0.373044%	210320	26.205291%	22.02452	1.00
39	故	2955	0.368185%	213275	26.573476%	21.73763	1.00
40	相	2942	0.366565%	216217	26.940041%	21.642	1.00
41	臣	2916	0.363326%	219133	27.303367%	21.45073	1.00
42	後	2858	0.356099%	221991	27.659466%	21.02407	1.00
43	漢	2743	0.341770%	224734	28.001236%	20.17811	1.00
44	是	2633	0.328065%	227367	28.329301%	19.36892	1.00
45	自	2632	0.327940%	229999	28.657240%	19.36157	1.00
46	使	2571	0.320340%	232570	28.977580%	18.91284	1.00
47	元	2564	0.319467%	235134	29.297047%	18.86135	1.00
48	事	2525	0.314608%	237659	29.611655%	18.57445	1.00
49	言	2502	0.311742%	240161	29.923398%	18.40526	1.00
50	皆	2484	0.309500%	242645	30.232897%	18.27285	1.00
51	六	2480	0.309001%	245125	30.541898%	18.24342	1.00
52	夫	2473	0.308129%	247598	30.850027%	18.19193	1.00
53	得	2471	0.307880%	250069	31.157907%	18.17722	1.00

序號	字種	絕對字頻	相對字頻	累積字頻	累積覆蓋率	均頻倍值	分佈量
54	陽	2457	0.306135%	252526	31.464042%	18.07423	1.00
55	千	2448	0.305014%	254974	31.769057%	18.00802	1.00
56	時	2367	0.294922%	257341	32.063978%	17.41217	1.00
57	封	2208	0.275111%	259549	32.339089%	16.24253	1.00
58	行	2169	0.270251%	261718	32.609340%	15.95564	1.00
59	長	2164	0.269628%	263882	32.878969%	15.91886	1.00
60	安	2122	0.264395%	266004	33.143364%	15.6099	1.00
61	東	2062	0.256920%	268066	33.400284%	15.16852	1.00
62	民	2056	0.256172%	270122	33.656456%	15.12439	1.00
63	兵	2050	0.255424%	272172	33.911880%	15.08025	1.00

第二節　高頻區段

序號	字種	絕對字頻	相對字頻	累積字頻	累積覆蓋率	均頻倍值	分佈量
64	乃	2020	0.251686%	274192	34.163566%	14.85956	1.00
65	數	2009	0.250316%	276201	34.413882%	14.77864	1.00
66	后	2002	0.249444%	278203	34.663326%	14.72715	1.00
67	萬	1991	0.248073%	280194	34.911399%	14.64623	1.00
68	平	1952	0.243214%	282146	35.154613%	14.35934	1.00
69	無	1928	0.240223%	284074	35.394836%	14.18279	1.00
70	令	1916	0.238728%	285990	35.633565%	14.09452	1.00
71	諸	1893	0.235863%	287883	35.869427%	13.92532	1.00
72	曰	1893	0.235863%	289776	36.105290%	13.92532	1.00
73	立	1887	0.235115%	291663	36.340405%	13.88119	1.00
74	及	1874	0.233495%	293537	36.573900%	13.78555	1.00
75	入	1871	0.233121%	295408	36.807021%	13.76349	1.00
76	莽	1868	0.232748%	297276	37.039769%	13.74142	1.00
77	出	1850	0.230505%	299126	37.270274%	13.60901	1.00
78	可	1798	0.224026%	300924	37.494300%	13.22648	1.00
79	南	1798	0.224026%	302722	37.718326%	13.22648	1.00
80	復	1790	0.223029%	304512	37.941355%	13.16763	1.00
81	則	1763	0.219665%	306275	38.161020%	12.96901	1.00
82	見	1741	0.216924%	308016	38.377943%	12.80718	1.00
83	尉	1721	0.214432%	309737	38.592375%	12.66005	1.00
84	欲	1716	0.213809%	311453	38.806184%	12.62327	1.00

序號	字種	絕對字頻	相對字頻	累積字頻	累積覆蓋率	均頻倍值	分佈量
85	在	1705	0.212438%	313158	39.018622%	12.54235	1.00
86	書	1702	0.212065%	314860	39.230687%	12.52028	1.00
87	成	1689	0.210445%	316549	39.441132%	12.42465	1.00
88	七	1677	0.208950%	318226	39.650081%	12.33638	1.00
89	此	1671	0.208202%	319897	39.858283%	12.29224	1.00
90	從	1670	0.208077%	321567	40.066360%	12.28489	1.00
91	今	1657	0.206458%	323224	40.272818%	12.18925	1.00
92	明	1654	0.206084%	324878	40.478902%	12.16719	1.00
93	道	1641	0.204464%	326519	40.683366%	12.07156	1.00
94	于	1621	0.201972%	328140	40.885338%	11.92443	1.00
95	君	1607	0.200228%	329747	41.085566%	11.82144	1.00
96	武	1602	0.199605%	331349	41.285171%	11.78466	1.00
97	八	1581	0.196988%	332930	41.482159%	11.63018	1.00
98	亡	1576	0.196365%	334506	41.678524%	11.5934	1.00
99	嗣	1570	0.195618%	336076	41.874142%	11.54926	1.00
100	皇	1550	0.193126%	337626	42.067268%	11.40214	1.00
101	文	1547	0.192752%	339173	42.260019%	11.38007	1.00
102	死	1543	0.192254%	340716	42.452273%	11.35065	1.00
103	高	1532	0.190883%	342248	42.643156%	11.26973	1.00
104	山	1531	0.190758%	343779	42.833914%	11.26237	1.00
105	孝	1515	0.188765%	345294	43.022679%	11.14467	1.00
106	九	1513	0.188516%	346807	43.211195%	11.12996	1.00
107	地	1507	0.187768%	348314	43.398963%	11.08582	1.00
108	世	1506	0.187643%	349820	43.586606%	11.07847	1.00
109	餘	1505	0.187519%	351325	43.774125%	11.07111	1.00
110	吏	1498	0.186647%	352823	43.960772%	11.01962	1.00
111	如	1490	0.185650%	354313	44.146422%	10.96077	1.00
112	家	1467	0.182784%	355780	44.329206%	10.79157	1.00
113	史	1458	0.181663%	357238	44.510869%	10.72537	1.00
114	官	1458	0.181663%	358696	44.692531%	10.72537	1.00
115	都	1445	0.180043%	360141	44.872574%	10.62974	1.00
116	郡	1441	0.179545%	361582	45.052119%	10.60031	1.00
117	西	1431	0.178299%	363013	45.230418%	10.52675	1.00
118	孫	1427	0.177800%	364440	45.408218%	10.49732	1.00
119	能	1427	0.177800%	365867	45.586018%	10.49732	1.00

序號	字種	絕對字頻	相對字頻	累積字頻	累積覆蓋率	均頻倍值	分佈量
120	未	1401	0.174561%	367268	45.760579%	10.30606	1.00
121	聞	1388	0.172941%	368656	45.933520%	10.21043	1.00
122	殺	1357	0.169078%	370013	46.102598%	9.982389	1.00
123	薨	1357	0.169078%	371370	46.271677%	9.982389	1.00
124	司	1337	0.166587%	372707	46.438263%	9.835265	1.00
125	守	1311	0.163347%	374018	46.601610%	9.644003	1.00
126	生	1303	0.162350%	375321	46.763960%	9.585153	1.00
127	馬	1280	0.159484%	376601	46.923445%	9.41596	1.00
128	水	1276	0.158986%	377877	47.082431%	9.386535	1.00
129	又	1272	0.158488%	379149	47.240919%	9.357111	1.00
130	方	1268	0.157989%	380417	47.398908%	9.327686	1.00
131	知	1258	0.156743%	381675	47.555651%	9.254124	1.00
132	治	1248	0.155497%	382923	47.711149%	9.180561	1.00
133	北	1247	0.155373%	384170	47.866521%	9.173205	1.00
134	士	1247	0.155373%	385417	48.021894%	9.173205	1.00
135	何	1244	0.154999%	386661	48.176893%	9.151136	1.00
136	詔	1240	0.154501%	387901	48.331394%	9.121712	1.00
137	然	1239	0.154376%	389140	48.485770%	9.114355	1.00
138	當	1238	0.154251%	390378	48.640021%	9.106999	1.00
139	德	1238	0.154251%	391616	48.794273%	9.106999	1.00
140	光	1233	0.153628%	392849	48.947901%	9.070218	1.00
141	歲	1232	0.153504%	394081	49.101405%	9.062862	1.00
142	丞	1221	0.152133%	395302	49.253538%	8.981943	1.00
143	奴	1202	0.149766%	396504	49.403304%	8.842175	1.00
144	定	1194	0.148769%	397698	49.552073%	8.783326	1.00
145	城	1190	0.148271%	398888	49.700344%	8.753901	1.00
146	周	1187	0.147897%	400075	49.848241%	8.731832	1.00
147	食	1178	0.146776%	401253	49.995016%	8.665626	1.00
148	用	1177	0.146651%	402430	50.141667%	8.65827	1.00
149	氏	1174	0.146277%	403604	50.287944%	8.636201	1.00
150	正	1166	0.145280%	404770	50.433225%	8.577351	1.00
151	齊	1153	0.143661%	405923	50.576885%	8.481721	1.00
152	始	1151	0.143411%	407074	50.720297%	8.467008	1.00
153	秦	1149	0.143162%	408223	50.863459%	8.452296	1.00
154	矣	1136	0.141542%	409359	51.005001%	8.356665	1.00

序號	字種	絕對字頻	相對字頻	累積字頻	累積覆蓋率	均頻倍值	分佈量
155	非	1131	0.140919%	410490	51.145921%	8.319884	1.00
156	位	1110	0.138303%	411600	51.284224%	8.165403	1.00
157	陵	1110	0.138303%	412710	51.422527%	8.165403	1.00
158	擊	1100	0.137057%	413810	51.559584%	8.091841	1.00
159	法	1086	0.135313%	414896	51.694896%	7.988854	1.00
160	傳	1080	0.134565%	415976	51.829461%	7.944717	1.00
161	功	1079	0.134440%	417055	51.963902%	7.93736	1.00
162	楚	1070	0.133319%	418125	52.097221%	7.871154	1.00
163	為	1066	0.132821%	419191	52.230041%	7.841729	0.25
164	主	1057	0.131699%	420248	52.361741%	7.775524	1.00
165	居	1050	0.130827%	421298	52.492568%	7.72403	1.00
166	常	1044	0.130080%	422342	52.622647%	7.679893	1.00
167	先	1042	0.129830%	423384	52.752478%	7.66518	1.00
168	信	1034	0.128834%	424418	52.881311%	7.60633	1.00
169	匈	1027	0.127961%	425445	53.009273%	7.554837	1.00
170	戶	1027	0.127961%	426472	53.137234%	7.554837	1.00
171	免	1027	0.127961%	427499	53.265195%	7.554837	1.00
172	河	1014	0.126342%	428513	53.391537%	7.459206	1.00
173	師	1004	0.125096%	429517	53.516632%	7.385644	1.00
174	亦	1002	0.124846%	430519	53.641479%	7.370931	1.00
175	名	1001	0.124722%	431520	53.766201%	7.363575	1.00
176	等	998	0.124348%	432518	53.890549%	7.341507	1.00
177	石	992	0.123600%	433510	54.014149%	7.297369	1.00
178	發	983	0.122479%	434493	54.136628%	7.231163	1.00
179	趙	982	0.122354%	435475	54.258983%	7.223807	1.00
180	少	977	0.121732%	436452	54.380714%	7.187026	1.00
181	父	976	0.121607%	437428	54.502321%	7.17967	1.00
182	即	968	0.120610%	438396	54.622931%	7.12082	1.00
183	車	962	0.119863%	439358	54.742794%	7.076683	1.00
184	騎	959	0.119489%	440317	54.862283%	7.054614	1.00
185	賜	957	0.119240%	441274	54.981522%	7.039902	1.00
186	屬	954	0.118866%	442228	55.100388%	7.017833	1.00
187	坐	953	0.118741%	443181	55.219129%	7.010477	1.00
188	左	951	0.118492%	444132	55.337621%	6.995764	1.00
189	遂	949	0.118243%	445081	55.455864%	6.981052	1.00

序號	字種	絕對字頻	相對字頻	累積字頻	累積覆蓋率	均頻倍值	分佈量
190	金	943	0.117495%	446024	55.573359%	6.936915	1.00
191	廣	942	0.117371%	446966	55.690730%	6.929558	1.00
192	賢	935	0.116498%	447901	55.807228%	6.878065	1.00
193	已	923	0.115003%	448824	55.922231%	6.78979	1.00
194	內	919	0.114505%	449743	56.036736%	6.760365	1.00
195	誅	914	0.113882%	450657	56.150618%	6.723584	1.00
196	宮	912	0.113633%	451569	56.264251%	6.708872	1.00
197	多	911	0.113508%	452480	56.377759%	6.701516	1.00
198	過	910	0.113383%	453390	56.491142%	6.694159	1.00
199	因	907	0.113010%	454297	56.604152%	6.672091	1.00
200	謂	902	0.112387%	455199	56.716539%	6.63531	1.00
201	去	902	0.112387%	456101	56.828925%	6.63531	1.00
202	樂	902	0.112387%	457003	56.941312%	6.63531	1.00
203	弟	901	0.112262%	457904	57.053574%	6.627953	1.00
204	右	894	0.111390%	458798	57.164964%	6.57646	1.00
205	陳	892	0.111141%	459690	57.276105%	6.561747	1.00
206	前	891	0.111016%	460581	57.387121%	6.554391	1.00
207	宗	890	0.110892%	461471	57.498013%	6.547035	1.00
208	罪	887	0.110518%	462358	57.608530%	6.524966	1.00
209	起	886	0.110393%	463244	57.718924%	6.51761	1.00
210	卒	870	0.108400%	464114	57.827323%	6.399911	1.00
211	里	865	0.107777%	464979	57.935100%	6.363129	1.00
212	反	861	0.107278%	465840	58.042378%	6.333705	1.00
213	建	856	0.106655%	466696	58.149033%	6.296923	1.00
214	朝	849	0.105783%	467545	58.254816%	6.24543	1.00
215	親	848	0.105658%	468393	58.360475%	6.238074	1.00
216	歸	844	0.105160%	469237	58.465635%	6.208649	1.00
217	單	841	0.104786%	470078	58.570421%	6.18658	1.00
218	心	827	0.103042%	470905	58.673463%	6.083593	1.00
219	御	826	0.102917%	471731	58.776380%	6.076237	1.00
220	田	821	0.102294%	472552	58.878675%	6.039456	1.00
221	奏	817	0.101796%	473369	58.980471%	6.010031	1.00
222	受	816	0.101671%	474185	59.082142%	6.002675	1.00
223	作	810	0.100924%	474995	59.183066%	5.958537	1.00
224	外	805	0.100301%	475800	59.283367%	5.921756	1.00

序號	字種	絕對字頻	相對字頻	累積字頻	累積覆蓋率	均頻倍值	分佈量
225	初	801	0.099802%	476601	59.383169%	5.892331	1.00
226	通	801	0.099802%	477402	59.482971%	5.892331	1.00
227	宜	795	0.099055%	478197	59.582026%	5.848194	1.00
228	義	795	0.099055%	478992	59.681081%	5.848194	1.00
229	眾	791	0.098556%	479783	59.779637%	5.818769	1.00
230	門	791	0.098556%	480574	59.878194%	5.818769	1.00
231	甚	787	0.098058%	481361	59.976252%	5.789344	1.00
232	春	780	0.097186%	482141	60.073438%	5.737851	1.00
233	宣	774	0.096438%	482915	60.169876%	5.693714	1.00
234	陰	770	0.095940%	483685	60.265816%	5.664289	1.00
235	焉	768	0.095691%	484453	60.361506%	5.649576	1.00
236	遣	764	0.095192%	485217	60.456699%	5.620151	1.00
237	秋	759	0.094569%	485976	60.551268%	5.58337	1.00
238	邑	751	0.093573%	486727	60.644841%	5.52452	1.00
239	分	749	0.093323%	487476	60.738164%	5.509808	1.00
240	意	748	0.093199%	488224	60.831363%	5.502452	1.00
241	稱	747	0.093074%	488971	60.924437%	5.495096	1.00
242	重	742	0.092451%	489713	61.016888%	5.458315	1.00
243	奉	738	0.091953%	490451	61.108841%	5.42889	1.00
244	黃	736	0.091704%	491187	61.200544%	5.414177	1.00
245	失	736	0.091704%	491923	61.292248%	5.414177	1.00
246	問	726	0.090458%	492649	61.382705%	5.340615	1.00
247	海	719	0.089585%	493368	61.472291%	5.289121	1.00
248	易	715	0.089087%	494083	61.561378%	5.259697	1.00
249	女	711	0.088589%	494794	61.649966%	5.230272	1.00
250	卿	711	0.088589%	495505	61.738555%	5.230272	1.00
251	勝	708	0.088215%	496213	61.826770%	5.208203	1.00
252	張	696	0.086720%	496909	61.913490%	5.119928	1.00
253	舉	691	0.086097%	497600	61.999586%	5.083147	1.00
254	祖	690	0.085972%	498290	62.085558%	5.075791	1.00
255	善	689	0.085847%	498979	62.171406%	5.068435	1.00
256	絕	688	0.085723%	499667	62.257129%	5.061079	1.00
257	夏	687	0.085598%	500354	62.342727%	5.053722	1.00
258	必	683	0.085100%	501037	62.427827%	5.024298	1.00
259	會	681	0.084851%	501718	62.512678%	5.009585	1.00

序號	字種	絕對字頻	相對字頻	累積字頻	累積覆蓋率	均頻倍值	分佈量
260	更	681	0.084851%	502399	62.597528%	5.009585	1.00
261	乎	681	0.084851%	503080	62.682379%	5.009585	1.00
262	章	679	0.084602%	503759	62.766981%	4.994873	1.00
263	來	676	0.084228%	504435	62.851208%	4.972804	1.00
264	小	672	0.083729%	505107	62.934938%	4.943379	1.00
265	遷	671	0.083605%	505778	63.018543%	4.936023	1.00
266	尊	670	0.083480%	506448	63.102023%	4.928667	1.00
267	且	669	0.083356%	507117	63.185378%	4.921311	1.00
268	星	669	0.083356%	507786	63.268734%	4.921311	0.75
269	共	662	0.082483%	508448	63.351217%	4.869817	1.00
270	足	662	0.082483%	509110	63.433701%	4.869817	1.00
271	吾	662	0.082483%	509772	63.516184%	4.869817	1.00
272	關	661	0.082359%	510433	63.598543%	4.862461	1.00
273	置	660	0.082234%	511093	63.680777%	4.855105	1.00
274	白	657	0.081860%	511750	63.762637%	4.833036	1.00
275	梁	656	0.081736%	512406	63.844373%	4.82568	1.00
276	節	656	0.081736%	513062	63.926109%	4.82568	1.00
277	陛	653	0.081362%	513715	64.007471%	4.803611	0.75
278	請	651	0.081113%	514366	64.088584%	4.788899	1.00
279	博	650	0.080988%	515016	64.169572%	4.781542	1.00
280	命	648	0.080739%	515664	64.250311%	4.76683	1.00
281	亂	648	0.080739%	516312	64.331050%	4.76683	1.00
282	廟	648	0.080739%	516960	64.411789%	4.76683	1.00
283	幸	646	0.080490%	517606	64.492279%	4.752117	1.00
284	還	642	0.079991%	518248	64.572270%	4.722693	1.00
285	既	638	0.079493%	518886	64.651763%	4.693268	1.00
286	度	638	0.079493%	519524	64.731256%	4.693268	1.00
287	益	637	0.079368%	520161	64.810625%	4.685912	1.00
288	昭	637	0.079368%	520798	64.889993%	4.685912	1.00
289	同	634	0.078995%	521432	64.968988%	4.663843	1.00
290	劉	633	0.078870%	522065	65.047858%	4.656487	1.00
291	縣	633	0.078870%	522698	65.126728%	4.656487	1.00
292	郎	631	0.078621%	523329	65.205349%	4.641774	1.00
293	代	631	0.078621%	523960	65.283970%	4.641774	1.00
294	篇	630	0.078496%	524590	65.362466%	4.634418	1.00

序號	字種	絕對字頻	相對字頻	累積字頻	累積覆蓋率	均頻倍值	分佈量
295	制	624	0.077749%	525214	65.440215%	4.590281	1.00
296	興	613	0.076378%	525827	65.516593%	4.509362	1.00
297	議	613	0.076378%	526440	65.592971%	4.509362	1.00
298	延	608	0.075755%	527048	65.668726%	4.472581	1.00
299	謀	602	0.075008%	527650	65.743733%	4.428444	1.00
300	說	600	0.074758%	528250	65.818492%	4.413731	1.00
301	政	597	0.074385%	528847	65.892876%	4.391663	1.00
302	若	597	0.074385%	529444	65.967261%	4.391663	1.00
303	我	597	0.074385%	530041	66.041645%	4.391663	1.00
304	邪	596	0.074260%	530637	66.115905%	4.384307	1.00
305	雖	595	0.074135%	531232	66.190041%	4.37695	1.00
306	聖	589	0.073388%	531821	66.263428%	4.332813	1.00
307	各	589	0.073388%	532410	66.336816%	4.332813	1.00
308	降	588	0.073263%	532998	66.410079%	4.325457	1.00
309	昌	586	0.073014%	533584	66.483093%	4.310744	1.00
310	異	585	0.072889%	534169	66.555983%	4.303388	1.00
311	莫	585	0.072889%	534754	66.628872%	4.303388	1.00
312	母	584	0.072765%	535338	66.701637%	4.296032	1.00
313	風	582	0.072516%	535920	66.774153%	4.281319	1.00
314	間	582	0.072516%	536502	66.846668%	4.281319	1.00
315	病	578	0.072017%	537080	66.918685%	4.251895	1.00
316	神	571	0.071145%	537651	66.989830%	4.200401	1.00
317	服	568	0.070771%	538219	67.060602%	4.178332	1.00
318	列	567	0.070647%	538786	67.131248%	4.170976	1.00
319	爵	567	0.070647%	539353	67.201895%	4.170976	1.00
320	乘	566	0.070522%	539919	67.272417%	4.16362	1.00
321	鄉	565	0.070397%	540484	67.342814%	4.156264	1.00
322	或	565	0.070397%	541049	67.413212%	4.156264	1.00
323	望	559	0.069650%	541608	67.482862%	4.112126	1.00
324	夷	559	0.069650%	542167	67.552512%	4.112126	1.00
325	盡	558	0.069525%	542725	67.622037%	4.10477	1.00
326	哀	556	0.069276%	543281	67.691313%	4.090058	1.00
327	衛	556	0.069276%	543837	67.760589%	4.090058	1.00
328	祿	552	0.068778%	544389	67.829367%	4.060633	1.00
329	貴	551	0.068653%	544940	67.898020%	4.053277	1.00

序號	字種	絕對字頻	相對字頻	累積字頻	累積覆蓋率	均頻倍值	分佈量
330	終	551	0.068653%	545491	67.966673%	4.053277	1.00
331	破	549	0.068404%	546040	68.035077%	4.038564	1.00
332	古	548	0.068279%	546588	68.103356%	4.031208	1.00
333	進	547	0.068155%	547135	68.171511%	4.023852	1.00
334	敢	547	0.068155%	547682	68.239665%	4.023852	1.00
335	取	546	0.068030%	548228	68.307695%	4.016496	1.00
336	和	542	0.067532%	548770	68.375227%	3.987071	1.00
337	利	541	0.067407%	549311	68.442634%	3.979714	1.00
338	朔	540	0.067283%	549851	68.509917%	3.972358	1.00
339	徙	537	0.066909%	550388	68.576825%	3.95029	1.00
340	室	537	0.066909%	550925	68.643734%	3.95029	1.00
341	尚	536	0.066784%	551461	68.710518%	3.942933	1.00
342	韓	535	0.066660%	551996	68.777178%	3.935577	1.00
343	傅	534	0.066535%	552530	68.843713%	3.928221	1.00
344	吳	534	0.066535%	553064	68.910248%	3.928221	1.00
345	獨	533	0.066410%	553597	68.976658%	3.920865	1.00
346	禮	532	0.066286%	554129	69.042944%	3.913509	1.00
347	朕	531	0.066161%	554660	69.109105%	3.906152	1.00
348	景	525	0.065414%	555185	69.174518%	3.862015	1.00
349	合	521	0.064915%	555706	69.239434%	3.83259	1.00
350	第	519	0.064666%	556225	69.304099%	3.817878	1.00
351	侍	519	0.064666%	556744	69.368765%	3.817878	1.00
352	淮	518	0.064541%	557262	69.433307%	3.810521	1.00
353	臺	517	0.064417%	557779	69.497724%	3.803165	1.00
354	京	511	0.063669%	558290	69.561393%	3.759028	1.00
355	身	508	0.063295%	558798	69.624688%	3.736959	1.00
356	姓	508	0.063295%	559306	69.687984%	3.736959	1.00
357	本	507	0.063171%	559813	69.751154%	3.729603	1.00
358	恐	504	0.062797%	560317	69.813951%	3.707534	1.00
359	求	503	0.062672%	560820	69.876624%	3.700178	1.00
360	伯	500	0.062299%	561320	69.938922%	3.67811	1.00
361	兮	498	0.062049%	561818	70.000972%	3.663397	0.75
362	臨	495	0.061676%	562313	70.062647%	3.641328	1.00
363	召	493	0.061426%	562806	70.124074%	3.626616	1.00
364	罷	491	0.061177%	563297	70.185251%	3.611904	1.00

序號	字種	絕對字頻	相對字頻	累積字頻	累積覆蓋率	均頻倍值	分佈量
365	語	491	0.061177%	563788	70.246428%	3.611904	1.00
366	惠	489	0.060928%	564277	70.307356%	3.597191	1.00
367	呂	487	0.060679%	564764	70.368035%	3.582479	1.00
368	經	486	0.060554%	565250	70.428590%	3.575122	1.00
369	燕	486	0.060554%	565736	70.489144%	3.575122	1.00
370	江	485	0.060430%	566221	70.549574%	3.567766	1.00
371	計	484	0.060305%	566705	70.609879%	3.56041	1.00
372	府	484	0.060305%	567189	70.670184%	3.56041	1.00
373	首	484	0.060305%	567673	70.730489%	3.56041	1.00
374	物	482	0.060056%	568155	70.790545%	3.545698	1.00
375	學	480	0.059807%	568635	70.850351%	3.530985	1.00
376	願	478	0.059557%	569113	70.909909%	3.516273	1.00
377	威	478	0.059557%	569591	70.969466%	3.516273	1.00
378	往	473	0.058934%	570064	71.028401%	3.479492	1.00
379	州	472	0.058810%	570536	71.087211%	3.472135	1.00
380	祠	470	0.058561%	571006	71.145771%	3.457423	1.00
381	嘉	468	0.058312%	571474	71.204083%	3.442711	1.00
382	告	468	0.058312%	571942	71.262394%	3.442711	1.00
383	號	467	0.058187%	572409	71.320581%	3.435354	1.00
384	廷	466	0.058062%	572875	71.378644%	3.427998	1.00
385	布	464	0.057813%	573339	71.436457%	3.413286	1.00
386	變	464	0.057813%	573803	71.494270%	3.413286	1.00
387	越	462	0.057564%	574265	71.551834%	3.398573	1.00
388	壽	461	0.057439%	574726	71.609273%	3.391217	1.00
389	耳	461	0.057439%	575187	71.666712%	3.391217	1.00
390	敬	460	0.057315%	575647	71.724027%	3.383861	1.00
391	良	459	0.057190%	576106	71.781217%	3.376505	1.00
392	任	459	0.057190%	576565	71.838407%	3.376505	1.00
393	羽	459	0.057190%	577024	71.895597%	3.376505	1.00
394	廢	459	0.057190%	577483	71.952788%	3.376505	1.00
395	久	457	0.056941%	577940	72.009729%	3.361792	1.00
396	戰	457	0.056941%	578397	72.066669%	3.361792	1.00
397	敗	454	0.056567%	578851	72.123237%	3.339723	1.00
398	魯	449	0.055944%	579300	72.179181%	3.302942	1.00
399	遠	449	0.055944%	579749	72.235125%	3.302942	1.00

序號	字種	絕對字頻	相對字頻	累積字頻	累積覆蓋率	均頻倍值	分佈量
400	項	447	0.055695%	580196	72.290820%	3.28823	1.00
401	直	443	0.055197%	580639	72.346017%	3.258805	1.00
402	惡	441	0.054947%	581080	72.400964%	3.244093	1.00
403	新	441	0.054947%	581521	72.455911%	3.244093	1.00
404	斬	440	0.054823%	581961	72.510734%	3.236736	1.00
405	攻	437	0.054449%	582398	72.565183%	3.214668	1.00
406	輔	435	0.054200%	582833	72.619383%	3.199955	1.00
407	土	434	0.054075%	583267	72.673458%	3.192599	1.00
408	胡	433	0.053951%	583700	72.727409%	3.185243	1.00
409	好	432	0.053826%	584132	72.781235%	3.177887	1.00
410	氣	430	0.053577%	584562	72.834811%	3.163174	0.75
411	滅	429	0.053452%	584991	72.888264%	3.155818	1.00
412	獄	429	0.053452%	585420	72.941716%	3.155818	1.00
413	云	427	0.053203%	585847	72.994919%	3.141106	1.00
414	流	427	0.053203%	586274	73.048122%	3.141106	1.00
415	咸	423	0.052705%	586697	73.100827%	3.111681	1.00
416	錢	420	0.052331%	587117	73.153157%	3.089612	1.00
417	力	418	0.052082%	587535	73.205239%	3.0749	1.00
418	丁	418	0.052082%	587953	73.257321%	3.0749	1.00
419	康	417	0.051957%	588370	73.309278%	3.067543	1.00
420	雲	416	0.051832%	588786	73.361110%	3.060187	1.00
421	湯	415	0.051708%	589201	73.412818%	3.052831	1.00
422	衣	414	0.051583%	589615	73.464401%	3.045475	1.00
423	詩	414	0.051583%	590029	73.515985%	3.045475	1.00
424	甲	413	0.051459%	590442	73.567443%	3.038118	1.00
425	老	412	0.051334%	590854	73.618777%	3.030762	1.00
426	酒	411	0.051209%	591265	73.669987%	3.023406	1.00
427	聽	410	0.051085%	591675	73.721072%	3.01605	1.00
428	應	409	0.050960%	592084	73.772032%	3.008694	1.00
429	凡	408	0.050836%	592492	73.822868%	3.001337	1.00
430	塞	407	0.050711%	592899	73.873579%	2.993981	1.00
431	留	407	0.050711%	593306	73.924290%	2.993981	1.00
432	魏	406	0.050586%	593712	73.974876%	2.986625	1.00
433	顯	406	0.050586%	594118	74.025463%	2.986625	1.00
434	兩	406	0.050586%	594524	74.076049%	2.986625	1.00

序號	字種	絕對字頻	相對字頻	累積字頻	累積覆蓋率	均頻倍值	分佈量
435	孔	406	0.050586%	594930	74.126636%	2.986625	1.00
436	刑	404	0.050337%	595334	74.176973%	2.971912	1.00
437	害	404	0.050337%	595738	74.227310%	2.971912	1.00
438	口	401	0.049963%	596139	74.277274%	2.949844	1.00
439	視	396	0.049341%	596535	74.326614%	2.913063	1.00
440	玄	396	0.049341%	596931	74.375955%	2.913063	1.00
441	猶	395	0.049216%	597326	74.425171%	2.905707	1.00
442	虜	393	0.048967%	597719	74.474137%	2.890994	1.00
443	禹	391	0.048718%	598110	74.522855%	2.876282	1.00
444	思	391	0.048718%	598501	74.571572%	2.876282	1.00
445	災	390	0.048593%	598891	74.620165%	2.868925	0.75
446	客	389	0.048468%	599280	74.668634%	2.861569	1.00
447	忠	387	0.048219%	599667	74.716853%	2.846857	1.00
448	疾	385	0.047970%	600052	74.764823%	2.832144	1.00
449	拜	383	0.047721%	600435	74.812543%	2.817432	0.75
450	許	382	0.047596%	600817	74.860140%	2.810076	1.00
451	致	382	0.047596%	601199	74.907736%	2.810076	1.00
452	鳥	377	0.046973%	601576	74.954709%	2.773295	1.00
453	對	376	0.046849%	601952	75.001557%	2.765938	1.00
454	徵	376	0.046849%	602328	75.048406%	2.765938	1.00
455	深	376	0.046849%	602704	75.095255%	2.765938	1.00
456	商	376	0.046849%	603080	75.142103%	2.765938	1.00
457	除	375	0.046724%	603455	75.188827%	2.758582	1.00
458	沛	375	0.046724%	603830	75.235551%	2.758582	1.00
459	盛	374	0.046599%	604204	75.282150%	2.751226	1.00
460	賊	373	0.046475%	604577	75.328625%	2.74387	1.00
461	庶	369	0.045976%	604946	75.374602%	2.714445	1.00
462	加	368	0.045852%	605314	75.420453%	2.707089	1.00
463	並	366	0.045603%	605680	75.466056%	2.692376	1.00
464	近	363	0.045229%	606043	75.511285%	2.670308	1.00
465	原	362	0.045104%	606405	75.556389%	2.662951	1.00
466	盜	362	0.045104%	606767	75.601493%	2.662951	1.00
467	邊	361	0.044980%	607128	75.646473%	2.655595	1.00
468	兄	360	0.044855%	607488	75.691328%	2.648239	1.00
469	夜	359	0.044730%	607847	75.736058%	2.640883	1.00

序號	字種	絕對字頻	相對字頻	累積字頻	累積覆蓋率	均頻倍值	分佈量
470	鳳	358	0.044606%	608205	75.780664%	2.633526	1.00
471	毋	357	0.044481%	608562	75.825145%	2.62617	1.00
472	嘗	356	0.044357%	608918	75.869502%	2.618814	1.00
473	伏	356	0.044357%	609274	75.913858%	2.618814	1.00
474	哉	355	0.044232%	609629	75.958090%	2.611458	1.00
475	教	355	0.044232%	609984	76.002322%	2.611458	1.00
476	卷	355	0.044232%	610339	76.046555%	2.611458	1.00
477	持	355	0.044232%	610694	76.090787%	2.611458	1.00
478	引	355	0.044232%	611049	76.135019%	2.611458	0.75
479	厚	354	0.044107%	611403	76.179126%	2.604102	1.00
480	川	354	0.044107%	611757	76.223233%	2.604102	1.00
481	難	354	0.044107%	612111	76.267341%	2.604102	1.00
482	比	349	0.043484%	612460	76.310825%	2.56732	1.00
483	業	349	0.043484%	612809	76.354310%	2.56732	1.00
484	次	348	0.043360%	613157	76.397670%	2.559964	1.00
485	農	347	0.043235%	613504	76.440905%	2.552608	1.00
486	仁	347	0.043235%	613851	76.484140%	2.552608	1.00
487	象	346	0.043111%	614197	76.527251%	2.545252	1.00
488	冬	344	0.042861%	614541	76.570112%	2.530539	1.00
489	吉	343	0.042737%	614884	76.612849%	2.523183	1.00
490	申	343	0.042737%	615227	76.655586%	2.523183	1.00
491	校	342	0.042612%	615569	76.698198%	2.515827	1.00
492	徒	341	0.042488%	615910	76.740686%	2.508471	1.00
493	執	341	0.042488%	616251	76.783173%	2.508471	1.00
494	崩	340	0.042363%	616591	76.825536%	2.501114	0.75
495	富	339	0.042238%	616930	76.867775%	2.493758	1.00
496	傷	337	0.041989%	617267	76.909764%	2.479046	1.00
497	止	337	0.041989%	617604	76.951753%	2.479046	1.00
498	怒	337	0.041989%	617941	76.993743%	2.479046	0.75
499	衡	337	0.041989%	618278	77.035732%	2.479046	1.00
500	處	336	0.041865%	618614	77.077597%	2.47169	1.00
501	逆	336	0.041865%	618950	77.119461%	2.47169	1.00
502	彊	335	0.041740%	619285	77.161201%	2.464333	1.00
503	赦	335	0.041740%	619620	77.202941%	2.464333	1.00
504	解	335	0.041740%	619955	77.244682%	2.464333	1.00

序號	字種	絕對字頻	相對字頻	累積字頻	累積覆蓋率	均頻倍值	分佈量
505	李	335	0.041740%	620290	77.286422%	2.464333	1.00
506	論	332	0.041366%	620622	77.327788%	2.442265	1.00
507	遺	332	0.041366%	620954	77.369154%	2.442265	1.00
508	火	332	0.041366%	621286	77.410520%	2.442265	1.00
509	姦	330	0.041117%	621616	77.451638%	2.427552	1.00
510	諫	329	0.040992%	621945	77.492630%	2.420196	1.00
511	職	328	0.040868%	622273	77.533498%	2.41284	1.00
512	化	326	0.040619%	622599	77.574117%	2.398127	1.00
513	仲	325	0.040494%	622924	77.614611%	2.390771	1.00
514	動	325	0.040494%	623249	77.655105%	2.390771	0.75
515	頃	322	0.040120%	623571	77.695225%	2.368703	1.00
516	著	321	0.039996%	623892	77.735221%	2.361346	1.00
517	承	320	0.039871%	624212	77.775092%	2.35399	1.00
518	愛	319	0.039747%	624531	77.814839%	2.346634	1.00
519	備	318	0.039622%	624849	77.854460%	2.339278	1.00
520	晉	318	0.039622%	625167	77.894082%	2.339278	1.00
521	丙	317	0.039497%	625484	77.933580%	2.331921	1.00
522	賦	317	0.039497%	625801	77.973077%	2.331921	1.00
523	觀	316	0.039373%	626117	78.012450%	2.324565	1.00
524	鄭	316	0.039373%	626433	78.051822%	2.324565	1.00
525	永	316	0.039373%	626749	78.091195%	2.324565	1.00
526	舍	315	0.039248%	627064	78.130443%	2.317209	1.00
527	厥	315	0.039248%	627379	78.169691%	2.317209	1.00
528	私	314	0.039124%	627693	78.208815%	2.309853	1.00
529	唯	313	0.038999%	628006	78.247814%	2.302497	1.00
530	報	313	0.038999%	628319	78.286813%	2.302497	1.00
531	辭	312	0.038874%	628631	78.325687%	2.29514	0.75
532	就	312	0.038874%	628943	78.364562%	2.29514	1.00
533	泰	312	0.038874%	629255	78.403436%	2.29514	1.00
534	修	312	0.038874%	629567	78.442310%	2.29514	1.00
535	策	311	0.038750%	629878	78.481060%	2.287784	1.00
536	穀	311	0.038750%	630189	78.519810%	2.287784	1.00
537	順	309	0.038501%	630498	78.558310%	2.273072	1.00
538	微	309	0.038501%	630807	78.596811%	2.273072	1.00
539	泉	308	0.038376%	631115	78.635187%	2.265715	1.00

序號	字種	絕對字頻	相對字頻	累積字頻	累積覆蓋率	均頻倍值	分佈量
540	收	308	0.038376%	631423	78.673563%	2.265715	1.00
541	爭	308	0.038376%	631731	78.711939%	2.265715	1.00
542	固	307	0.038251%	632038	78.750190%	2.258359	1.00
543	略	306	0.038127%	632344	78.788317%	2.251003	1.00
544	恩	306	0.038127%	632650	78.826444%	2.251003	1.00
545	妻	305	0.038002%	632955	78.864446%	2.243647	1.00
546	龍	304	0.037878%	633259	78.902323%	2.236291	1.00
547	弘	304	0.037878%	633563	78.940201%	2.236291	1.00
548	俱	304	0.037878%	633867	78.978078%	2.236291	1.00
549	俗	303	0.037753%	634170	79.015831%	2.228934	1.00
550	嚴	302	0.037628%	634472	79.053460%	2.221578	1.00
551	辰	302	0.037628%	634774	79.091088%	2.221578	1.00
552	極	302	0.037628%	635076	79.128716%	2.221578	1.00
553	尹	302	0.037628%	635378	79.166345%	2.221578	1.00
554	離	301	0.037504%	635679	79.203849%	2.214222	1.00
555	乙	301	0.037504%	635980	79.241352%	2.214222	1.00
556	蓋	301	0.037504%	636281	79.278856%	2.214222	1.00
557	被	301	0.037504%	636582	79.316360%	2.214222	1.00
558	甘	300	0.037379%	636882	79.353739%	2.206866	1.00
559	房	299	0.037255%	637181	79.390994%	2.199509	1.00
560	惟	299	0.037255%	637480	79.428248%	2.199509	1.00
561	賞	298	0.037130%	637778	79.465378%	2.192153	1.00
562	昆	298	0.037130%	638076	79.502508%	2.192153	1.00
563	伐	298	0.037130%	638374	79.539638%	2.192153	1.00
564	賈	298	0.037130%	638672	79.576768%	2.192153	1.00
565	聲	297	0.037005%	638969	79.613773%	2.184797	1.00
566	改	296	0.036881%	639265	79.650654%	2.177441	1.00
567	丘	295	0.036756%	639560	79.687410%	2.170085	1.00
568	怨	295	0.036756%	639855	79.724167%	2.170085	0.75
569	澤	294	0.036632%	640149	79.760798%	2.162728	1.00
570	鼎	294	0.036632%	640443	79.797430%	2.162728	1.00
571	參	293	0.036507%	640736	79.833937%	2.155372	1.00
572	誠	293	0.036507%	641029	79.870444%	2.155372	0.75
573	憂	293	0.036507%	641322	79.906951%	2.155372	1.00
574	疑	292	0.036382%	641614	79.943333%	2.148016	1.00

序號	字種	絕對字頻	相對字頻	累積字頻	累積覆蓋率	均頻倍值	分佈量
575	謝	292	0.036382%	641906	79.979716%	2.148016	1.00
576	具	290	0.036133%	642196	80.015849%	2.133304	1.00
577	實	289	0.036009%	642485	80.051857%	2.125947	1.00
578	權	286	0.035635%	642771	80.087492%	2.103879	1.00
579	由	285	0.035510%	643056	80.123002%	2.096522	1.00
580	濟	283	0.035261%	643339	80.158263%	2.08181	1.00
581	舒	282	0.035136%	643621	80.193400%	2.074454	1.00
582	雨	281	0.035012%	643902	80.228412%	2.067098	0.75
583	市	281	0.035012%	644183	80.263423%	2.067098	1.00
584	木	280	0.034887%	644463	80.298311%	2.059741	1.00
585	喜	280	0.034887%	644743	80.333198%	2.059741	1.00
586	己	280	0.034887%	645023	80.368085%	2.059741	1.00
587	走	279	0.034763%	645302	80.402848%	2.052385	1.00
588	充	278	0.034638%	645580	80.437486%	2.045029	1.00
589	連	278	0.034638%	645858	80.472124%	2.045029	1.00
590	護	276	0.034389%	646134	80.506513%	2.030316	1.00
591	捕	276	0.034389%	646410	80.540902%	2.030316	1.00
592	青	276	0.034389%	646686	80.575290%	2.030316	1.00
593	禁	275	0.034264%	646961	80.609555%	2.02296	1.00
594	籍	271	0.033766%	647232	80.643320%	1.993535	1.00
595	嬰	270	0.033641%	647502	80.676962%	1.986179	1.00
596	材	269	0.033517%	647771	80.710478%	1.978823	1.00
597	林	269	0.033517%	648040	80.743995%	1.978823	1.00
598	賀	269	0.033517%	648309	80.777512%	1.978823	1.00
599	曹	269	0.033517%	648578	80.811028%	1.978823	1.00
600	向	268	0.033392%	648846	80.844420%	1.971467	1.00
601	棄	267	0.033267%	649113	80.877688%	1.96411	1.00
602	急	267	0.033267%	649380	80.910955%	1.96411	1.00
603	并	266	0.033143%	649646	80.944098%	1.956754	1.00
604	予	266	0.033143%	649912	80.977241%	1.956754	1.00
605	紀	266	0.033143%	650178	81.010384%	1.956754	1.00
606	隨	266	0.033143%	650444	81.043527%	1.956754	1.00
607	危	265	0.033018%	650709	81.076545%	1.949398	0.75
608	曾	264	0.032894%	650973	81.109439%	1.942042	1.00
609	福	264	0.032894%	651237	81.142332%	1.942042	1.00

序號	字種	絕對字頻	相對字頻	累積字頻	累積覆蓋率	均頻倍值	分佈量
610	辟	262	0.032644%	651499	81.174977%	1.927329	1.00
611	游	262	0.032644%	651761	81.207621%	1.927329	1.00
612	養	262	0.032644%	652023	81.240266%	1.927329	1.00
613	射	261	0.032520%	652284	81.272786%	1.919973	1.00
614	輕	261	0.032520%	652545	81.305306%	1.919973	1.00
615	僕	260	0.032395%	652805	81.337701%	1.912617	1.00
616	暴	259	0.032271%	653064	81.369972%	1.905261	1.00
617	叔	259	0.032271%	653323	81.402242%	1.905261	1.00
618	空	259	0.032271%	653582	81.434513%	1.905261	1.00
619	虛	259	0.032271%	653841	81.466784%	1.905261	1.00
620	懷	259	0.032271%	654100	81.499054%	1.905261	1.00
621	亭	257	0.032021%	654357	81.531076%	1.890548	1.00
622	襄	257	0.032021%	654614	81.563097%	1.890548	1.00
623	彭	257	0.032021%	654871	81.595119%	1.890548	1.00
624	冠	256	0.031897%	655127	81.627016%	1.883192	1.00
625	牛	256	0.031897%	655383	81.658913%	1.883192	1.00
626	渠	256	0.031897%	655639	81.690809%	1.883192	1.00
627	祀	255	0.031772%	655894	81.722582%	1.875836	1.00
628	殷	255	0.031772%	656149	81.754354%	1.875836	1.00
629	霸	254	0.031648%	656403	81.786002%	1.86848	1.00
630	勿	254	0.031648%	656657	81.817649%	1.86848	0.75
631	給	254	0.031648%	656911	81.849297%	1.86848	1.00
632	寬	253	0.031523%	657164	81.880820%	1.861123	1.00
633	獲	253	0.031523%	657417	81.912343%	1.861123	1.00
634	美	251	0.031274%	657668	81.943617%	1.846411	1.00
635	谷	250	0.031149%	657918	81.974767%	1.839055	1.00
636	男	250	0.031149%	658168	82.005916%	1.839055	1.00
637	雍	250	0.031149%	658418	82.037065%	1.839055	1.00
638	宋	249	0.031025%	658667	82.068090%	1.831699	1.00
639	桓	248	0.030900%	658915	82.098990%	1.824342	1.00
640	謁	248	0.030900%	659163	82.129890%	1.824342	1.00
641	財	247	0.030776%	659410	82.160666%	1.816986	1.00
642	待	247	0.030776%	659657	82.191441%	1.816986	1.00
643	開	246	0.030651%	659903	82.222092%	1.80963	1.00
644	積	245	0.030526%	660148	82.252618%	1.802274	1.00

序號	字種	絕對字頻	相對字頻	累積字頻	累積覆蓋率	均頻倍值	分佈量
645	輒	245	0.030526%	660393	82.283145%	1.802274	1.00
646	丹	244	0.030402%	660637	82.313546%	1.794917	1.00
647	素	243	0.030277%	660880	82.343824%	1.787561	1.00
648	字	243	0.030277%	661123	82.374101%	1.787561	0.75
649	色	242	0.030153%	661365	82.404253%	1.780205	1.00
650	決	241	0.030028%	661606	82.434281%	1.772849	1.00
651	便	240	0.029903%	661846	82.464185%	1.765493	1.00
652	獻	240	0.029903%	662086	82.494088%	1.765493	1.00
653	蒙	239	0.029779%	662325	82.523867%	1.758136	1.00
654	茲	239	0.029779%	662564	82.553645%	1.758136	1.00
655	統	239	0.029779%	662803	82.583424%	1.758136	1.00
656	靡	237	0.029530%	663040	82.612954%	1.743424	1.00
657	豈	237	0.029530%	663277	82.642483%	1.743424	1.00
658	考	236	0.029405%	663513	82.671888%	1.736068	1.00
659	朱	236	0.029405%	663749	82.701293%	1.736068	1.00
660	施	236	0.029405%	663985	82.730698%	1.736068	1.00
661	季	235	0.029280%	664220	82.759978%	1.728711	1.00
662	容	233	0.029031%	664453	82.789010%	1.713999	1.00
663	息	233	0.029031%	664686	82.818041%	1.713999	1.00
664	路	233	0.029031%	664919	82.847072%	1.713999	1.00
665	郊	232	0.028907%	665151	82.875978%	1.706643	1.00
666	率	232	0.028907%	665383	82.904885%	1.706643	1.00
667	繇	231	0.028782%	665614	82.933667%	1.699287	1.00
668	董	231	0.028782%	665845	82.962449%	1.699287	1.00
669	儀	230	0.028657%	666075	82.991106%	1.69193	1.00
670	杜	229	0.028533%	666304	83.019639%	1.684574	1.00
671	臧	228	0.028408%	666532	83.048047%	1.677218	1.00
672	律	228	0.028408%	666760	83.076455%	1.677218	1.00
673	兆	228	0.028408%	666988	83.104864%	1.677218	1.00
674	約	228	0.028408%	667216	83.133272%	1.677218	1.00
675	錯	227	0.028284%	667443	83.161555%	1.669862	1.00
676	印	227	0.028284%	667670	83.189839%	1.669862	1.00
677	竊	226	0.028159%	667896	83.217998%	1.662505	0.75
678	癸	225	0.028034%	668121	83.246032%	1.655149	1.00
679	儒	225	0.028034%	668346	83.274067%	1.655149	1.00

序號	字種	絕對字頻	相對字頻	累積字頻	累積覆蓋率	均頻倍值	分佈量
680	薄	223	0.027785%	668569	83.301852%	1.640437	1.00
681	勞	223	0.027785%	668792	83.329637%	1.640437	1.00
682	指	223	0.027785%	669015	83.357422%	1.640437	1.00
683	疏	222	0.027661%	669237	83.385083%	1.633081	1.00
684	登	222	0.027661%	669459	83.412743%	1.633081	1.00
685	殿	221	0.027536%	669680	83.440279%	1.625724	1.00
686	戊	221	0.027536%	669901	83.467815%	1.625724	1.00
687	旦	221	0.027536%	670122	83.495351%	1.625724	1.00
688	霍	220	0.027411%	670342	83.522763%	1.618368	1.00
689	省	220	0.027411%	670562	83.550174%	1.618368	1.00
690	辛	220	0.027411%	670782	83.577585%	1.618368	1.00
691	震	220	0.027411%	671002	83.604997%	1.618368	0.75
692	交	220	0.027411%	671222	83.632408%	1.618368	1.00
693	葬	220	0.027411%	671442	83.659820%	1.618368	1.00
694	術	219	0.027287%	671661	83.687106%	1.611012	1.00
695	陶	219	0.027287%	671880	83.714393%	1.611012	1.00
696	祭	219	0.027287%	672099	83.741680%	1.611012	1.00
697	部	219	0.027287%	672318	83.768967%	1.611012	1.00
698	愚	218	0.027162%	672536	83.796129%	1.603656	1.00
699	午	218	0.027162%	672754	83.823291%	1.603656	1.00
700	內	217	0.027038%	672971	83.850329%	1.5963	0.50
701	察	217	0.027038%	673188	83.877366%	1.5963	1.00
702	屯	217	0.027038%	673405	83.904404%	1.5963	1.00
703	犯	217	0.027038%	673622	83.931442%	1.5963	1.00
704	保	216	0.026913%	673838	83.958355%	1.588943	1.00
705	戒	216	0.026913%	674054	83.985268%	1.588943	1.00
706	讓	216	0.026913%	674270	84.012181%	1.588943	1.00
707	賓	215	0.026788%	674485	84.038969%	1.581587	1.00
708	曲	215	0.026788%	674700	84.065757%	1.581587	1.00
709	酉	214	0.026664%	674914	84.092421%	1.574231	1.00
710	堂	214	0.026664%	675128	84.119085%	1.574231	1.00
711	馮	214	0.026664%	675342	84.145749%	1.574231	1.00
712	揚	214	0.026664%	675556	84.172413%	1.574231	1.00
713	休	214	0.026664%	675770	84.199076%	1.574231	1.00
714	勢	213	0.026539%	675983	84.225616%	1.566875	1.00

序號	字種	絕對字頻	相對字頻	累積字頻	累積覆蓋率	均頻倍值	分佈量
715	救	213	0.026539%	676196	84.252155%	1.566875	1.00
716	鴻	212	0.026415%	676408	84.278570%	1.559518	1.00
717	桀	212	0.026415%	676620	84.304984%	1.559518	1.00
718	敞	211	0.026290%	676831	84.331274%	1.552162	1.00
719	咎	211	0.026290%	677042	84.357564%	1.552162	1.00
720	孟	211	0.026290%	677253	84.383854%	1.552162	1.00
721	禍	211	0.026290%	677464	84.410144%	1.552162	0.75
722	舜	211	0.026290%	677675	84.436434%	1.552162	1.00
723	窮	210	0.026165%	677885	84.462600%	1.544806	1.00
724	刺	209	0.026041%	678094	84.488640%	1.53745	1.00
725	追	208	0.025916%	678302	84.514557%	1.530094	1.00
726	歌	208	0.025916%	678510	84.540473%	1.530094	1.00
727	責	207	0.025792%	678717	84.566265%	1.522737	1.00
728	罰	207	0.025792%	678924	84.592056%	1.522737	0.75
729	理	207	0.025792%	679131	84.617848%	1.522737	1.00
730	類	206	0.025667%	679337	84.643515%	1.515381	1.00
731	懼	206	0.025667%	679543	84.669182%	1.515381	0.75
732	豪	206	0.025667%	679749	84.694849%	1.515381	1.00
733	勃	205	0.025542%	679954	84.720391%	1.508025	1.00
734	卯	205	0.025542%	680159	84.745934%	1.508025	1.00
735	壬	205	0.025542%	680364	84.771476%	1.508025	1.00
736	羊	205	0.025542%	680569	84.797019%	1.508025	1.00
737	畜	204	0.025418%	680773	84.822436%	1.500669	1.00
738	逐	204	0.025418%	680977	84.847854%	1.500669	1.00
739	器	203	0.025293%	681180	84.873148%	1.493312	1.00
740	虞	203	0.025293%	681383	84.898441%	1.493312	1.00
741	竟	202	0.025169%	681585	84.923609%	1.485956	1.00
742	助	202	0.025169%	681787	84.948778%	1.485956	1.00
743	弗	201	0.025044%	681988	84.973822%	1.4786	1.00
744	靈	201	0.025044%	682189	84.998866%	1.4786	1.00
745	戚	201	0.025044%	682390	85.023910%	1.4786	1.00
746	族	200	0.024919%	682590	85.048830%	1.471244	1.00
747	寶	200	0.024919%	682790	85.073749%	1.471244	1.00
748	推	200	0.024919%	682990	85.098669%	1.471244	1.00
749	廉	200	0.024919%	683190	85.123588%	1.471244	1.00

序號	字種	絕對字頻	相對字頻	累積字頻	累積覆蓋率	均頻倍值	分佈量
750	符	200	0.024919%	683390	85.148507%	1.471244	1.00
751	羌	199	0.024795%	683589	85.173302%	1.463888	1.00
752	退	199	0.024795%	683788	85.198097%	1.463888	1.00
753	精	199	0.024795%	683987	85.222892%	1.463888	0.75
754	馳	198	0.024670%	684185	85.247562%	1.456531	1.00
755	寧	197	0.024546%	684382	85.272108%	1.449175	1.00
756	授	197	0.024546%	684579	85.296654%	1.449175	1.00
757	昔	197	0.024546%	684776	85.321199%	1.449175	1.00
758	苦	197	0.024546%	684973	85.345745%	1.449175	1.00
759	尤	197	0.024546%	685170	85.370291%	1.449175	1.00
760	迎	196	0.024421%	685366	85.394712%	1.441819	1.00
761	繼	196	0.024421%	685562	85.419133%	1.441819	1.00
762	衰	195	0.024296%	685757	85.443429%	1.434463	1.00
763	衛	195	0.024296%	685952	85.467726%	1.434463	0.50
764	宛	195	0.024296%	686147	85.492022%	1.434463	1.00
765	圍	194	0.024172%	686341	85.516194%	1.427106	1.00
766	喪	194	0.024172%	686535	85.540366%	1.427106	1.00
767	頗	194	0.024172%	686729	85.564538%	1.427106	1.00
768	淫	193	0.024047%	686922	85.588585%	1.41975	1.00
769	寵	193	0.024047%	687115	85.612632%	1.41975	1.00
770	蕭	193	0.024047%	687308	85.636679%	1.41975	1.00
771	野	193	0.024047%	687501	85.660727%	1.41975	1.00
772	豐	193	0.024047%	687694	85.684774%	1.41975	1.00
773	弱	192	0.023923%	687886	85.708697%	1.412394	1.00
774	飲	191	0.023798%	688077	85.732495%	1.405038	0.75
775	崇	191	0.023798%	688268	85.756293%	1.405038	1.00
776	產	191	0.023798%	688459	85.780091%	1.405038	1.00
777	患	190	0.023673%	688649	85.803764%	1.397682	1.00
778	放	190	0.023673%	688839	85.827438%	1.397682	1.00
779	選	189	0.023549%	689028	85.850987%	1.390325	1.00
780	送	188	0.023424%	689216	85.874411%	1.382969	1.00
781	貧	188	0.023424%	689404	85.897835%	1.382969	0.75
782	奇	187	0.023300%	689591	85.921135%	1.375613	1.00
783	寡	187	0.023300%	689778	85.944435%	1.375613	1.00
784	歷	187	0.023300%	689965	85.967734%	1.375613	1.00

序號	字種	絕對字頻	相對字頻	累積字頻	累積覆蓋率	均頻倍值	分佈量
785	赤	187	0.023300%	690152	85.991034%	1.375613	1.00
786	寅	187	0.023300%	690339	86.014334%	1.375613	1.00
787	婦	186	0.023175%	690525	86.037509%	1.368257	0.75
788	邯	186	0.023175%	690711	86.060684%	1.368257	1.00
789	歆	186	0.023175%	690897	86.083859%	1.368257	1.00
790	侵	185	0.023050%	691082	86.106909%	1.360901	1.00
791	散	185	0.023050%	691267	86.129960%	1.360901	1.00
792	屬	185	0.023050%	691452	86.153010%	1.360901	1.00
793	恭	185	0.023050%	691637	86.176061%	1.360901	1.00
794	載	184	0.022926%	691821	86.198987%	1.353544	1.00
795	支	184	0.022926%	692005	86.221913%	1.353544	1.00
796	慶	183	0.022801%	692188	86.244714%	1.346188	1.00
797	丑	183	0.022801%	692371	86.267515%	1.346188	1.00
798	巳	182	0.022677%	692553	86.290192%	1.338832	1.00
799	末	182	0.022677%	692735	86.312869%	1.338832	1.00
800	務	182	0.022677%	692917	86.335545%	1.338832	1.00
801	躬	182	0.022677%	693099	86.358222%	1.338832	1.00
802	唐	181	0.022552%	693280	86.380774%	1.331476	1.00
803	黨	180	0.022428%	693460	86.403202%	1.324119	1.00
804	寒	180	0.022428%	693640	86.425629%	1.324119	1.00
805	專	180	0.022428%	693820	86.448057%	1.324119	1.00
806	誼	180	0.022428%	694000	86.470484%	1.324119	1.00
807	背	179	0.022303%	694179	86.492787%	1.316763	0.75
808	志	179	0.022303%	694358	86.515090%	1.316763	1.00
809	園	178	0.022178%	694536	86.537268%	1.309407	1.00
810	幾	178	0.022178%	694714	86.559447%	1.309407	1.00
811	姬	178	0.022178%	694892	86.581625%	1.309407	1.00
812	涉	178	0.022178%	695070	86.603803%	1.309407	1.00
813	草	178	0.022178%	695248	86.625982%	1.309407	1.00
814	習	177	0.022054%	695425	86.648035%	1.302051	1.00
815	頭	177	0.022054%	695602	86.670089%	1.302051	1.00
816	玉	176	0.021929%	695778	86.692018%	1.294695	1.00
817	茂	175	0.021805%	695953	86.713823%	1.287338	1.00
818	效	174	0.021680%	696127	86.735502%	1.279982	0.75
819	宿	174	0.021680%	696301	86.757182%	1.279982	1.00

序號	字種	絕對字頻	相對字頻	累積字頻	累積覆蓋率	均頻倍值	分佈量
820	典	174	0.021680%	696475	86.778862%	1.279982	1.00
821	扶	173	0.021555%	696648	86.800418%	1.272626	1.00
822	呼	173	0.021555%	696821	86.821973%	1.272626	0.75
823	肉	172	0.021431%	696993	86.843404%	1.26527	1.00
824	牧	172	0.021431%	697165	86.864834%	1.26527	1.00
825	詐	172	0.021431%	697337	86.886265%	1.26527	1.00
826	附	172	0.021431%	697509	86.907696%	1.26527	1.00
827	蜀	171	0.021306%	697680	86.929002%	1.257913	1.00
828	社	171	0.021306%	697851	86.950308%	1.257913	1.00
829	骨	171	0.021306%	698022	86.971614%	1.257913	1.00
830	華	171	0.021306%	698193	86.992920%	1.257913	1.00
831	薦	170	0.021182%	698363	87.014102%	1.250557	1.00
832	稷	170	0.021182%	698533	87.035283%	1.250557	1.00
833	肯	170	0.021182%	698703	87.056465%	1.250557	0.75
834	曆	170	0.021182%	698873	87.077647%	1.250557	1.00
835	橫	170	0.021182%	699043	87.098828%	1.250557	1.00
836	級	170	0.021182%	699213	87.120010%	1.250557	1.00
837	記	170	0.021182%	699383	87.141191%	1.250557	1.00
838	畏	169	0.021057%	699552	87.162248%	1.243201	1.00
839	勳	169	0.021057%	699721	87.183305%	1.243201	1.00
840	貢	167	0.020808%	699888	87.204113%	1.228489	1.00
841	秩	167	0.020808%	700055	87.224920%	1.228489	1.00
842	謹	167	0.020808%	700222	87.245728%	1.228489	1.00
843	壹	167	0.020808%	700389	87.266536%	1.228489	1.00
844	旁	167	0.020808%	700556	87.287344%	1.228489	1.00
845	述	167	0.020808%	700723	87.308151%	1.228489	1.00
846	粵	167	0.020808%	700890	87.328959%	1.228489	1.00
847	清	166	0.020683%	701056	87.349642%	1.221132	0.75
848	序	166	0.020683%	701222	87.370325%	1.221132	1.00
849	體	166	0.020683%	701388	87.391009%	1.221132	1.00
850	增	166	0.020683%	701554	87.411692%	1.221132	1.00
851	鼓	166	0.020683%	701720	87.432375%	1.221132	1.00
852	候	165	0.020559%	701885	87.452933%	1.213776	1.00
853	聚	165	0.020559%	702050	87.473492%	1.213776	1.00
854	膠	165	0.020559%	702215	87.494050%	1.213776	1.00

序號	字種	絕對字頻	相對字頻	累積字頻	累積覆蓋率	均頻倍值	分佈量
855	存	164	0.020434%	702379	87.514484%	1.20642	1.00
856	舊	164	0.020434%	702543	87.534918%	1.20642	1.00
857	它	164	0.020434%	702707	87.555352%	1.20642	1.00
858	要	163	0.020309%	702870	87.575662%	1.199064	1.00
859	音	162	0.020185%	703032	87.595846%	1.191707	1.00
860	假	162	0.020185%	703194	87.616031%	1.191707	1.00
861	帛	162	0.020185%	703356	87.636216%	1.191707	1.00
862	領	162	0.020185%	703518	87.656401%	1.191707	1.00
863	褒	162	0.020185%	703680	87.676585%	1.191707	1.00
864	期	162	0.020185%	703842	87.696770%	1.191707	1.00
865	況	161	0.020060%	704003	87.716830%	1.184351	1.00
866	縱	161	0.020060%	704164	87.736891%	1.184351	1.00
867	蔡	160	0.019936%	704324	87.756826%	1.176995	1.00
868	井	160	0.019936%	704484	87.776762%	1.176995	1.00
869	占	160	0.019936%	704644	87.796697%	1.176995	1.00
870	兒	159	0.019811%	704803	87.816508%	1.169639	1.00
871	闕	159	0.019811%	704962	87.836319%	1.169639	1.00
872	滿	159	0.019811%	705121	87.856130%	1.169639	1.00
873	亥	159	0.019811%	705280	87.875941%	1.169639	1.00
874	遇	158	0.019686%	705438	87.895627%	1.162283	1.00
875	斤	158	0.019686%	705596	87.915314%	1.162283	1.00
876	郭	158	0.019686%	705754	87.935000%	1.162283	1.00
877	性	158	0.019686%	705912	87.954686%	1.162283	0.75
878	顧	158	0.019686%	706070	87.974373%	1.162283	1.00
879	虎	157	0.019562%	706227	87.993935%	1.154926	1.00
880	悼	157	0.019562%	706384	88.013496%	1.154926	1.00
881	圖	157	0.019562%	706541	88.033058%	1.154926	1.00
882	謚	157	0.019562%	706698	88.052620%	1.154926	1.00
883	戎	157	0.019562%	706855	88.072182%	1.154926	0.75
884	設	157	0.019562%	707012	88.091743%	1.154926	1.00
885	欽	156	0.019437%	707168	88.111181%	1.14757	1.00
886	雜	156	0.019437%	707324	88.130618%	1.14757	0.75
887	困	156	0.019437%	707480	88.150055%	1.14757	1.00
888	壞	155	0.019313%	707635	88.169368%	1.140214	1.00
889	徐	155	0.019313%	707790	88.188680%	1.140214	1.00

序號	字種	絕對字頻	相對字頻	累積字頻	累積覆蓋率	均頻倍值	分佈量
890	適	155	0.019313%	707945	88.207993%	1.140214	1.00
891	征	154	0.019188%	708099	88.227181%	1.132858	1.00
892	庭	153	0.019063%	708252	88.246244%	1.125502	1.00
893	監	153	0.019063%	708405	88.265307%	1.125502	1.00
894	最	153	0.019063%	708558	88.284371%	1.125502	1.00
895	域	153	0.019063%	708711	88.303434%	1.125502	1.00
896	面	153	0.019063%	708864	88.322498%	1.125502	1.00
897	負	152	0.018939%	709016	88.341436%	1.118145	1.00
898	結	152	0.018939%	709168	88.360375%	1.118145	1.00
899	幽	151	0.018814%	709319	88.379189%	1.110789	1.00
900	虜	151	0.018814%	709470	88.398003%	1.110789	1.00
901	隆	150	0.018690%	709620	88.416693%	1.103433	1.00
902	倉	150	0.018690%	709770	88.435383%	1.103433	1.00
903	營	149	0.018565%	709919	88.453948%	1.096077	1.00
904	鐵	149	0.018565%	710068	88.472513%	1.096077	1.00
905	敖	149	0.018565%	710217	88.491078%	1.096077	1.00
906	驕	148	0.018440%	710365	88.509518%	1.08872	1.00
907	費	148	0.018440%	710513	88.527958%	1.08872	1.00
908	蠻	148	0.018440%	710661	88.546399%	1.08872	1.00
909	寇	147	0.018316%	710808	88.564715%	1.081364	1.00
910	鹽	147	0.018316%	710955	88.583030%	1.081364	1.00
911	篡	147	0.018316%	711102	88.601346%	1.081364	1.00
912	楊	147	0.018316%	711249	88.619662%	1.081364	1.00
913	畤	147	0.018316%	711396	88.637978%	1.081364	1.00
914	屠	147	0.018316%	711543	88.656294%	1.081364	1.00
915	轉	147	0.018316%	711690	88.674609%	1.081364	1.00
916	翁	146	0.018191%	711836	88.692801%	1.074008	1.00
917	造	146	0.018191%	711982	88.710992%	1.074008	1.00
918	別	146	0.018191%	712128	88.729183%	1.074008	1.00
919	種	146	0.018191%	712274	88.747374%	1.074008	1.00
920	繫	146	0.018191%	712420	88.765565%	1.074008	1.00
921	狀	146	0.018191%	712566	88.783757%	1.074008	1.00
922	偃	145	0.018067%	712711	88.801823%	1.066652	1.00
923	沙	145	0.018067%	712856	88.819890%	1.066652	1.00
924	角	145	0.018067%	713001	88.837956%	1.066652	1.00

序號	字種	絕對字頻	相對字頻	累積字頻	累積覆蓋率	均頻倍值	分佈量
925	情	145	0.018067%	713146	88.856023%	1.066652	0.75
926	堯	144	0.017942%	713290	88.873965%	1.059296	1.00
927	綏	144	0.017942%	713434	88.891907%	1.059296	1.00
928	尺	144	0.017942%	713578	88.909849%	1.059296	1.00
929	稽	144	0.017942%	713722	88.927791%	1.059296	1.00
930	毀	144	0.017942%	713866	88.945733%	1.059296	0.75
931	再	144	0.017942%	714010	88.963675%	1.059296	1.00
932	畢	144	0.017942%	714154	88.981617%	1.059296	1.00
933	卑	144	0.017942%	714298	88.999559%	1.059296	1.00
934	詣	143	0.017817%	714441	89.017376%	1.051939	0.75
935	壯	143	0.017817%	714584	89.035194%	1.051939	1.00
936	釐	143	0.017817%	714727	89.053011%	1.051939	1.00
937	悉	142	0.017693%	714869	89.070704%	1.044583	1.00
938	樓	142	0.017693%	715011	89.088397%	1.044583	1.00
939	采	142	0.017693%	715153	89.106090%	1.044583	1.00
940	雒	142	0.017693%	715295	89.123782%	1.044583	1.00
941	溫	142	0.017693%	715437	89.141475%	1.044583	1.00
942	惑	141	0.017568%	715578	89.159043%	1.037227	0.75
943	庚	141	0.017568%	715719	89.176612%	1.037227	1.00
944	阿	141	0.017568%	715860	89.194180%	1.037227	1.00
945	質	140	0.017444%	716000	89.211623%	1.029871	1.00
946	戍	140	0.017444%	716140	89.229067%	1.029871	1.00
947	形	140	0.017444%	716280	89.246511%	1.029871	0.75
948	旱	139	0.017319%	716419	89.263830%	1.022514	0.75
949	榮	139	0.017319%	716558	89.281149%	1.022514	1.00
950	稍	139	0.017319%	716697	89.298468%	1.022514	1.00
951	狩	139	0.017319%	716836	89.315787%	1.022514	1.00
952	宰	138	0.017194%	716974	89.332981%	1.015158	1.00
953	奪	138	0.017194%	717112	89.350176%	1.015158	1.00
954	祝	138	0.017194%	717250	89.367370%	1.015158	1.00
955	買	138	0.017194%	717388	89.384564%	1.015158	1.00
956	須	138	0.017194%	717526	89.401759%	1.015158	1.00
957	隱	138	0.017194%	717664	89.418953%	1.015158	1.00
958	賤	137	0.017070%	717801	89.436023%	1.007802	1.00
959	條	136	0.016945%	717937	89.452968%	1.000446	1.00

序號	字種	絕對字頻	相對字頻	累積字頻	累積覆蓋率	均頻倍值	分佈量
960	劾	136	0.016945%	718073	89.469914%	1.000446	1.00
961	雄	136	0.016945%	718209	89.486859%	1.000446	1.00
962	池	136	0.016945%	718345	89.503804%	1.000446	1.00
963	移	136	0.016945%	718481	89.520749%	1.000446	1.00
964	折	135	0.016821%	718616	89.537570%	0.99309	1.00
965	狄	135	0.016821%	718751	89.554390%	0.99309	1.00
966	避	135	0.016821%	718886	89.571211%	0.99309	1.00
967	距	134	0.016696%	719020	89.587907%	0.985733	1.00
968	辜	134	0.016696%	719154	89.604603%	0.985733	0.75
969	步	134	0.016696%	719288	89.621299%	0.985733	1.00
970	驚	134	0.016696%	719422	89.637995%	0.985733	1.00
971	目	133	0.016571%	719555	89.654567%	0.978377	1.00
972	孤	133	0.016571%	719688	89.671138%	0.978377	1.00
973	興	133	0.016571%	719821	89.687709%	0.978377	1.00
974	減	132	0.016447%	719953	89.704156%	0.971021	1.00
975	凶	132	0.016447%	720085	89.720603%	0.971021	0.75
976	掾	132	0.016447%	720217	89.737050%	0.971021	0.75
977	擅	132	0.016447%	720349	89.753497%	0.971021	1.00
978	頓	131	0.016322%	720480	89.769819%	0.963665	1.00
979	接	131	0.016322%	720611	89.786141%	0.963665	1.00
980	勸	131	0.016322%	720742	89.802464%	0.963665	1.00
981	露	131	0.016322%	720873	89.818786%	0.963665	1.00
982	飢	131	0.016322%	721004	89.835108%	0.963665	0.75
983	案	130	0.016198%	721134	89.851306%	0.956308	0.75
984	忘	130	0.016198%	721264	89.867503%	0.956308	1.00
985	根	130	0.016198%	721394	89.883701%	0.956308	1.00
986	彌	130	0.016198%	721524	89.899899%	0.956308	1.00
987	半	129	0.016073%	721653	89.915972%	0.948952	0.75
988	琅	129	0.016073%	721782	89.932045%	0.948952	1.00
989	臺	129	0.016073%	721911	89.948118%	0.948952	1.00
990	覆	128	0.015948%	722039	89.964066%	0.941596	0.75
991	果	128	0.015948%	722167	89.980015%	0.941596	1.00
992	匡	128	0.015948%	722295	89.995963%	0.941596	1.00
993	匹	128	0.015948%	722423	90.011911%	0.941596	1.00
994	妾	128	0.015948%	722551	90.027860%	0.941596	1.00

序號	字種	絕對字頻	相對字頻	累積字頻	累積覆蓋率	均頻倍值	分佈量
995	潁	127	0.015824%	722678	90.043684%	0.93424	1.00
996	陸	127	0.015824%	722805	90.059508%	0.93424	1.00
997	全	126	0.015699%	722931	90.075207%	0.926884	1.00
998	友	126	0.015699%	723057	90.090906%	0.926884	1.00
999	表	126	0.015699%	723183	90.106605%	0.926884	1.00
1000	斷	126	0.015699%	723309	90.122305%	0.926884	1.00
1001	翟	126	0.015699%	723435	90.138004%	0.926884	1.00
1002	愼	125	0.015575%	723560	90.153579%	0.919527	0.75
1003	滎	125	0.015575%	723685	90.169153%	0.919527	1.00
1004	眞	124	0.015450%	723809	90.184603%	0.912171	0.75
1005	舞	124	0.015450%	723933	90.200053%	0.912171	1.00
1006	禽	124	0.015450%	724057	90.215503%	0.912171	1.00
1007	獸	124	0.015450%	724181	90.230953%	0.912171	1.00
1008	鬼	123	0.015325%	724304	90.246279%	0.904815	1.00
1009	戴	123	0.015325%	724427	90.261604%	0.904815	1.00

第三節　中頻區段

序號	字種	絕對字頻	相對字頻	累積字頻	累積覆蓋率	均頻倍值	分佈量
1010	鹿	122	0.015201%	724549	90.276805%	0.897459	1.00
1011	畔	122	0.015201%	724671	90.292006%	0.897459	1.00
1012	桑	122	0.015201%	724793	90.307207%	0.897459	1.00
1013	丈	122	0.015201%	724915	90.322408%	0.897459	1.00
1014	閏	122	0.015201%	725037	90.337609%	0.897459	1.00
1015	辱	121	0.015076%	725158	90.352685%	0.890103	0.75
1016	勇	121	0.015076%	725279	90.367761%	0.890103	1.00
1017	攝	121	0.015076%	725400	90.382837%	0.890103	1.00
1018	盎	121	0.015076%	725521	90.397914%	0.890103	1.00
1019	酎	121	0.015076%	725642	90.412990%	0.890103	1.00
1020	補	120	0.014952%	725762	90.427942%	0.882746	0.75
1021	佐	120	0.014952%	725882	90.442893%	0.882746	1.00
1022	兼	120	0.014952%	726002	90.457845%	0.882746	1.00
1023	泣	119	0.014827%	726121	90.472672%	0.87539	0.75
1024	遭	119	0.014827%	726240	90.487499%	0.87539	1.00
1025	孰	119	0.014827%	726359	90.502326%	0.87539	1.00

序號	字種	絕對字頻	相對字頻	累積字頻	累積覆蓋率	均頻倍值	分佈量
1026	晦	119	0.014827%	726478	90.517153%	0.87539	0.75
1027	豫	118	0.014702%	726596	90.531856%	0.868034	1.00
1028	忍	118	0.014702%	726714	90.546558%	0.868034	0.75
1029	鉅	118	0.014702%	726832	90.561261%	0.868034	1.00
1030	慮	117	0.014578%	726949	90.575839%	0.860678	1.00
1031	招	117	0.014578%	727066	90.590416%	0.860678	1.00
1032	振	117	0.014578%	727183	90.604994%	0.860678	1.00
1033	縮	116	0.014453%	727299	90.619448%	0.853321	1.00
1034	鳥	116	0.014453%	727415	90.633901%	0.853321	1.00
1035	粟	116	0.014453%	727531	90.648354%	0.853321	1.00
1036	忌	116	0.014453%	727647	90.662807%	0.853321	1.00
1037	伊	116	0.014453%	727763	90.677261%	0.853321	1.00
1038	舅	116	0.014453%	727879	90.691714%	0.853321	1.00
1039	巫	115	0.014329%	727994	90.706043%	0.845965	1.00
1040	損	115	0.014329%	728109	90.720371%	0.845965	1.00
1041	幼	114	0.014204%	728223	90.734575%	0.838609	1.00
1042	央	114	0.014204%	728337	90.748780%	0.838609	1.00
1043	納	114	0.014204%	728451	90.762984%	0.838609	1.00
1044	驗	114	0.014204%	728565	90.777188%	0.838609	1.00
1045	循	114	0.014204%	728679	90.791392%	0.838609	1.00
1046	彼	114	0.014204%	728793	90.805596%	0.838609	0.75
1047	差	114	0.014204%	728907	90.819800%	0.838609	1.00
1048	奢	113	0.014079%	729020	90.833879%	0.831253	1.00
1049	每	113	0.014079%	729133	90.847959%	0.831253	1.00
1050	飛	113	0.014079%	729246	90.862038%	0.831253	1.00
1051	怪	113	0.014079%	729359	90.876118%	0.831253	0.75
1052	貳	113	0.014079%	729472	90.890197%	0.831253	1.00
1053	集	113	0.014079%	729585	90.904277%	0.831253	0.75
1054	工	113	0.014079%	729698	90.918356%	0.831253	1.00
1055	拔	112	0.013955%	729810	90.932311%	0.823897	1.00
1056	諭	112	0.013955%	729922	90.946266%	0.823897	1.00
1057	覺	112	0.013955%	730034	90.960221%	0.823897	1.00
1058	掌	112	0.013955%	730146	90.974176%	0.823897	0.75
1059	祥	112	0.013955%	730258	90.988131%	0.823897	0.75
1060	帥	111	0.013830%	730369	91.001961%	0.81654	1.00

序號	字種	絕對字頻	相對字頻	累積字頻	累積覆蓋率	均頻倍值	分佈量
1061	汝	111	0.013830%	730480	91.015791%	0.81654	1.00
1062	掖	111	0.013830%	730591	91.029622%	0.81654	1.00
1063	刻	111	0.013830%	730702	91.043452%	0.81654	1.00
1064	特	111	0.013830%	730813	91.057282%	0.81654	1.00
1065	強	111	0.013830%	730924	91.071113%	0.81654	0.75
1066	煩	110	0.013706%	731034	91.084818%	0.809184	1.00
1067	釋	110	0.013706%	731144	91.098524%	0.809184	1.00
1068	贊	110	0.013706%	731254	91.112230%	0.809184	1.00
1069	念	110	0.013706%	731364	91.125935%	0.809184	1.00
1070	璽	110	0.013706%	731474	91.139641%	0.809184	1.00
1071	斗	110	0.013706%	731584	91.153347%	0.809184	1.00
1072	皋	110	0.013706%	731694	91.167053%	0.809184	1.00
1073	臚	110	0.013706%	731804	91.180758%	0.809184	1.00
1074	端	109	0.013581%	731913	91.194339%	0.801828	1.00
1075	魚	109	0.013581%	732022	91.207920%	0.801828	1.00
1076	堅	109	0.013581%	732131	91.221501%	0.801828	1.00
1077	肅	109	0.013581%	732240	91.235083%	0.801828	1.00
1078	翼	109	0.013581%	732349	91.248664%	0.801828	1.00
1079	衍	109	0.013581%	732458	91.262245%	0.801828	1.00
1080	船	109	0.013581%	732567	91.275826%	0.801828	1.00
1081	敵	108	0.013457%	732675	91.289282%	0.794472	1.00
1082	灌	108	0.013457%	732783	91.302739%	0.794472	1.00
1083	蘭	108	0.013457%	732891	91.316195%	0.794472	1.00
1084	劍	108	0.013457%	732999	91.329652%	0.794472	1.00
1085	饒	108	0.013457%	733107	91.343108%	0.794472	1.00
1086	薛	108	0.013457%	733215	91.356565%	0.794472	1.00
1087	票	107	0.013332%	733322	91.369897%	0.787115	1.00
1088	冢	107	0.013332%	733429	91.383229%	0.787115	1.00
1089	郅	107	0.013332%	733536	91.396561%	0.787115	1.00
1090	鑄	107	0.013332%	733643	91.409893%	0.787115	1.00
1091	盧	107	0.013332%	733750	91.423224%	0.787115	1.00
1092	蘇	107	0.013332%	733857	91.436556%	0.787115	1.00
1093	恨	107	0.013332%	733964	91.449888%	0.787115	0.75
1094	雅	107	0.013332%	734071	91.463220%	0.787115	1.00
1095	垂	107	0.013332%	734178	91.476552%	0.787115	1.00

序號	字種	絕對字頻	相對字頻	累積字頻	累積覆蓋率	均頻倍值	分佈量
1096	密	107	0.013332%	734285	91.489884%	0.787115	1.00
1097	渭	106	0.013207%	734391	91.503091%	0.779759	1.00
1098	耆	106	0.013207%	734497	91.516299%	0.779759	1.00
1099	削	106	0.013207%	734603	91.529506%	0.779759	1.00
1100	晏	105	0.013083%	734708	91.542589%	0.772403	1.00
1101	斯	105	0.013083%	734813	91.555671%	0.772403	1.00
1102	豨	105	0.013083%	734918	91.568754%	0.772403	1.00
1103	隸	104	0.012958%	735022	91.581712%	0.765047	1.00
1104	殊	104	0.012958%	735126	91.594670%	0.765047	1.00
1105	紹	104	0.012958%	735230	91.607628%	0.765047	0.75
1106	遵	104	0.012958%	735334	91.620586%	0.765047	1.00
1107	匿	104	0.012958%	735438	91.633545%	0.765047	1.00
1108	到	103	0.012834%	735541	91.646378%	0.757691	1.00
1109	克	103	0.012834%	735644	91.659212%	0.757691	1.00
1110	蒼	103	0.012834%	735747	91.672045%	0.757691	1.00
1111	笑	103	0.012834%	735850	91.684879%	0.757691	1.00
1112	式	103	0.012834%	735953	91.697712%	0.757691	1.00
1113	罔	103	0.012834%	736056	91.710546%	0.757691	1.00
1114	婢	103	0.012834%	736159	91.723379%	0.757691	1.00
1115	貨	103	0.012834%	736262	91.736213%	0.757691	1.00
1116	蝕	102	0.012709%	736364	91.748922%	0.750334	0.75
1117	陷	102	0.012709%	736466	91.761631%	0.750334	1.00
1118	翊	102	0.012709%	736568	91.774339%	0.750334	1.00
1119	蚡	102	0.012709%	736670	91.787048%	0.750334	1.00
1120	胥	102	0.012709%	736772	91.799757%	0.750334	1.00
1121	妖	102	0.012709%	736874	91.812466%	0.750334	1.00
1122	卜	102	0.012709%	736976	91.825175%	0.750334	1.00
1123	迹	102	0.012709%	737078	91.837884%	0.750334	0.75
1124	據	102	0.012709%	737180	91.850593%	0.750334	1.00
1125	獵	102	0.012709%	737282	91.863302%	0.750334	0.75
1126	妄	102	0.012709%	737384	91.876011%	0.750334	0.75
1127	累	101	0.012584%	737485	91.888595%	0.742978	1.00
1128	畫	100	0.012460%	737585	91.901055%	0.735622	0.75
1129	貪	100	0.012460%	737685	91.913515%	0.735622	0.75
1130	感	100	0.012460%	737785	91.925974%	0.735622	0.75

序號	字種	絕對字頻	相對字頻	累積字頻	累積覆蓋率	均頻倍值	分佈量
1131	苟	100	0.012460%	737885	91.938434%	0.735622	1.00
1132	穎	100	0.012460%	737985	91.950894%	0.735622	1.00
1133	寢	99	0.012335%	738084	91.963229%	0.728266	1.00
1134	乏	99	0.012335%	738183	91.975564%	0.728266	1.00
1135	寸	99	0.012335%	738282	91.987899%	0.728266	0.75
1136	戲	99	0.012335%	738381	92.000234%	0.728266	0.75
1137	切	99	0.012335%	738480	92.012569%	0.728266	1.00
1138	姑	98	0.012211%	738578	92.024780%	0.720909	1.00
1139	愈	98	0.012211%	738676	92.036990%	0.720909	1.00
1140	句	98	0.012211%	738774	92.049201%	0.720909	1.00
1141	穆	97	0.012086%	738871	92.061287%	0.713553	1.00
1142	調	97	0.012086%	738968	92.073373%	0.713553	1.00
1143	界	97	0.012086%	739065	92.085459%	0.713553	1.00
1144	秉	97	0.012086%	739162	92.097545%	0.713553	1.00
1145	姊	97	0.012086%	739259	92.109631%	0.713553	1.00
1146	隴	96	0.011961%	739355	92.121592%	0.706197	1.00
1147	鮮	96	0.011961%	739451	92.133553%	0.706197	1.00
1148	爾	96	0.011961%	739547	92.145515%	0.706197	0.75
1149	智	95	0.011837%	739642	92.157351%	0.698841	1.00
1150	樹	95	0.011837%	739737	92.169188%	0.698841	1.00
1151	奮	95	0.011837%	739832	92.181025%	0.698841	1.00
1152	館	95	0.011837%	739927	92.192862%	0.698841	1.00
1153	逮	94	0.011712%	740021	92.204574%	0.691485	1.00
1154	憚	94	0.011712%	740115	92.216286%	0.691485	0.75
1155	逢	94	0.011712%	740209	92.227998%	0.691485	1.00
1156	短	94	0.011712%	740303	92.239710%	0.691485	1.00
1157	黑	94	0.011712%	740397	92.251422%	0.691485	1.00
1158	擇	94	0.011712%	740491	92.263134%	0.691485	1.00
1159	荊	93	0.011588%	740584	92.274722%	0.684128	1.00
1160	手	93	0.011588%	740677	92.286310%	0.684128	1.00
1161	干	93	0.011588%	740770	92.297897%	0.684128	1.00
1162	没	93	0.011588%	740863	92.309485%	0.684128	1.00
1163	厭	93	0.011588%	740956	92.321072%	0.684128	1.00
1164	孺	92	0.011463%	741048	92.332535%	0.676772	1.00
1165	員	92	0.011463%	741140	92.343998%	0.676772	1.00

序號	字種	絕對字頻	相對字頻	累積字頻	累積覆蓋率	均頻倍值	分佈量
1166	亞	92	0.011463%	741232	92.355461%	0.676772	1.00
1167	奔	92	0.011463%	741324	92.366924%	0.676772	1.00
1168	庸	92	0.011463%	741416	92.378387%	0.676772	1.00
1169	范	92	0.011463%	741508	92.389850%	0.676772	1.00
1170	租	92	0.011463%	741600	92.401313%	0.676772	1.00
1171	配	92	0.011463%	741692	92.412776%	0.676772	0.75
1172	示	92	0.011463%	741784	92.424239%	0.676772	0.75
1173	託	91	0.011338%	741875	92.435577%	0.669416	0.75
1174	嬒	91	0.011338%	741966	92.446915%	0.669416	1.00
1175	蒲	91	0.011338%	742057	92.458254%	0.669416	1.00
1176	介	91	0.011338%	742148	92.469592%	0.669416	1.00
1177	刀	91	0.011338%	742239	92.480930%	0.669416	0.50
1178	襲	91	0.011338%	742330	92.492269%	0.669416	1.00
1179	鬭	90	0.011214%	742420	92.503482%	0.66206	1.00
1180	寤	90	0.011214%	742510	92.514696%	0.66206	1.00
1181	烈	90	0.011214%	742600	92.525910%	0.66206	1.00
1182	依	90	0.011214%	742690	92.537124%	0.66206	0.75
1183	寶	90	0.011214%	742780	92.548337%	0.66206	1.00
1184	龜	89	0.011089%	742869	92.559427%	0.654703	1.00
1185	耕	89	0.011089%	742958	92.570516%	0.654703	0.75
1186	禪	89	0.011089%	743047	92.581605%	0.654703	0.75
1187	忽	89	0.011089%	743136	92.592694%	0.654703	1.00
1188	冒	89	0.011089%	743225	92.603783%	0.654703	0.75
1189	黎	89	0.011089%	743314	92.614872%	0.654703	1.00
1190	傾	89	0.011089%	743403	92.625962%	0.654703	0.75
1191	讒	88	0.010965%	743491	92.636926%	0.647347	0.75
1192	雷	88	0.010965%	743579	92.647891%	0.647347	1.00
1193	猛	88	0.010965%	743667	92.658855%	0.647347	1.00
1194	巧	88	0.010965%	743755	92.669820%	0.647347	1.00
1195	勤	88	0.010965%	743843	92.680784%	0.647347	1.00
1196	弩	87	0.010840%	743930	92.691624%	0.639991	1.00
1197	塡	87	0.010840%	744017	92.702464%	0.639991	0.75
1198	恢	87	0.010840%	744104	92.713304%	0.639991	1.00
1199	駕	87	0.010840%	744191	92.724144%	0.639991	1.00
1200	黯	87	0.010840%	744278	92.734984%	0.639991	0.75

序號	字種	絕對字頻	相對字頻	累積字頻	累積覆蓋率	均頻倍值	分佈量
1201	輸	87	0.010840%	744365	92.745824%	0.639991	1.00
1202	盈	87	0.010840%	744452	92.756664%	0.639991	0.50
1203	屋	87	0.010840%	744539	92.767504%	0.639991	1.00
1204	隄	87	0.010840%	744626	92.778344%	0.639991	1.00
1205	役	86	0.010715%	744712	92.789059%	0.632635	1.00
1206	隕	86	0.010715%	744798	92.799775%	0.632635	1.00
1207	遼	86	0.010715%	744884	92.810490%	0.632635	1.00
1208	狂	86	0.010715%	744970	92.821205%	0.632635	0.75
1209	覽	86	0.010715%	745056	92.831921%	0.632635	1.00
1210	繆	86	0.010715%	745142	92.842636%	0.632635	1.00
1211	絳	86	0.010715%	745228	92.853352%	0.632635	1.00
1212	屈	85	0.010591%	745313	92.863942%	0.625279	1.00
1213	浮	85	0.010591%	745398	92.874533%	0.625279	1.00
1214	夕	85	0.010591%	745483	92.885124%	0.625279	1.00
1215	育	85	0.010591%	745568	92.895715%	0.625279	1.00
1216	卬	85	0.010591%	745653	92.906305%	0.625279	1.00
1217	委	84	0.010466%	745737	92.916772%	0.617922	0.75
1218	誰	84	0.010466%	745821	92.927238%	0.617922	0.75
1219	抵	84	0.010466%	745905	92.937704%	0.617922	1.00
1220	帶	84	0.010466%	745989	92.948170%	0.617922	1.00
1221	壁	84	0.010466%	746073	92.958636%	0.617922	0.75
1222	荒	84	0.010466%	746157	92.969102%	0.617922	1.00
1223	說	84	0.010466%	746241	92.979569%	0.617922	0.50
1224	盧	84	0.010466%	746325	92.990035%	0.617922	1.00
1225	苑	83	0.010342%	746408	93.000376%	0.610566	1.00
1226	樊	83	0.010342%	746491	93.010718%	0.610566	1.00
1227	賴	83	0.010342%	746574	93.021059%	0.610566	1.00
1228	閔	83	0.010342%	746657	93.031401%	0.610566	1.00
1229	鐘	83	0.010342%	746740	93.041743%	0.610566	0.75
1230	贖	83	0.010342%	746823	93.052084%	0.610566	1.00
1231	違	83	0.010342%	746906	93.062426%	0.610566	0.75
1232	賂	83	0.010342%	746989	93.072767%	0.610566	1.00
1233	脫	82	0.010217%	747071	93.082984%	0.60321	0.75
1234	築	82	0.010217%	747153	93.093201%	0.60321	1.00
1235	慕	82	0.010217%	747235	93.103418%	0.60321	1.00

序號	字種	絕對字頻	相對字頻	累積字頻	累積覆蓋率	均頻倍值	分佈量
1236	幣	82	0.010217%	747317	93.113635%	0.60321	0.75
1237	迫	82	0.010217%	747399	93.123852%	0.60321	1.00
1238	革	82	0.010217%	747481	93.134069%	0.60321	1.00
1239	譚	81	0.010092%	747562	93.144161%	0.595854	1.00
1240	弓	81	0.010092%	747643	93.154254%	0.595854	1.00
1241	貌	81	0.010092%	747724	93.164346%	0.595854	0.75
1242	斂	81	0.010092%	747805	93.174439%	0.595854	0.75
1243	穿	81	0.010092%	747886	93.184531%	0.595854	1.00
1244	宅	81	0.010092%	747967	93.194623%	0.595854	1.00
1245	資	81	0.010092%	748048	93.204716%	0.595854	1.00
1246	閭	81	0.010092%	748129	93.214808%	0.595854	1.00
1247	涕	81	0.010092%	748210	93.224901%	0.595854	0.75
1248	憲	81	0.010092%	748291	93.234993%	0.595854	1.00
1249	飾	80	0.009968%	748371	93.244961%	0.588498	0.75
1250	儉	80	0.009968%	748451	93.254928%	0.588498	0.75
1251	湖	80	0.009968%	748531	93.264896%	0.588498	1.00
1252	宦	80	0.009968%	748611	93.274864%	0.588498	1.00
1253	達	79	0.009843%	748690	93.284707%	0.581141	1.00
1254	牙	79	0.009843%	748769	93.294550%	0.581141	1.00
1255	趨	79	0.009843%	748848	93.304394%	0.581141	0.75
1256	藥	79	0.009843%	748927	93.314237%	0.581141	0.75
1257	靖	79	0.009843%	749006	93.324080%	0.581141	1.00
1258	賣	79	0.009843%	749085	93.333923%	0.581141	1.00
1259	藩	79	0.009843%	749164	93.343766%	0.581141	1.00
1260	血	79	0.009843%	749243	93.353609%	0.581141	0.75
1261	試	79	0.009843%	749322	93.363453%	0.581141	0.75
1262	剛	78	0.009719%	749400	93.373171%	0.573785	1.00
1263	銅	78	0.009719%	749478	93.382890%	0.573785	1.00
1264	漸	78	0.009719%	749556	93.392608%	0.573785	1.00
1265	識	78	0.009719%	749634	93.402327%	0.573785	1.00
1266	憐	78	0.009719%	749712	93.412046%	0.573785	1.00
1267	狗	78	0.009719%	749790	93.421764%	0.573785	1.00
1268	豹	77	0.009594%	749867	93.431358%	0.566429	1.00
1269	畜	77	0.009594%	749944	93.440952%	0.566429	1.00
1270	殘	77	0.009594%	750021	93.450546%	0.566429	0.75

序號	字種	絕對字頻	相對字頻	累積字頻	累積覆蓋率	均頻倍值	分佈量
1271	關	77	0.009594%	750098	93.460140%	0.566429	1.00
1272	爰	77	0.009594%	750175	93.469734%	0.566429	1.00
1273	雞	77	0.009594%	750252	93.479328%	0.566429	1.00
1274	堪	77	0.009594%	750329	93.488922%	0.566429	0.75
1275	貶	77	0.009594%	750406	93.498516%	0.566429	1.00
1276	頌	76	0.009469%	750482	93.507985%	0.559073	1.00
1277	苟	76	0.009469%	750558	93.517455%	0.559073	1.00
1278	栗	76	0.009469%	750634	93.526924%	0.559073	1.00
1279	敦	76	0.009469%	750710	93.536394%	0.559073	1.00
1280	墨	76	0.009469%	750786	93.545863%	0.559073	1.00
1281	竭	76	0.009469%	750862	93.555332%	0.559073	1.00
1282	羅	76	0.009469%	750938	93.564802%	0.559073	1.00
1283	悲	76	0.009469%	751014	93.574271%	0.559073	1.00
1284	驀	76	0.009469%	751090	93.583741%	0.559073	0.75
1285	熊	76	0.009469%	751166	93.593210%	0.559073	1.00
1286	溢	75	0.009345%	751241	93.602555%	0.551716	1.00
1287	閉	75	0.009345%	751316	93.611900%	0.551716	1.00
1288	擢	75	0.009345%	751391	93.621244%	0.551716	0.75
1289	巴	75	0.009345%	751466	93.630589%	0.551716	1.00
1290	鳴	75	0.009345%	751541	93.639934%	0.551716	1.00
1291	恥	74	0.009220%	751615	93.649154%	0.54436	0.75
1292	巡	74	0.009220%	751689	93.658374%	0.54436	0.75
1293	旗	74	0.009220%	751763	93.667595%	0.54436	1.00
1294	糧	74	0.009220%	751837	93.676815%	0.54436	0.75
1295	庫	74	0.009220%	751911	93.686035%	0.54436	1.00
1296	矢	74	0.009220%	751985	93.695255%	0.54436	0.75
1297	乞	73	0.009096%	752058	93.704351%	0.537004	0.75
1298	柱	73	0.009096%	752131	93.713446%	0.537004	1.00
1299	綏	73	0.009096%	752204	93.722542%	0.537004	1.00
1300	柏	73	0.009096%	752277	93.731637%	0.537004	1.00
1301	戮	72	0.008971%	752349	93.740608%	0.529648	0.75
1302	險	72	0.008971%	752421	93.749579%	0.529648	1.00
1303	辯	72	0.008971%	752493	93.758550%	0.529648	0.75
1304	珠	72	0.008971%	752565	93.767521%	0.529648	0.75
1305	貫	72	0.008971%	752637	93.776492%	0.529648	1.00

序號	字種	絕對字頻	相對字頻	累積字頻	累積覆蓋率	均頻倍值	分佈量
1306	緩	72	0.008971%	752709	93.785463%	0.529648	1.00
1307	骸	72	0.008971%	752781	93.794434%	0.529648	0.50
1308	臥	72	0.008971%	752853	93.803405%	0.529648	0.75
1309	囚	71	0.008846%	752924	93.812252%	0.522292	1.00
1310	紛	71	0.008846%	752995	93.821098%	0.522292	1.00
1311	犂	71	0.008846%	753066	93.829945%	0.522292	0.75
1312	旅	71	0.008846%	753137	93.838791%	0.522292	1.00
1313	馴	71	0.008846%	753208	93.847638%	0.522292	1.00
1314	毛	71	0.008846%	753279	93.856484%	0.522292	1.00
1315	顏	71	0.008846%	753350	93.865330%	0.522292	1.00
1316	侈	70	0.008722%	753420	93.874052%	0.514935	1.00
1317	副	70	0.008722%	753490	93.882774%	0.514935	1.00
1318	痛	70	0.008722%	753560	93.891496%	0.514935	0.75
1319	冤	70	0.008722%	753630	93.900218%	0.514935	0.75
1320	恣	70	0.008722%	753700	93.908939%	0.514935	0.75
1321	享	69	0.008597%	753769	93.917537%	0.507579	1.00
1322	孛	69	0.008597%	753838	93.926134%	0.507579	0.75
1323	什	69	0.008597%	753907	93.934731%	0.507579	1.00
1324	防	69	0.008597%	753976	93.943328%	0.507579	1.00
1325	但	69	0.008597%	754045	93.951925%	0.507579	1.00
1326	醫	69	0.008597%	754114	93.960523%	0.507579	1.00
1327	倢	69	0.008597%	754183	93.969120%	0.507579	0.50
1328	譽	69	0.008597%	754252	93.977717%	0.507579	1.00
1329	齒	68	0.008473%	754320	93.986190%	0.500223	1.00
1330	敝	68	0.008473%	754388	93.994662%	0.500223	0.75
1331	篤	68	0.008473%	754456	94.003135%	0.500223	1.00
1332	劫	68	0.008473%	754524	94.011607%	0.500223	1.00
1333	量	67	0.008348%	754591	94.019955%	0.492867	1.00
1334	伍	67	0.008348%	754658	94.028304%	0.492867	1.00
1335	泗	67	0.008348%	754725	94.036652%	0.492867	1.00
1336	燒	67	0.008348%	754792	94.045000%	0.492867	1.00
1337	蹻	67	0.008348%	754859	94.053348%	0.492867	0.75
1338	尋	67	0.008348%	754926	94.061696%	0.492867	1.00
1339	敕	67	0.008348%	754993	94.070044%	0.492867	0.75
1340	殆	67	0.008348%	755060	94.078392%	0.492867	0.75

序號	字種	絕對字頻	相對字頻	累積字頻	累積覆蓋率	均頻倍值	分佈量
1341	韋	66	0.008223%	755126	94.086615%	0.48551	1.00
1342	蟲	66	0.008223%	755192	94.094838%	0.48551	1.00
1343	戍	66	0.008223%	755258	94.103062%	0.48551	1.00
1344	稅	66	0.008223%	755324	94.111285%	0.48551	1.00
1345	回	66	0.008223%	755390	94.119509%	0.48551	1.00
1346	夢	66	0.008223%	755456	94.127732%	0.48551	1.00
1347	脩	66	0.008223%	755522	94.135956%	0.48551	1.00
1348	弒	66	0.008223%	755588	94.144179%	0.48551	0.75
1349	徼	66	0.008223%	755654	94.152402%	0.48551	0.75
1350	誦	66	0.008223%	755720	94.160626%	0.48551	1.00
1351	妃	66	0.008223%	755786	94.168849%	0.48551	0.75
1352	簡	66	0.008223%	755852	94.177073%	0.48551	0.75
1353	寄	66	0.008223%	755918	94.185296%	0.48551	1.00
1354	閎	66	0.008223%	755984	94.193519%	0.48551	1.00
1355	算	65	0.008099%	756049	94.201618%	0.478154	0.75
1356	貞	65	0.008099%	756114	94.209717%	0.478154	1.00
1357	捐	65	0.008099%	756179	94.217816%	0.478154	0.75
1358	訟	65	0.008099%	756244	94.225915%	0.478154	1.00
1359	婁	65	0.008099%	756309	94.234014%	0.478154	1.00
1360	詛	65	0.008099%	756374	94.242112%	0.478154	1.00
1361	宇	65	0.008099%	756439	94.250211%	0.478154	1.00
1362	卻	65	0.008099%	756504	94.258310%	0.478154	1.00
1363	訾	65	0.008099%	756569	94.266409%	0.478154	1.00
1364	酈	65	0.008099%	756634	94.274508%	0.478154	1.00
1365	毒	65	0.008099%	756699	94.282606%	0.478154	1.00
1366	鍾	64	0.007974%	756763	94.290581%	0.470798	1.00
1367	蔽	64	0.007974%	756827	94.298555%	0.470798	0.75
1368	番	64	0.007974%	756891	94.306529%	0.470798	1.00
1369	悔	64	0.007974%	756955	94.314503%	0.470798	0.75
1370	饗	64	0.007974%	757019	94.322478%	0.470798	1.00
1371	冀	64	0.007974%	757083	94.330452%	0.470798	1.00
1372	管	63	0.007850%	757146	94.338301%	0.463442	1.00
1373	佗	63	0.007850%	757209	94.346151%	0.463442	1.00
1374	斥	63	0.007850%	757272	94.354001%	0.463442	1.00
1375	肥	63	0.007850%	757335	94.361850%	0.463442	1.00

序號	字種	絕對字頻	相對字頻	累積字頻	累積覆蓋率	均頻倍值	分佈量
1376	仇	63	0.007850%	757398	94.369700%	0.463442	1.00
1377	搖	63	0.007850%	757461	94.377550%	0.463442	0.75
1378	紂	63	0.007850%	757524	94.385399%	0.463442	0.75
1379	孽	63	0.007850%	757587	94.393249%	0.463442	0.75
1380	緣	63	0.007850%	757650	94.401098%	0.463442	1.00
1381	塗	63	0.007850%	757713	94.408948%	0.463442	1.00
1382	細	63	0.007850%	757776	94.416798%	0.463442	1.00
1383	赫	62	0.007725%	757838	94.424523%	0.456086	1.00
1384	波	62	0.007725%	757900	94.432248%	0.456086	1.00
1385	哭	62	0.007725%	757962	94.439973%	0.456086	0.75
1386	賁	62	0.007725%	758024	94.447698%	0.456086	0.75
1387	萌	62	0.007725%	758086	94.455423%	0.456086	1.00
1388	簿	62	0.007725%	758148	94.463148%	0.456086	0.75
1389	席	62	0.007725%	758210	94.470873%	0.456086	0.50
1390	諱	62	0.007725%	758272	94.478598%	0.456086	1.00
1391	泄	61	0.007600%	758333	94.486198%	0.448729	1.00
1392	區	61	0.007600%	758394	94.493799%	0.448729	1.00
1393	討	61	0.007600%	758455	94.501399%	0.448729	1.00
1394	汙	61	0.007600%	758516	94.509000%	0.448729	0.75
1395	皮	61	0.007600%	758577	94.516600%	0.448729	1.00
1396	邸	61	0.007600%	758638	94.524201%	0.448729	1.00
1397	伃	61	0.007600%	758699	94.531801%	0.448729	0.50
1398	僭	61	0.007600%	758760	94.539401%	0.448729	0.75
1399	談	61	0.007600%	758821	94.547002%	0.448729	1.00
1400	垣	61	0.007600%	758882	94.554602%	0.448729	1.00
1401	麗	61	0.007600%	758943	94.562203%	0.448729	1.00
1402	汾	61	0.007600%	759004	94.569803%	0.448729	1.00
1403	熒	61	0.007600%	759065	94.577404%	0.448729	0.50
1404	別	61	0.007600%	759126	94.585004%	0.448729	0.25
1405	倫	61	0.007600%	759187	94.592604%	0.448729	1.00
1406	仰	61	0.007600%	759248	94.600205%	0.448729	0.75
1407	笞	61	0.007600%	759309	94.607805%	0.448729	1.00
1408	洪	60	0.007476%	759369	94.615281%	0.441373	0.75
1409	萊	60	0.007476%	759429	94.622757%	0.441373	1.00
1410	銖	60	0.007476%	759489	94.630233%	0.441373	0.75

序號	字種	絕對字頻	相對字頻	累積字頻	累積覆蓋率	均頻倍值	分佈量
1411	佞	60	0.007476%	759549	94.637709%	0.441373	1.00
1412	昧	60	0.007476%	759609	94.645184%	0.441373	1.00
1413	優	60	0.007476%	759669	94.652660%	0.441373	1.00
1414	按	60	0.007476%	759729	94.660136%	0.441373	1.00
1415	皋	60	0.007476%	759789	94.667612%	0.441373	0.75
1416	尾	60	0.007476%	759849	94.675088%	0.441373	0.75
1417	宏	60	0.007476%	759909	94.682564%	0.441373	1.00
1418	晨	59	0.007351%	759968	94.689915%	0.434017	0.75
1419	誣	59	0.007351%	760027	94.697266%	0.434017	1.00
1420	僑	59	0.007351%	760086	94.704617%	0.434017	1.00
1421	署	59	0.007351%	760145	94.711969%	0.434017	1.00
1422	蠱	59	0.007351%	760204	94.719320%	0.434017	1.00
1423	徑	59	0.007351%	760263	94.726671%	0.434017	0.75
1424	閩	58	0.007227%	760321	94.733898%	0.426661	0.75
1425	柳	58	0.007227%	760379	94.741124%	0.426661	1.00
1426	虐	58	0.007227%	760437	94.748351%	0.426661	1.00
1427	俠	58	0.007227%	760495	94.755578%	0.426661	1.00
1428	索	58	0.007227%	760553	94.762804%	0.426661	0.75
1429	審	58	0.007227%	760611	94.770031%	0.426661	1.00
1430	箕	58	0.007227%	760669	94.777258%	0.426661	1.00
1431	淵	58	0.007227%	760727	94.784484%	0.426661	1.00
1432	狼	58	0.007227%	760785	94.791711%	0.426661	1.00
1433	完	58	0.007227%	760843	94.798937%	0.426661	1.00
1434	黜	58	0.007227%	760901	94.806164%	0.426661	1.00
1435	均	58	0.007227%	760959	94.813391%	0.426661	1.00
1436	銷	57	0.007102%	761016	94.820493%	0.419304	1.00
1437	懿	57	0.007102%	761073	94.827595%	0.419304	0.75
1438	英	57	0.007102%	761130	94.834697%	0.419304	1.00
1439	尸	57	0.007102%	761187	94.841799%	0.419304	1.00
1440	境	57	0.007102%	761244	94.848901%	0.419304	1.00
1441	督	57	0.007102%	761301	94.856003%	0.419304	1.00
1442	奈	57	0.007102%	761358	94.863105%	0.419304	0.75
1443	黥	57	0.007102%	761415	94.870207%	0.419304	1.00
1444	藝	56	0.006977%	761471	94.877185%	0.411948	0.75
1445	歎	56	0.006977%	761527	94.884162%	0.411948	1.00

序號	字種	絕對字頻	相對字頻	累積字頻	累積覆蓋率	均頻倍值	分佈量
1446	俊	56	0.006977%	761583	94.891139%	0.411948	1.00
1447	錄	56	0.006977%	761639	94.898117%	0.411948	0.75
1448	紅	56	0.006977%	761695	94.905094%	0.411948	1.00
1449	瑞	56	0.006977%	761751	94.912072%	0.411948	0.75
1450	朋	56	0.006977%	761807	94.919049%	0.411948	1.00
1451	嫁	56	0.006977%	761863	94.926027%	0.411948	0.75
1452	牢	56	0.006977%	761919	94.933004%	0.411948	1.00
1453	程	56	0.006977%	761975	94.939982%	0.411948	1.00
1454	勒	56	0.006977%	762031	94.946959%	0.411948	1.00
1455	竹	55	0.006853%	762086	94.953812%	0.404592	1.00
1456	碭	55	0.006853%	762141	94.960665%	0.404592	1.00
1457	隊	55	0.006853%	762196	94.967517%	0.404592	0.75
1458	渡	55	0.006853%	762251	94.974370%	0.404592	0.75
1459	鉤	55	0.006853%	762306	94.981223%	0.404592	1.00
1460	磾	55	0.006853%	762361	94.988076%	0.404592	0.75
1461	狐	55	0.006853%	762416	94.994929%	0.404592	1.00
1462	詳	55	0.006853%	762471	95.001782%	0.404592	1.00
1463	駿	54	0.006728%	762525	95.008510%	0.397236	1.00
1464	撫	54	0.006728%	762579	95.015238%	0.397236	0.75
1465	軌	54	0.006728%	762633	95.021966%	0.397236	1.00
1466	逃	54	0.006728%	762687	95.028695%	0.397236	1.00
1467	落	54	0.006728%	762741	95.035423%	0.397236	1.00
1468	抑	54	0.006728%	762795	95.042151%	0.397236	1.00
1469	橋	54	0.006728%	762849	95.048879%	0.397236	1.00
1470	甄	54	0.006728%	762903	95.055608%	0.397236	0.75
1471	弋	54	0.006728%	762957	95.062336%	0.397236	1.00
1472	趣	54	0.006728%	763011	95.069064%	0.397236	1.00
1473	童	54	0.006728%	763065	95.075793%	0.397236	0.75
1474	挾	54	0.006728%	763119	95.082521%	0.397236	1.00
1475	墮	54	0.006728%	763173	95.089249%	0.397236	1.00
1476	愍	54	0.006728%	763227	95.095977%	0.397236	1.00
1477	沐	54	0.006728%	763281	95.102706%	0.397236	0.75
1478	雪	54	0.006728%	763335	95.109434%	0.397236	0.75
1479	欺	54	0.006728%	763389	95.116162%	0.397236	0.75
1480	淳	54	0.006728%	763443	95.122890%	0.397236	1.00

序號	字種	絕對字頻	相對字頻	累積字頻	累積覆蓋率	均頻倍值	分佈量
1481	夙	53	0.006604%	763496	95.129494%	0.38988	1.00
1482	譏	53	0.006604%	763549	95.136098%	0.38988	0.75
1483	總	53	0.006604%	763602	95.142701%	0.38988	1.00
1484	煌	53	0.006604%	763655	95.149305%	0.38988	0.75
1485	曼	53	0.006604%	763708	95.155909%	0.38988	1.00
1486	倍	53	0.006604%	763761	95.162512%	0.38988	1.00
1487	鄧	53	0.006604%	763814	95.169116%	0.38988	1.00
1488	叛	53	0.006604%	763867	95.175719%	0.38988	0.75
1489	戾	53	0.006604%	763920	95.182323%	0.38988	1.00
1490	講	53	0.006604%	763973	95.188927%	0.38988	0.75
1491	運	53	0.006604%	764026	95.195530%	0.38988	1.00
1492	洛	53	0.006604%	764079	95.202134%	0.38988	1.00
1493	貸	53	0.006604%	764132	95.208738%	0.38988	1.00
1494	履	53	0.006604%	764185	95.215341%	0.38988	0.75
1495	曉	53	0.006604%	764238	95.221945%	0.38988	0.50
1496	犬	53	0.006604%	764291	95.228549%	0.38988	0.75
1497	棘	53	0.006604%	764344	95.235152%	0.38988	1.00
1498	逸	53	0.006604%	764397	95.241756%	0.38988	1.00
1499	醉	52	0.006479%	764449	95.248235%	0.382523	1.00
1500	霜	52	0.006479%	764501	95.254714%	0.382523	0.75
1501	遊	52	0.006479%	764553	95.261193%	0.382523	0.75
1502	淺	52	0.006479%	764605	95.267672%	0.382523	1.00
1503	蚤	52	0.006479%	764657	95.274151%	0.382523	0.75
1504	割	52	0.006479%	764709	95.280630%	0.382523	1.00
1505	鄒	52	0.006479%	764761	95.287109%	0.382523	0.75
1506	昏	52	0.006479%	764813	95.293588%	0.382523	1.00
1507	蛇	51	0.006354%	764864	95.299943%	0.375167	0.75
1508	祁	51	0.006354%	764915	95.306297%	0.375167	1.00
1509	湛	51	0.006354%	764966	95.312652%	0.375167	1.00
1510	晝	51	0.006354%	765017	95.319006%	0.375167	0.75
1511	旬	51	0.006354%	765068	95.325361%	0.375167	1.00
1512	冥	51	0.006354%	765119	95.331715%	0.375167	1.00
1513	睦	51	0.006354%	765170	95.338070%	0.375167	0.75
1514	聰	51	0.006354%	765221	95.344424%	0.375167	0.50
1515	譯	51	0.006354%	765272	95.350779%	0.375167	1.00

序號	字種	絕對字頻	相對字頻	累積字頻	累積覆蓋率	均頻倍值	分佈量
1516	煬	51	0.006354%	765323	95.357133%	0.375167	1.00
1517	矯	51	0.006354%	765374	95.363488%	0.375167	0.75
1518	漏	50	0.006230%	765424	95.369717%	0.367811	1.00
1519	鄆	50	0.006230%	765474	95.375947%	0.367811	1.00
1520	聘	50	0.006230%	765524	95.382177%	0.367811	0.75
1521	睢	50	0.006230%	765574	95.388407%	0.367811	1.00
1522	綱	50	0.006230%	765624	95.394637%	0.367811	1.00
1523	氐	50	0.006230%	765674	95.400867%	0.367811	1.00
1524	夭	50	0.006230%	765724	95.407097%	0.367811	1.00
1525	鬱	50	0.006230%	765774	95.413326%	0.367811	1.00
1526	脅	50	0.006230%	765824	95.419556%	0.367811	0.75
1527	沈	50	0.006230%	765874	95.425786%	0.367811	1.00
1528	卦	50	0.006230%	765924	95.432016%	0.367811	0.50
1529	阻	50	0.006230%	765974	95.438246%	0.367811	0.75
1530	甯	50	0.006230%	766024	95.444476%	0.367811	1.00
1531	乾	50	0.006230%	766074	95.450706%	0.367811	0.75
1532	募	50	0.006230%	766124	95.456935%	0.367811	0.75
1533	壇	50	0.006230%	766174	95.463165%	0.367811	0.75
1534	遮	50	0.006230%	766224	95.469395%	0.367811	0.75
1535	鼠	50	0.006230%	766274	95.475625%	0.367811	0.50
1536	葉	50	0.006230%	766324	95.481855%	0.367811	1.00
1537	紫	49	0.006105%	766373	95.487960%	0.360455	1.00
1538	藉	49	0.006105%	766422	95.494065%	0.360455	1.00
1539	讎	49	0.006105%	766471	95.500171%	0.360455	1.00
1540	珍	49	0.006105%	766520	95.506276%	0.360455	0.75
1541	創	49	0.006105%	766569	95.512381%	0.360455	1.00
1542	繡	49	0.006105%	766618	95.518486%	0.360455	1.00
1543	茶	49	0.006105%	766667	95.524592%	0.360455	1.00
1544	詘	49	0.006105%	766716	95.530697%	0.360455	1.00
1545	謗	49	0.006105%	766765	95.536802%	0.360455	1.00
1546	仕	49	0.006105%	766814	95.542908%	0.360455	0.75
1547	操	49	0.006105%	766863	95.549013%	0.360455	0.75
1548	枚	49	0.006105%	766912	95.555118%	0.360455	0.75
1549	蕃	49	0.006105%	766961	95.561223%	0.360455	0.75
1550	髮	49	0.006105%	767010	95.567329%	0.360455	0.75

序號	字種	絕對字頻	相對字頻	累積字頻	累積覆蓋率	均頻倍值	分佈量
1551	讀	49	0.006105%	767059	95.573434%	0.360455	0.50
1552	劇	48	0.005981%	767107	95.579415%	0.353099	1.00
1553	燭	48	0.005981%	767155	95.585395%	0.353099	1.00
1554	早	48	0.005981%	767203	95.591376%	0.353099	0.75
1555	愁	48	0.005981%	767251	95.597357%	0.353099	0.75
1556	擾	48	0.005981%	767299	95.603337%	0.353099	0.75
1557	機	48	0.005981%	767347	95.609318%	0.353099	1.00
1558	蠡	48	0.005981%	767395	95.615299%	0.353099	1.00
1559	尼	48	0.005981%	767443	95.621279%	0.353099	1.00
1560	缺	48	0.005981%	767491	95.627260%	0.353099	0.75
1561	謙	48	0.005981%	767539	95.633241%	0.353099	0.75
1562	帷	47	0.005856%	767586	95.639097%	0.345742	1.00
1563	他	47	0.005856%	767633	95.644953%	0.345742	0.75
1564	溝	47	0.005856%	767680	95.650809%	0.345742	1.00
1565	墼	47	0.005856%	767727	95.656665%	0.345742	0.50
1566	鰥	47	0.005856%	767774	95.662521%	0.345742	0.75
1567	暑	47	0.005856%	767821	95.668377%	0.345742	0.75
1568	繩	47	0.005856%	767868	95.674233%	0.345742	1.00
1569	嶽	47	0.005856%	767915	95.680089%	0.345742	0.75
1570	倦	47	0.005856%	767962	95.685945%	0.345742	0.50
1571	偏	47	0.005856%	768009	95.691801%	0.345742	0.50
1572	班	47	0.005856%	768056	95.697657%	0.345742	1.00
1573	薪	47	0.005856%	768103	95.703513%	0.345742	1.00
1574	彗	47	0.005856%	768150	95.709369%	0.345742	0.75
1575	幕	46	0.005731%	768196	95.715101%	0.338386	0.75
1576	罵	46	0.005731%	768242	95.720832%	0.338386	1.00
1577	織	46	0.005731%	768288	95.726564%	0.338386	1.00
1578	沮	46	0.005731%	768334	95.732295%	0.338386	1.00
1579	墓	46	0.005731%	768380	95.738027%	0.338386	1.00
1580	技	46	0.005731%	768426	95.743758%	0.338386	1.00
1581	詭	46	0.005731%	768472	95.749490%	0.338386	0.75
1582	束	46	0.005731%	768518	95.755221%	0.338386	0.75
1583	驪	46	0.005731%	768564	95.760953%	0.338386	1.00
1584	歐	46	0.005731%	768610	95.766684%	0.338386	1.00
1585	怠	46	0.005731%	768656	95.772416%	0.338386	0.75

序號	字種	絕對字頻	相對字頻	累積字頻	累積覆蓋率	均頻倍值	分佈量
1586	譖	46	0.005731%	768702	95.778147%	0.338386	0.75
1587	牟	46	0.005731%	768748	95.783879%	0.338386	1.00
1588	零	46	0.005731%	768794	95.789610%	0.338386	0.75
1589	鄰	46	0.005731%	768840	95.795342%	0.338386	0.75
1590	憚	46	0.005731%	768886	95.801073%	0.338386	0.50
1591	渾	46	0.005731%	768932	95.806805%	0.338386	0.75
1592	勉	46	0.005731%	768978	95.812536%	0.338386	0.75
1593	縛	46	0.005731%	769024	95.818267%	0.338386	0.75
1594	漕	46	0.005731%	769070	95.823999%	0.338386	0.75
1595	涿	45	0.005607%	769115	95.829606%	0.33103	1.00
1596	盟	45	0.005607%	769160	95.835213%	0.33103	1.00
1597	閒	45	0.005607%	769205	95.840820%	0.33103	0.75
1598	函	45	0.005607%	769250	95.846426%	0.33103	0.75
1599	市	45	0.005607%	769295	95.852033%	0.33103	0.75
1600	郢	45	0.005607%	769340	95.857640%	0.33103	1.00
1601	屏	45	0.005607%	769385	95.863247%	0.33103	0.75
1602	倡	45	0.005607%	769430	95.868854%	0.33103	0.50
1603	阢	45	0.005607%	769475	95.874461%	0.33103	0.75
1604	錫	45	0.005607%	769520	95.880068%	0.33103	1.00
1605	基	45	0.005607%	769565	95.885675%	0.33103	1.00
1606	疆	45	0.005607%	769610	95.891281%	0.33103	0.75
1607	格	45	0.005607%	769655	95.896888%	0.33103	1.00
1608	冀	45	0.005607%	769700	95.902495%	0.33103	0.75
1609	藏	45	0.005607%	769745	95.908102%	0.33103	0.75
1610	炎	45	0.005607%	769790	95.913709%	0.33103	0.75
1611	際	45	0.005607%	769835	95.919316%	0.33103	0.75
1612	品	44	0.005482%	769879	95.924798%	0.323674	0.75
1613	棺	44	0.005482%	769923	95.930280%	0.323674	0.75
1614	究	44	0.005482%	769967	95.935763%	0.323674	1.00
1615	投	44	0.005482%	770011	95.941245%	0.323674	0.50
1616	洽	44	0.005482%	770055	95.946727%	0.323674	1.00
1617	腹	44	0.005482%	770099	95.952209%	0.323674	1.00
1618	嫚	44	0.005482%	770143	95.957692%	0.323674	0.75
1619	佩	44	0.005482%	770187	95.963174%	0.323674	0.75
1620	虺	44	0.005482%	770231	95.968656%	0.323674	0.50

序號	字種	絕對字頻	相對字頻	累積字頻	累積覆蓋率	均頻倍值	分佈量
1621	亢	44	0.005482%	770275	95.974139%	0.323674	1.00
1622	絫	44	0.005482%	770319	95.979621%	0.323674	0.75
1623	繒	43	0.005358%	770362	95.984979%	0.316317	1.00
1624	默	43	0.005358%	770405	95.990336%	0.316317	0.75
1625	銀	43	0.005358%	770448	95.995694%	0.316317	1.00
1626	欣	43	0.005358%	770491	96.001052%	0.316317	1.00
1627	希	43	0.005358%	770534	96.006409%	0.316317	0.75
1628	穰	43	0.005358%	770577	96.011767%	0.316317	1.00
1629	倚	43	0.005358%	770620	96.017125%	0.316317	1.00
1630	牽	43	0.005358%	770663	96.022482%	0.316317	0.75
1631	導	43	0.005358%	770706	96.027840%	0.316317	1.00
1632	柰	43	0.005358%	770749	96.033198%	0.316317	0.75
1633	曠	43	0.005358%	770792	96.038555%	0.316317	0.75
1634	猾	43	0.005358%	770835	96.043913%	0.316317	1.00
1635	圉	42	0.005233%	770877	96.049146%	0.308961	0.75
1636	純	42	0.005233%	770919	96.054379%	0.308961	1.00
1637	恬	42	0.005233%	770961	96.059612%	0.308961	0.75
1638	燔	42	0.005233%	771003	96.064845%	0.308961	0.75
1639	艾	42	0.005233%	771045	96.070078%	0.308961	1.00
1640	抱	42	0.005233%	771087	96.075312%	0.308961	0.50
1641	巷	42	0.005233%	771129	96.080545%	0.308961	1.00
1642	誤	42	0.005233%	771171	96.085778%	0.308961	0.50
1643	郁	42	0.005233%	771213	96.091011%	0.308961	1.00
1644	祕	42	0.005233%	771255	96.096244%	0.308961	1.00
1645	拘	42	0.005233%	771297	96.101477%	0.308961	1.00
1646	儋	42	0.005233%	771339	96.106710%	0.308961	1.00
1647	銳	42	0.005233%	771381	96.111943%	0.308961	0.75
1648	汲	42	0.005233%	771423	96.117176%	0.308961	1.00
1649	暮	42	0.005233%	771465	96.122409%	0.308961	0.75
1650	側	42	0.005233%	771507	96.127642%	0.308961	1.00
1651	柔	42	0.005233%	771549	96.132875%	0.308961	1.00
1652	踐	42	0.005233%	771591	96.138109%	0.308961	1.00
1653	似	41	0.005108%	771632	96.143217%	0.301605	0.50
1654	刃	41	0.005108%	771673	96.148326%	0.301605	0.75
1655	眇	41	0.005108%	771714	96.153434%	0.301605	0.75

序號	字種	絕對字頻	相對字頻	累積字頻	累積覆蓋率	均頻倍值	分佈量
1656	濞	41	0.005108%	771755	96.158543%	0.301605	1.00
1657	攘	41	0.005108%	771796	96.163651%	0.301605	1.00
1658	牲	41	0.005108%	771837	96.168759%	0.301605	1.00
1659	訢	41	0.005108%	771878	96.173868%	0.301605	0.75
1660	虧	41	0.005108%	771919	96.178976%	0.301605	0.75
1661	提	41	0.005108%	771960	96.184085%	0.301605	0.75
1662	羞	41	0.005108%	772001	96.189193%	0.301605	1.00
1663	齎	41	0.005108%	772042	96.194302%	0.301605	0.50
1664	邳	41	0.005108%	772083	96.199410%	0.301605	1.00
1665	杖	41	0.005108%	772124	96.204519%	0.301605	0.75
1666	誘	41	0.005108%	772165	96.209627%	0.301605	1.00
1667	兢	41	0.005108%	772206	96.214736%	0.301605	0.50
1668	股	41	0.005108%	772247	96.219844%	0.301605	1.00
1669	余	41	0.005108%	772288	96.224953%	0.301605	1.00
1670	莊	41	0.005108%	772329	96.230061%	0.301605	0.75
1671	析	40	0.004984%	772369	96.235045%	0.294249	1.00
1672	觸	40	0.004984%	772409	96.240029%	0.294249	1.00
1673	鞮	40	0.004984%	772449	96.245013%	0.294249	1.00
1674	注	40	0.004984%	772489	96.249997%	0.294249	1.00
1675	輯	40	0.004984%	772529	96.254981%	0.294249	1.00
1676	酷	40	0.004984%	772569	96.259965%	0.294249	0.75
1677	徧	40	0.004984%	772609	96.264949%	0.294249	0.75
1678	鄙	40	0.004984%	772649	96.269932%	0.294249	0.75
1679	弔	40	0.004984%	772689	96.274916%	0.294249	0.75
1680	仍	40	0.004984%	772729	96.279900%	0.294249	0.75
1681	崗	40	0.004984%	772769	96.284884%	0.294249	1.00
1682	鈞	40	0.004984%	772809	96.289868%	0.294249	1.00
1683	嗟	40	0.004984%	772849	96.294852%	0.294249	0.75
1684	津	40	0.004984%	772889	96.299836%	0.294249	1.00
1685	叩	40	0.004984%	772929	96.304820%	0.294249	0.25
1686	輩	39	0.004859%	772968	96.309679%	0.286893	0.50
1687	浦	39	0.004859%	773007	96.314538%	0.286893	1.00
1688	黿	39	0.004859%	773046	96.319398%	0.286893	1.00
1689	昊	39	0.004859%	773085	96.324257%	0.286893	0.75
1690	桃	39	0.004859%	773124	96.329116%	0.286893	1.00

序號	字種	絕對字頻	相對字頻	累積字頻	累積覆蓋率	均頻倍值	分佈量
1691	弦	39	0.004859%	773163	96.333975%	0.286893	0.75
1692	訖	39	0.004859%	773202	96.338835%	0.286893	1.00
1693	僚	39	0.004859%	773241	96.343694%	0.286893	1.00
1694	飭	39	0.004859%	773280	96.348553%	0.286893	1.00
1695	恆	38	0.004735%	773318	96.353288%	0.279536	1.00
1696	衝	38	0.004735%	773356	96.358023%	0.279536	0.75
1697	苗	38	0.004735%	773394	96.362757%	0.279536	0.75
1698	匱	38	0.004735%	773432	96.367492%	0.279536	0.75
1699	供	38	0.004735%	773470	96.372227%	0.279536	0.75
1700	塹	38	0.004735%	773508	96.376961%	0.279536	0.50
1701	蝗	38	0.004735%	773546	96.381696%	0.279536	0.75
1702	鄴	38	0.004735%	773584	96.386431%	0.279536	0.50
1703	圉	38	0.004735%	773622	96.391166%	0.279536	0.75
1704	快	38	0.004735%	773660	96.395900%	0.279536	0.75
1705	驅	38	0.004735%	773698	96.400635%	0.279536	0.50
1706	潤	38	0.004735%	773736	96.405370%	0.279536	0.75
1707	犇	38	0.004735%	773774	96.410104%	0.279536	0.75
1708	麟	37	0.004610%	773811	96.414714%	0.27218	1.00
1709	浸	37	0.004610%	773848	96.419325%	0.27218	0.50
1710	雉	37	0.004610%	773885	96.423935%	0.27218	0.75
1711	壘	37	0.004610%	773922	96.428545%	0.27218	1.00
1712	饑	37	0.004610%	773959	96.433155%	0.27218	0.75
1713	宴	37	0.004610%	773996	96.437765%	0.27218	0.50
1714	贍	37	0.004610%	774033	96.442375%	0.27218	0.75
1715	騷	37	0.004610%	774070	96.446985%	0.27218	1.00
1716	殃	37	0.004610%	774107	96.451595%	0.27218	0.75
1717	裂	37	0.004610%	774144	96.456205%	0.27218	1.00
1718	岑	37	0.004610%	774181	96.460815%	0.27218	1.00
1719	巢	37	0.004610%	774218	96.465426%	0.27218	1.00
1720	蕩	37	0.004610%	774255	96.470036%	0.27218	0.75
1721	徇	37	0.004610%	774292	96.474646%	0.27218	1.00
1722	遲	37	0.004610%	774329	96.479256%	0.27218	1.00
1723	圜	37	0.004610%	774366	96.483866%	0.27218	0.50
1724	芒	37	0.004610%	774403	96.488476%	0.27218	1.00
1725	奚	37	0.004610%	774440	96.493086%	0.27218	1.00

序號	字種	絕對字頻	相對字頻	累積字頻	累積覆蓋率	均頻倍值	分佈量
1726	漁	37	0.004610%	774477	96.497696%	0.27218	1.00
1727	冰	36	0.004486%	774513	96.502182%	0.264824	0.75
1728	協	36	0.004486%	774549	96.506667%	0.264824	0.75
1729	科	36	0.004486%	774585	96.511153%	0.264824	1.00
1730	肖	36	0.004486%	774621	96.515638%	0.264824	0.75
1731	駒	36	0.004486%	774657	96.520124%	0.264824	1.00
1732	甫	36	0.004486%	774693	96.524609%	0.264824	0.75
1733	亟	36	0.004486%	774729	96.529095%	0.264824	0.75
1734	諛	36	0.004486%	774765	96.533580%	0.264824	0.50
1735	斛	36	0.004486%	774801	96.538066%	0.264824	0.75
1736	滕	36	0.004486%	774837	96.542551%	0.264824	1.00
1737	芮	36	0.004486%	774873	96.547037%	0.264824	1.00
1738	允	36	0.004486%	774909	96.551522%	0.264824	1.00
1739	牡	36	0.004486%	774945	96.556008%	0.264824	0.75
1740	櫟	36	0.004486%	774981	96.560493%	0.264824	1.00
1741	訓	36	0.004486%	775017	96.564979%	0.264824	0.75
1742	涇	36	0.004486%	775053	96.569464%	0.264824	1.00
1743	乖	35	0.004361%	775088	96.573825%	0.257468	0.75
1744	憒	35	0.004361%	775123	96.578186%	0.257468	0.50
1745	滋	35	0.004361%	775158	96.582547%	0.257468	0.75
1746	溉	35	0.004361%	775193	96.586908%	0.257468	0.50
1747	胸	35	0.004361%	775228	96.591269%	0.257468	1.00
1748	斧	35	0.004361%	775263	96.595630%	0.257468	0.75
1749	課	35	0.004361%	775298	96.599991%	0.257468	1.00
1750	鴈	35	0.004361%	775333	96.604351%	0.257468	1.00
1751	頊	35	0.004361%	775368	96.608712%	0.257468	0.75
1752	墳	35	0.004361%	775403	96.613073%	0.257468	0.75
1753	陂	35	0.004361%	775438	96.617434%	0.257468	0.75
1754	廩	35	0.004361%	775473	96.621795%	0.257468	1.00
1755	毚	35	0.004361%	775508	96.626156%	0.257468	0.75
1756	邛	34	0.004236%	775542	96.630392%	0.250111	0.75
1757	亨	34	0.004236%	775576	96.634629%	0.250111	1.00
1758	輪	34	0.004236%	775610	96.638865%	0.250111	1.00
1759	屮	34	0.004236%	775644	96.643101%	0.250111	0.50
1760	騁	34	0.004236%	775678	96.647337%	0.250111	0.75

序號	字種	絕對字頻	相對字頻	累積字頻	累積覆蓋率	均頻倍值	分佈量
1761	璧	34	0.004236%	775712	96.651574%	0.250111	1.00
1762	晦	34	0.004236%	775746	96.655810%	0.250111	0.75
1763	犧	34	0.004236%	775780	96.660046%	0.250111	1.00
1764	桂	34	0.004236%	775814	96.664283%	0.250111	1.00
1765	慈	34	0.004236%	775848	96.668519%	0.250111	0.75
1766	係	34	0.004236%	775882	96.672755%	0.250111	1.00
1767	戟	34	0.004236%	775916	96.676992%	0.250111	0.75
1768	敏	34	0.004236%	775950	96.681228%	0.250111	0.75
1769	擁	34	0.004236%	775984	96.685464%	0.250111	0.75
1770	靜	34	0.004236%	776018	96.689701%	0.250111	0.25
1771	驪	34	0.004236%	776052	96.693937%	0.250111	1.00
1772	消	34	0.004236%	776086	96.698173%	0.250111	0.50
1773	婚	34	0.004236%	776120	96.702409%	0.250111	1.00
1774	枯	34	0.004236%	776154	96.706646%	0.250111	1.00
1775	茅	33	0.004112%	776187	96.710757%	0.242755	0.75
1776	飲	33	0.004112%	776220	96.714869%	0.242755	0.50
1777	餓	33	0.004112%	776253	96.718981%	0.242755	1.00
1778	殖	33	0.004112%	776286	96.723093%	0.242755	1.00
1779	燿	33	0.004112%	776319	96.727204%	0.242755	0.75
1780	揖	33	0.004112%	776352	96.731316%	0.242755	1.00
1781	維	33	0.004112%	776385	96.735428%	0.242755	0.50
1782	甌	33	0.004112%	776418	96.739539%	0.242755	1.00
1783	弄	33	0.004112%	776451	96.743651%	0.242755	1.00
1784	轅	33	0.004112%	776484	96.747763%	0.242755	1.00
1785	搜	33	0.004112%	776517	96.751875%	0.242755	1.00
1786	環	32	0.003987%	776549	96.755862%	0.235399	1.00
1787	歆	32	0.003987%	776581	96.759849%	0.235399	0.75
1788	蠶	32	0.003987%	776613	96.763836%	0.235399	1.00
1789	羲	32	0.003987%	776645	96.767823%	0.235399	1.00
1790	激	32	0.003987%	776677	96.771810%	0.235399	0.50
1791	排	32	0.003987%	776709	96.775797%	0.235399	0.50
1792	詆	32	0.003987%	776741	96.779784%	0.235399	0.75
1793	欒	32	0.003987%	776773	96.783771%	0.235399	1.00
1794	掩	32	0.003987%	776805	96.787759%	0.235399	1.00
1795	軫	32	0.003987%	776837	96.791746%	0.235399	0.75

序號	字種	絕對字頻	相對字頻	累積字頻	累積覆蓋率	均頻倍值	分佈量
1796	莎	32	0.003987%	776869	96.795733%	0.235399	0.25
1797	升	32	0.003987%	776901	96.799720%	0.235399	1.00
1798	罕	32	0.003987%	776933	96.803707%	0.235399	0.75
1799	誃	32	0.003987%	776965	96.807694%	0.235399	0.50
1800	揭	32	0.003987%	776997	96.811681%	0.235399	1.00
1801	廿	32	0.003987%	777029	96.815668%	0.235399	0.25
1802	墜	32	0.003987%	777061	96.819655%	0.235399	0.50
1803	枉	32	0.003987%	777093	96.823643%	0.235399	1.00
1804	筦	32	0.003987%	777125	96.827630%	0.235399	0.50
1805	蓬	32	0.003987%	777157	96.831617%	0.235399	0.75
1806	閣	32	0.003987%	777189	96.835604%	0.235399	1.00
1807	奧	32	0.003987%	777221	96.839591%	0.235399	0.50
1808	矜	32	0.003987%	777253	96.843578%	0.235399	1.00

第四節 低頻區段

序號	字種	絕對字頻	相對字頻	累積字頻	累積覆蓋率	均頻倍值	分佈量
1809	刺	31	0.003863%	777284	96.847441%	0.228043	1.00
1810	遁	31	0.003863%	777315	96.851303%	0.228043	0.50
1811	疫	31	0.003863%	777346	96.855166%	0.228043	0.75
1812	晚	31	0.003863%	777377	96.859028%	0.228043	1.00
1813	譴	31	0.003863%	777408	96.862891%	0.228043	0.50
1814	舟	31	0.003863%	777439	96.866753%	0.228043	0.75
1815	郵	31	0.003863%	777470	96.870616%	0.228043	1.00
1816	郏	31	0.003863%	777501	96.874478%	0.228043	1.00
1817	掘	31	0.003863%	777532	96.878341%	0.228043	0.75
1818	駭	31	0.003863%	777563	96.882203%	0.228043	0.75
1819	壻	31	0.003863%	777594	96.886066%	0.228043	0.75
1820	騰	31	0.003863%	777625	96.889928%	0.228043	0.75
1821	窺	31	0.003863%	777656	96.893791%	0.228043	0.75
1822	饉	31	0.003863%	777687	96.897653%	0.228043	0.75
1823	濁	30	0.003738%	777717	96.901391%	0.220687	0.75
1824	虢	30	0.003738%	777747	96.905129%	0.220687	0.75
1825	械	30	0.003738%	777777	96.908867%	0.220687	0.75
1826	電	30	0.003738%	777807	96.912605%	0.220687	1.00

序號	字種	絕對字頻	相對字頻	累積字頻	累積覆蓋率	均頻倍值	分佈量
1827	米	30	0.003738%	777837	96.916343%	0.220687	0.75
1828	嗇	30	0.003738%	777867	96.920081%	0.220687	1.00
1829	囂	30	0.003738%	777897	96.923819%	0.220687	1.00
1830	枝	30	0.003738%	777927	96.927557%	0.220687	0.75
1831	規	30	0.003738%	777957	96.931295%	0.220687	0.75
1832	歙	30	0.003738%	777987	96.935033%	0.220687	0.75
1833	贛	30	0.003738%	778017	96.938770%	0.220687	0.75
1834	壺	30	0.003738%	778047	96.942508%	0.220687	1.00
1835	仄	30	0.003738%	778077	96.946246%	0.220687	0.50
1836	瀆	30	0.003738%	778107	96.949984%	0.220687	0.50
1837	豎	30	0.003738%	778137	96.953722%	0.220687	0.75
1838	冊	30	0.003738%	778167	96.957460%	0.220687	0.50
1839	牂	30	0.003738%	778197	96.961198%	0.220687	0.75
1840	裔	30	0.003738%	778227	96.964936%	0.220687	0.75
1841	寺	30	0.003738%	778257	96.968674%	0.220687	1.00
1842	甌	30	0.003738%	778287	96.972412%	0.220687	0.75
1843	卓	30	0.003738%	778317	96.976150%	0.220687	1.00
1844	禾	30	0.003738%	778347	96.979888%	0.220687	1.00
1845	臻	30	0.003738%	778377	96.983625%	0.220687	0.75
1846	超	30	0.003738%	778407	96.987363%	0.220687	0.75
1847	柄	30	0.003738%	778437	96.991101%	0.220687	0.75
1848	雁	30	0.003738%	778467	96.994839%	0.220687	0.75
1849	絜	29	0.003613%	778496	96.998453%	0.21333	0.75
1850	琴	29	0.003613%	778525	97.002066%	0.21333	1.00
1851	翕	29	0.003613%	778554	97.005679%	0.21333	0.50
1852	赴	29	0.003613%	778583	97.009292%	0.21333	0.50
1853	貝	29	0.003613%	778612	97.012906%	0.21333	0.50
1854	迭	29	0.003613%	778641	97.016519%	0.21333	0.75
1855	陋	29	0.003613%	778670	97.020132%	0.21333	1.00
1856	掠	29	0.003613%	778699	97.023746%	0.21333	1.00
1857	榆	29	0.003613%	778728	97.027359%	0.21333	0.75
1858	浸	29	0.003613%	778757	97.030972%	0.21333	0.50
1859	僮	29	0.003613%	778786	97.034586%	0.21333	0.75
1860	涓	29	0.003613%	778815	97.038199%	0.21333	0.75
1861	瓦	29	0.003613%	778844	97.041812%	0.21333	1.00

序號	字種	絕對字頻	相對字頻	累積字頻	累積覆蓋率	均頻倍值	分佈量
1862	霧	29	0.003613%	778873	97.045426%	0.21333	0.75
1863	拊	29	0.003613%	778902	97.049039%	0.21333	1.00
1864	恤	29	0.003613%	778931	97.052652%	0.21333	1.00
1865	剖	29	0.003613%	778960	97.056266%	0.21333	0.75
1866	祚	29	0.003613%	778989	97.059879%	0.21333	1.00
1867	椒	29	0.003613%	779018	97.063492%	0.21333	0.75
1868	祇	29	0.003613%	779047	97.067106%	0.21333	0.75
1869	滇	29	0.003613%	779076	97.070719%	0.21333	0.50
1870	汗	29	0.003613%	779105	97.074332%	0.21333	1.00
1871	悍	29	0.003613%	779134	97.077946%	0.21333	1.00
1872	付	29	0.003613%	779163	97.081559%	0.21333	0.50
1873	豕	28	0.003489%	779191	97.085048%	0.205974	1.00
1874	柯	28	0.003489%	779219	97.088536%	0.205974	0.75
1875	眉	28	0.003489%	779247	97.092025%	0.205974	0.75
1876	旋	28	0.003489%	779275	97.095514%	0.205974	0.75
1877	妒	28	0.003489%	779303	97.099002%	0.205974	0.75
1878	悖	28	0.003489%	779331	97.102491%	0.205974	0.50
1879	谿	28	0.003489%	779359	97.105980%	0.205974	0.75
1880	準	28	0.003489%	779387	97.109469%	0.205974	1.00
1881	潰	28	0.003489%	779415	97.112957%	0.205974	1.00
1882	稗	28	0.003489%	779443	97.116446%	0.205974	0.50
1883	億	28	0.003489%	779471	97.119935%	0.205974	0.75
1884	菟	28	0.003489%	779499	97.123424%	0.205974	1.00
1885	葛	28	0.003489%	779527	97.126912%	0.205974	0.75
1886	驪	28	0.003489%	779555	97.130401%	0.205974	1.00
1887	穴	28	0.003489%	779583	97.133890%	0.205974	0.75
1888	蒯	28	0.003489%	779611	97.137378%	0.205974	1.00
1889	盾	28	0.003489%	779639	97.140867%	0.205974	1.00
1890	竦	28	0.003489%	779667	97.144356%	0.205974	0.50
1891	麋	28	0.003489%	779695	97.147845%	0.205974	0.50
1892	蜺	28	0.003489%	779723	97.151333%	0.205974	0.50
1893	瑕	28	0.003489%	779751	97.154822%	0.205974	1.00
1894	懲	28	0.003489%	779779	97.158311%	0.205974	0.75
1895	苢	28	0.003489%	779807	97.161799%	0.205974	0.75
1896	膏	28	0.003489%	779835	97.165288%	0.205974	0.50

序號	字種	絕對字頻	相對字頻	累積字頻	累積覆蓋率	均頻倍值	分佈量
1897	澹	28	0.003489%	779863	97.168777%	0.205974	0.75
1898	捷	28	0.003489%	779891	97.172266%	0.205974	0.75
1899	沴	28	0.003489%	779919	97.175754%	0.205974	0.50
1900	溺	28	0.003489%	779947	97.179243%	0.205974	0.75
1901	匠	28	0.003489%	779975	97.182732%	0.205974	1.00
1902	銜	27	0.003364%	780002	97.186096%	0.198618	0.75
1903	籌	27	0.003364%	780029	97.189460%	0.198618	0.75
1904	緒	27	0.003364%	780056	97.192824%	0.198618	0.75
1905	街	27	0.003364%	780083	97.196188%	0.198618	0.50
1906	味	27	0.003364%	780110	97.199552%	0.198618	0.50
1907	誹	27	0.003364%	780137	97.202917%	0.198618	1.00
1908	幄	27	0.003364%	780164	97.206281%	0.198618	0.75
1909	償	27	0.003364%	780191	97.209645%	0.198618	1.00
1910	忿	27	0.003364%	780218	97.213009%	0.198618	0.75
1911	冶	27	0.003364%	780245	97.216373%	0.198618	1.00
1912	駙	27	0.003364%	780272	97.219737%	0.198618	0.75
1913	詹	27	0.003364%	780299	97.223101%	0.198618	0.75
1914	舌	27	0.003364%	780326	97.226465%	0.198618	0.75
1915	普	27	0.003364%	780353	97.229830%	0.198618	0.75
1916	階	27	0.003364%	780380	97.233194%	0.198618	1.00
1917	夾	27	0.003364%	780407	97.236558%	0.198618	1.00
1918	迷	27	0.003364%	780434	97.239922%	0.198618	0.75
1919	筮	27	0.003364%	780461	97.243286%	0.198618	1.00
1920	包	27	0.003364%	780488	97.246650%	0.198618	0.75
1921	續	27	0.003364%	780515	97.250014%	0.198618	1.00
1922	弊	27	0.003364%	780542	97.253378%	0.198618	1.00
1923	惶	27	0.003364%	780569	97.256743%	0.198618	0.25
1924	橐	27	0.003364%	780596	97.260107%	0.198618	0.75
1925	疇	27	0.003364%	780623	97.263471%	0.198618	1.00
1926	濮	27	0.003364%	780650	97.266835%	0.198618	0.75
1927	嚮	27	0.003364%	780677	97.270199%	0.198618	1.00
1928	遜	26	0.003240%	780703	97.273439%	0.191262	0.75
1929	媚	26	0.003240%	780729	97.276678%	0.191262	0.75
1930	棗	26	0.003240%	780755	97.279918%	0.191262	1.00
1931	肱	26	0.003240%	780781	97.283157%	0.191262	0.75

序號	字種	絕對字頻	相對字頻	累積字頻	累積覆蓋率	均頻倍值	分佈量
1932	裁	26	0.003240%	780807	97.286397%	0.191262	0.75
1933	謹	26	0.003240%	780833	97.289636%	0.191262	0.75
1934	惜	26	0.003240%	780859	97.292876%	0.191262	0.50
1935	桐	26	0.003240%	780885	97.296115%	0.191262	0.75
1936	繕	26	0.003240%	780911	97.299355%	0.191262	1.00
1937	答	26	0.003240%	780937	97.302594%	0.191262	0.75
1938	突	26	0.003240%	780963	97.305834%	0.191262	0.75
1939	槐	26	0.003240%	780989	97.309073%	0.191262	0.75
1940	贏	26	0.003240%	781015	97.312313%	0.191262	0.50
1941	沃	26	0.003240%	781041	97.315552%	0.191262	0.75
1942	俞	26	0.003240%	781067	97.318792%	0.191262	0.75
1943	鮑	26	0.003240%	781093	97.322032%	0.191262	0.75
1944	輦	26	0.003240%	781119	97.325271%	0.191262	0.50
1945	嫉	26	0.003240%	781145	97.328511%	0.191262	0.75
1946	羈	26	0.003240%	781171	97.331750%	0.191262	0.75
1947	筆	26	0.003240%	781197	97.334990%	0.191262	0.50
1948	洗	26	0.003240%	781223	97.338229%	0.191262	0.75
1949	範	26	0.003240%	781249	97.341469%	0.191262	0.75
1950	肆	26	0.003240%	781275	97.344708%	0.191262	0.50
1951	囊	26	0.003240%	781301	97.347948%	0.191262	0.75
1952	祈	26	0.003240%	781327	97.351187%	0.191262	1.00
1953	藪	26	0.003240%	781353	97.354427%	0.191262	0.75
1954	戈	26	0.003240%	781379	97.357666%	0.191262	0.75
1955	絮	26	0.003240%	781405	97.360906%	0.191262	0.50
1956	媪	26	0.003240%	781431	97.364145%	0.191262	0.75
1957	障	26	0.003240%	781457	97.367385%	0.191262	0.75
1958	諾	26	0.003240%	781483	97.370624%	0.191262	0.50
1959	闊	25	0.003115%	781508	97.373739%	0.183905	0.75
1960	臾	25	0.003115%	781533	97.376854%	0.183905	0.75
1961	枕	25	0.003115%	781558	97.379969%	0.183905	0.75
1962	羨	25	0.003115%	781583	97.383084%	0.183905	0.50
1963	稼	25	0.003115%	781608	97.386199%	0.183905	0.75
1964	匪	25	0.003115%	781633	97.389314%	0.183905	0.75
1965	裨	25	0.003115%	781658	97.392429%	0.183905	0.50
1966	拾	25	0.003115%	781683	97.395544%	0.183905	0.50

序號	字種	絕對字頻	相對字頻	累積字頻	累積覆蓋率	均頻倍值	分佈量
1967	竈	25	0.003115%	781708	97.398659%	0.183905	0.75
1968	淄	25	0.003115%	781733	97.401774%	0.183905	1.00
1969	耗	25	0.003115%	781758	97.404889%	0.183905	1.00
1970	圭	25	0.003115%	781783	97.408004%	0.183905	0.75
1971	氂	25	0.003115%	781808	97.411119%	0.183905	1.00
1972	鞅	25	0.003115%	781833	97.414233%	0.183905	1.00
1973	淑	25	0.003115%	781858	97.417348%	0.183905	0.75
1974	巖	25	0.003115%	781883	97.420463%	0.183905	0.50
1975	祐	25	0.003115%	781908	97.423578%	0.183905	0.75
1976	絲	25	0.003115%	781933	97.426693%	0.183905	0.50
1977	嫣	25	0.003115%	781958	97.429808%	0.183905	0.25
1978	卅	25	0.003115%	781983	97.432923%	0.183905	0.25
1979	底	25	0.003115%	782008	97.436038%	0.183905	0.75
1980	抗	25	0.003115%	782033	97.439153%	0.183905	0.50
1981	鸞	25	0.003115%	782058	97.442268%	0.183905	0.75
1982	焚	25	0.003115%	782083	97.445383%	0.183905	0.75
1983	泥	25	0.003115%	782108	97.448498%	0.183905	0.50
1984	台	25	0.003115%	782133	97.451613%	0.183905	1.00
1985	踵	25	0.003115%	782158	97.454728%	0.183905	1.00
1986	壞	24	0.002990%	782182	97.457718%	0.176549	1.00
1987	阬	24	0.002990%	782206	97.460708%	0.176549	0.75
1988	崔	24	0.002990%	782230	97.463699%	0.176549	0.75
1989	譬	24	0.002990%	782254	97.466689%	0.176549	1.00
1990	徹	24	0.002990%	782278	97.469679%	0.176549	1.00
1991	娣	24	0.002990%	782302	97.472670%	0.176549	0.50
1992	頸	24	0.002990%	782326	97.475660%	0.176549	0.75
1993	牆	24	0.002990%	782350	97.478650%	0.176549	0.75
1994	鋒	24	0.002990%	782374	97.481641%	0.176549	0.75
1995	膚	24	0.002990%	782398	97.484631%	0.176549	0.75
1996	閣	24	0.002990%	782422	97.487621%	0.176549	0.75
1997	梧	24	0.002990%	782446	97.490612%	0.176549	1.00
1998	錦	24	0.002990%	782470	97.493602%	0.176549	0.75
1999	活	24	0.002990%	782494	97.496592%	0.176549	0.75
2000	警	24	0.002990%	782518	97.499583%	0.176549	0.25
2001	黿	24	0.002990%	782542	97.502573%	0.176549	0.75

序號	字種	絕對字頻	相對字頻	累積字頻	累積覆蓋率	均頻倍值	分佈量
2002	旄	24	0.002990%	782566	97.505563%	0.176549	0.75
2003	麥	24	0.002990%	782590	97.508554%	0.176549	1.00
2004	洋	24	0.002990%	782614	97.511544%	0.176549	0.50
2005	乳	24	0.002990%	782638	97.514534%	0.176549	0.75
2006	青	24	0.002990%	782662	97.517525%	0.176549	0.25
2007	劚	24	0.002990%	782686	97.520515%	0.176549	0.50
2008	松	24	0.002990%	782710	97.523505%	0.176549	0.75
2009	衹	24	0.002990%	782734	97.526496%	0.176549	1.00
2010	娛	24	0.002990%	782758	97.529486%	0.176549	0.50
2011	顛	24	0.002990%	782782	97.532476%	0.176549	0.50
2012	浚	24	0.002990%	782806	97.535467%	0.176549	1.00
2013	氾	24	0.002990%	782830	97.538457%	0.176549	1.00
2014	陾	23	0.002866%	782853	97.541323%	0.169193	0.75
2015	浩	23	0.002866%	782876	97.544188%	0.169193	0.75
2016	姚	23	0.002866%	782899	97.547054%	0.169193	1.00
2017	撲	23	0.002866%	782922	97.549920%	0.169193	0.75
2018	檻	23	0.002866%	782945	97.552786%	0.169193	0.50
2019	貉	23	0.002866%	782968	97.555651%	0.169193	0.75
2020	祖	23	0.002866%	782991	97.558517%	0.169193	0.75
2021	旌	23	0.002866%	783014	97.561383%	0.169193	0.75
2022	姜	23	0.002866%	783037	97.564249%	0.169193	0.75
2023	摧	23	0.002866%	783060	97.567114%	0.169193	0.75
2024	閱	23	0.002866%	783083	97.569980%	0.169193	0.75
2025	握	23	0.002866%	783106	97.572846%	0.169193	0.50
2026	瀕	23	0.002866%	783129	97.575712%	0.169193	1.00
2027	歇	23	0.002866%	783152	97.578577%	0.169193	1.00
2028	雕	23	0.002866%	783175	97.581443%	0.169193	1.00
2029	儲	23	0.002866%	783198	97.584309%	0.169193	0.75
2030	謾	23	0.002866%	783221	97.587174%	0.169193	0.75
2031	蜚	23	0.002866%	783244	97.590040%	0.169193	0.75
2032	魁	23	0.002866%	783267	97.592906%	0.169193	0.75
2033	隔	23	0.002866%	783290	97.595772%	0.169193	0.75
2034	帳	23	0.002866%	783313	97.598637%	0.169193	0.75
2035	魂	23	0.002866%	783336	97.601503%	0.169193	1.00
2036	鶊	23	0.002866%	783359	97.604369%	0.169193	0.25

序號	字種	絕對字頻	相對字頻	累積字頻	累積覆蓋率	均頻倍值	分佈量
2037	葅	23	0.002866%	783382	97.607235%	0.169193	0.50
2038	梟	23	0.002866%	783405	97.610100%	0.169193	0.75
2039	軒	23	0.002866%	783428	97.612966%	0.169193	0.75
2040	穢	23	0.002866%	783451	97.615832%	0.169193	0.50
2041	犀	22	0.002741%	783473	97.618573%	0.161837	1.00
2042	飯	22	0.002741%	783495	97.621314%	0.161837	1.00
2043	縠	22	0.002741%	783517	97.624055%	0.161837	0.50
2044	岐	22	0.002741%	783539	97.626796%	0.161837	0.75
2045	伉	22	0.002741%	783561	97.629538%	0.161837	0.75
2046	暇	22	0.002741%	783583	97.632279%	0.161837	1.00
2047	酤	22	0.002741%	783605	97.635020%	0.161837	0.75
2048	柴	22	0.002741%	783627	97.637761%	0.161837	1.00
2049	翠	22	0.002741%	783649	97.640502%	0.161837	0.50
2050	翔	22	0.002741%	783671	97.643243%	0.161837	0.75
2051	鬲	22	0.002741%	783693	97.645984%	0.161837	0.50
2052	隃	22	0.002741%	783715	97.648725%	0.161837	0.75
2053	鬵	22	0.002741%	783737	97.651467%	0.161837	0.75
2054	鄲	22	0.002741%	783759	97.654208%	0.161837	1.00
2055	匡	22	0.002741%	783781	97.656949%	0.161837	0.75
2056	陘	22	0.002741%	783803	97.659690%	0.161837	1.00
2057	殄	22	0.002741%	783825	97.662431%	0.161837	0.50
2058	朽	22	0.002741%	783847	97.665172%	0.161837	0.75
2059	詰	22	0.002741%	783869	97.667913%	0.161837	0.50
2060	巨	22	0.002741%	783891	97.670655%	0.161837	1.00
2061	聊	22	0.002741%	783913	97.673396%	0.161837	1.00
2062	謬	22	0.002741%	783935	97.676137%	0.161837	0.75
2063	埋	22	0.002741%	783957	97.678878%	0.161837	0.75
2064	倦	22	0.002741%	783979	97.681619%	0.161837	0.75
2065	邦	22	0.002741%	784001	97.684360%	0.161837	0.75
2066	否	22	0.002741%	784023	97.687101%	0.161837	0.75
2067	援	22	0.002741%	784045	97.689843%	0.161837	0.50
2068	犢	22	0.002741%	784067	97.692584%	0.161837	0.75
2069	祉	21	0.002617%	784088	97.695200%	0.154481	1.00
2070	漆	21	0.002617%	784109	97.697817%	0.154481	0.75
2071	績	21	0.002617%	784130	97.700433%	0.154481	0.50

序號	字種	絕對字頻	相對字頻	累積字頻	累積覆蓋率	均頻倍值	分佈量
2072	椎	21	0.002617%	784151	97.703050%	0.154481	0.75
2073	謠	21	0.002617%	784172	97.705666%	0.154481	0.50
2074	螽	21	0.002617%	784193	97.708283%	0.154481	0.50
2075	僑	21	0.002617%	784214	97.710900%	0.154481	0.75
2076	探	21	0.002617%	784235	97.713516%	0.154481	0.75
2077	鑿	21	0.002617%	784256	97.716133%	0.154481	0.50
2078	弛	21	0.002617%	784277	97.718749%	0.154481	0.75
2079	頡	21	0.002617%	784298	97.721366%	0.154481	0.75
2080	眾	21	0.002617%	784319	97.723982%	0.154481	0.25
2081	岱	21	0.002617%	784340	97.726599%	0.154481	0.50
2082	禺	21	0.002617%	784361	97.729215%	0.154481	1.00
2083	爪	21	0.002617%	784382	97.731832%	0.154481	0.75
2084	禱	21	0.002617%	784403	97.734448%	0.154481	0.50
2085	誓	21	0.002617%	784424	97.737065%	0.154481	1.00
2086	亶	21	0.002617%	784445	97.739681%	0.154481	0.75
2087	餐	21	0.002617%	784466	97.742298%	0.154481	0.50
2088	湘	21	0.002617%	784487	97.744915%	0.154481	0.75
2089	編	21	0.002617%	784508	97.747531%	0.154481	1.00
2090	組	21	0.002617%	784529	97.750148%	0.154481	0.75
2091	鱗	21	0.002617%	784550	97.752764%	0.154481	0.50
2092	搏	21	0.002617%	784571	97.755381%	0.154481	0.75
2093	雙	21	0.002617%	784592	97.757997%	0.154481	0.50
2094	怯	21	0.002617%	784613	97.760614%	0.154481	0.50
2095	廁	21	0.002617%	784634	97.763230%	0.154481	0.75
2096	禦	21	0.002617%	784655	97.765847%	0.154481	0.75
2097	舂	21	0.002617%	784676	97.768463%	0.154481	0.75
2098	鉗	21	0.002617%	784697	97.771080%	0.154481	0.75
2099	曷	21	0.002617%	784718	97.773697%	0.154481	0.50
2100	藍	21	0.002617%	784739	97.776313%	0.154481	0.75
2101	腐	21	0.002617%	784760	97.778930%	0.154481	0.75
2102	痾	21	0.002617%	784781	97.781546%	0.154481	0.25
2103	吞	21	0.002617%	784802	97.784163%	0.154481	0.50
2104	剽	21	0.002617%	784823	97.786779%	0.154481	0.50
2105	札	21	0.002617%	784844	97.789396%	0.154481	0.75
2106	強	21	0.002617%	784865	97.792012%	0.154481	0.25

序號	字種	絕對字頻	相對字頻	累積字頻	累積覆蓋率	均頻倍值	分佈量
2107	兗	21	0.002617%	784886	97.794629%	0.154481	0.50
2108	涌	21	0.002617%	784907	97.797245%	0.154481	0.50
2109	醜	20	0.002492%	784927	97.799737%	0.147124	0.75
2110	麻	20	0.002492%	784947	97.802229%	0.147124	0.50
2111	諧	20	0.002492%	784967	97.804721%	0.147124	1.00
2112	速	20	0.002492%	784987	97.807213%	0.147124	1.00
2113	奄	20	0.002492%	785007	97.809705%	0.147124	0.75
2114	纍	20	0.002492%	785027	97.812197%	0.147124	0.50
2115	驂	20	0.002492%	785047	97.814689%	0.147124	1.00
2116	恃	20	0.002492%	785067	97.817181%	0.147124	0.75
2117	逝	20	0.002492%	785087	97.819673%	0.147124	0.75
2118	測	20	0.002492%	785107	97.822165%	0.147124	0.50
2119	鈇	20	0.002492%	785127	97.824657%	0.147124	0.50
2120	佚	20	0.002492%	785147	97.827149%	0.147124	0.75
2121	橈	20	0.002492%	785167	97.829641%	0.147124	0.50
2122	髡	20	0.002492%	785187	97.832133%	0.147124	0.50
2123	崦	20	0.002492%	785207	97.834625%	0.147124	0.75
2124	梅	20	0.002492%	785227	97.837117%	0.147124	1.00
2125	辦	20	0.002492%	785247	97.839608%	0.147124	0.50
2126	蹇	20	0.002492%	785267	97.842100%	0.147124	0.75
2127	逋	20	0.002492%	785287	97.844592%	0.147124	0.75
2128	皁	20	0.002492%	785307	97.847084%	0.147124	0.75
2129	扞	20	0.002492%	785327	97.849576%	0.147124	0.75
2130	幹	20	0.002492%	785347	97.852068%	0.147124	0.75
2131	溼	20	0.002492%	785367	97.854560%	0.147124	0.50
2132	眚	20	0.002492%	785387	97.857052%	0.147124	0.50
2133	樊	20	0.002492%	785407	97.859544%	0.147124	0.50
2134	陬	20	0.002492%	785427	97.862036%	0.147124	0.50
2135	稾	20	0.002492%	785447	97.864528%	0.147124	0.50
2136	融	20	0.002492%	785467	97.867020%	0.147124	0.75
2137	炕	20	0.002492%	785487	97.869512%	0.147124	0.50
2138	愬	20	0.002492%	785507	97.872004%	0.147124	0.50
2139	屢	20	0.002492%	785527	97.874496%	0.147124	0.75
2140	軹	20	0.002492%	785547	97.876988%	0.147124	1.00
2141	錮	19	0.002367%	785566	97.879355%	0.139768	0.75

序號	字種	絕對字頻	相對字頻	累積字頻	累積覆蓋率	均頻倍值	分佈量
2142	稻	19	0.002367%	785585	97.881722%	0.139768	1.00
2143	漳	19	0.002367%	785604	97.884090%	0.139768	1.00
2144	披	19	0.002367%	785623	97.886457%	0.139768	0.75
2145	开	19	0.002367%	785642	97.888824%	0.139768	0.25
2146	繷	19	0.002367%	785661	97.891192%	0.139768	0.50
2147	吐	19	0.002367%	785680	97.893559%	0.139768	0.75
2148	耐	19	0.002367%	785699	97.895926%	0.139768	1.00
2149	婺	19	0.002367%	785718	97.898294%	0.139768	0.50
2150	偉	19	0.002367%	785737	97.900661%	0.139768	1.00
2151	檄	19	0.002367%	785756	97.903028%	0.139768	0.50
2152	瑟	19	0.002367%	785775	97.905396%	0.139768	0.75
2153	蹈	19	0.002367%	785794	97.907763%	0.139768	0.50
2154	訊	19	0.002367%	785813	97.910131%	0.139768	0.75
2155	沸	19	0.002367%	785832	97.912498%	0.139768	0.50
2156	仆	19	0.002367%	785851	97.914865%	0.139768	0.50
2157	限	19	0.002367%	785870	97.917233%	0.139768	0.75
2158	贏	19	0.002367%	785889	97.919600%	0.139768	0.50
2159	煇	19	0.002367%	785908	97.921967%	0.139768	1.00
2160	睹	19	0.002367%	785927	97.924335%	0.139768	0.75
2161	蕲	19	0.002367%	785946	97.926702%	0.139768	1.00
2162	梓	19	0.002367%	785965	97.929069%	0.139768	0.75
2163	逡	19	0.002367%	785984	97.931437%	0.139768	0.50
2164	鵲	19	0.002367%	786003	97.933804%	0.139768	1.00
2165	碎	19	0.002367%	786022	97.936171%	0.139768	0.50
2166	漂	19	0.002367%	786041	97.938539%	0.139768	0.75
2167	般	19	0.002367%	786060	97.940906%	0.139768	0.75
2168	靜	19	0.002367%	786079	97.943273%	0.139768	1.00
2169	臂	19	0.002367%	786098	97.945641%	0.139768	0.75
2170	鉏	19	0.002367%	786117	97.948008%	0.139768	0.75
2171	練	19	0.002367%	786136	97.950375%	0.139768	0.50
2172	餽	19	0.002367%	786155	97.952743%	0.139768	0.75
2173	乍	19	0.002367%	786174	97.955110%	0.139768	0.50
2174	緱	19	0.002367%	786193	97.957477%	0.139768	0.75
2175	旃	19	0.002367%	786212	97.959845%	0.139768	0.50
2176	隅	19	0.002367%	786231	97.962212%	0.139768	0.50

序號	字種	絕對字頻	相對字頻	累積字頻	累積覆蓋率	均頻倍值	分佈量
2177	剄	19	0.002367%	786250	97.964579%	0.139768	0.50
2178	曷	19	0.002367%	786269	97.966947%	0.139768	1.00
2179	坤	19	0.002367%	786288	97.969314%	0.139768	0.50
2180	蕡	19	0.002367%	786307	97.971682%	0.139768	1.00
2181	簪	19	0.002367%	786326	97.974049%	0.139768	0.50
2182	雌	19	0.002367%	786345	97.976416%	0.139768	0.50
2183	娶	19	0.002367%	786364	97.978784%	0.139768	0.75
2184	跪	19	0.002367%	786383	97.981151%	0.139768	0.75
2185	清	19	0.002367%	786402	97.983518%	0.139768	0.25
2186	沔	19	0.002367%	786421	97.985886%	0.139768	0.50
2187	廄	19	0.002367%	786440	97.988253%	0.139768	0.25
2188	段	19	0.002367%	786459	97.990620%	0.139768	0.75
2189	闌	19	0.002367%	786478	97.992988%	0.139768	1.00
2190	輜	18	0.002243%	786496	97.995230%	0.132412	0.25
2191	嬴	18	0.002243%	786514	97.997473%	0.132412	0.75
2192	借	18	0.002243%	786532	97.999716%	0.132412	0.75
2193	歡	18	0.002243%	786550	98.001959%	0.132412	0.75
2194	閭	18	0.002243%	786568	98.004201%	0.132412	1.00
2195	契	18	0.002243%	786586	98.006444%	0.132412	1.00
2196	喟	18	0.002243%	786604	98.008687%	0.132412	0.75
2197	吹	18	0.002243%	786622	98.010930%	0.132412	0.75
2198	鄂	18	0.002243%	786640	98.013172%	0.132412	1.00
2199	瓠	18	0.002243%	786658	98.015415%	0.132412	1.00
2200	慢	18	0.002243%	786676	98.017658%	0.132412	0.50
2201	妨	18	0.002243%	786694	98.019901%	0.132412	1.00
2202	牀	18	0.002243%	786712	98.022143%	0.132412	0.75
2203	毅	18	0.002243%	786730	98.024386%	0.132412	1.00
2204	枸	18	0.002243%	786748	98.026629%	0.132412	0.50
2205	某	18	0.002243%	786766	98.028872%	0.132412	0.50
2206	奸	18	0.002243%	786784	98.031114%	0.132412	0.75
2207	昴	18	0.002243%	786802	98.033357%	0.132412	0.50
2208	款	18	0.002243%	786820	98.035600%	0.132412	1.00
2209	犍	18	0.002243%	786838	98.037843%	0.132412	1.00
2210	耿	18	0.002243%	786856	98.040085%	0.132412	1.00
2211	膳	18	0.002243%	786874	98.042328%	0.132412	1.00

序號	字種	絕對字頻	相對字頻	累積字頻	累積覆蓋率	均頻倍值	分佈量
2212	緜	18	0.002243%	786892	98.044571%	0.132412	0.50
2213	阪	18	0.002243%	786910	98.046814%	0.132412	0.75
2214	忤	18	0.002243%	786928	98.049056%	0.132412	0.50
2215	斿	18	0.002243%	786946	98.051299%	0.132412	0.75
2216	鎮	18	0.002243%	786964	98.053542%	0.132412	0.75
2217	閣	18	0.002243%	786982	98.055785%	0.132412	0.25
2218	孳	18	0.002243%	787000	98.058027%	0.132412	0.50
2219	黠	18	0.002243%	787018	98.060270%	0.132412	0.25
2220	潛	18	0.002243%	787036	98.062513%	0.132412	0.50
2221	媿	18	0.002243%	787054	98.064756%	0.132412	0.75
2222	裝	18	0.002243%	787072	98.066998%	0.132412	0.50
2223	豆	18	0.002243%	787090	98.069241%	0.132412	0.50
2224	樞	18	0.002243%	787108	98.071484%	0.132412	0.75
2225	雩	18	0.002243%	787126	98.073727%	0.132412	0.50
2226	遁	18	0.002243%	787144	98.075969%	0.132412	0.50
2227	几	18	0.002243%	787162	98.078212%	0.132412	1.00
2228	泠	18	0.002243%	787180	98.080455%	0.132412	0.75
2229	讐	18	0.002243%	787198	98.082698%	0.132412	0.75
2230	兜	18	0.002243%	787216	98.084940%	0.132412	0.75
2231	椁	18	0.002243%	787234	98.087183%	0.132412	0.25
2232	陟	18	0.002243%	787252	98.089426%	0.132412	0.75
2233	縮	18	0.002243%	787270	98.091669%	0.132412	0.75
2234	熙	18	0.002243%	787288	98.093911%	0.132412	0.75
2235	軻	18	0.002243%	787306	98.096154%	0.132412	0.75
2236	侮	18	0.002243%	787324	98.098397%	0.132412	0.75
2237	郯	18	0.002243%	787342	98.100640%	0.132412	1.00
2238	赭	18	0.002243%	787360	98.102882%	0.132412	0.50
2239	摩	18	0.002243%	787378	98.105125%	0.132412	0.75
2240	盤	18	0.002243%	787396	98.107368%	0.132412	1.00
2241	妹	18	0.002243%	787414	98.109611%	0.132412	1.00
2242	敔	18	0.002243%	787432	98.111853%	0.132412	0.50
2243	侖	18	0.002243%	787450	98.114096%	0.132412	0.50
2244	爛	18	0.002243%	787468	98.116339%	0.132412	0.50
2245	摯	17	0.002118%	787485	98.118457%	0.125056	0.75
2246	廚	17	0.002118%	787502	98.120575%	0.125056	1.00

序號	字種	絕對字頻	相對字頻	累積字頻	累積覆蓋率	均頻倍值	分佈量
2247	奎	17	0.002118%	787519	98.122693%	0.125056	0.50
2248	纖	17	0.002118%	787536	98.124812%	0.125056	0.75
2249	耦	17	0.002118%	787553	98.126930%	0.125056	0.75
2250	姻	17	0.002118%	787570	98.129048%	0.125056	0.75
2251	愆	17	0.002118%	787587	98.131166%	0.125056	0.75
2252	翎	17	0.002118%	787604	98.133284%	0.125056	0.25
2253	叢	17	0.002118%	787621	98.135402%	0.125056	0.75
2254	讖	17	0.002118%	787638	98.137520%	0.125056	0.75
2255	塵	17	0.002118%	787655	98.139639%	0.125056	0.50
2256	熱	17	0.002118%	787672	98.141757%	0.125056	0.50
2257	隧	17	0.002118%	787689	98.143875%	0.125056	0.50
2258	町	17	0.002118%	787706	98.145993%	0.125056	0.75
2259	泥	17	0.002118%	787723	98.148111%	0.125056	0.50
2260	鞭	17	0.002118%	787740	98.150229%	0.125056	0.50
2261	斜	17	0.002118%	787757	98.152348%	0.125056	0.50
2262	夸	17	0.002118%	787774	98.154466%	0.125056	0.75
2263	焦	17	0.002118%	787791	98.156584%	0.125056	0.75
2264	黍	17	0.002118%	787808	98.158702%	0.125056	0.75
2265	孫	17	0.002118%	787825	98.160820%	0.125056	0.25
2266	驢	17	0.002118%	787842	98.162938%	0.125056	0.25
2267	寐	17	0.002118%	787859	98.165056%	0.125056	0.75
2268	妤	17	0.002118%	787876	98.167175%	0.125056	0.75
2269	芳	17	0.002118%	787893	98.169293%	0.125056	0.75
2270	似	17	0.002118%	787910	98.171411%	0.125056	0.75
2271	鞠	17	0.002118%	787927	98.173529%	0.125056	0.75
2272	閨	17	0.002118%	787944	98.175647%	0.125056	0.25
2273	拂	17	0.002118%	787961	98.177765%	0.125056	0.25
2274	旰	17	0.002118%	787978	98.179884%	0.125056	1.00
2275	觴	17	0.002118%	787995	98.182002%	0.125056	0.50
2276	闇	17	0.002118%	788012	98.184120%	0.125056	0.50
2277	詡	17	0.002118%	788029	98.186238%	0.125056	0.75
2278	慰	17	0.002118%	788046	98.188356%	0.125056	0.50
2279	翰	17	0.002118%	788063	98.190474%	0.125056	0.75
2280	訛	17	0.002118%	788080	98.192592%	0.125056	0.75
2281	鄯	17	0.002118%	788097	98.194711%	0.125056	0.25

序號	字種	絕對字頻	相對字頻	累積字頻	累積覆蓋率	均頻倍值	分佈量
2282	湊	17	0.002118%	788114	98.196829%	0.125056	0.50
2283	挑	17	0.002118%	788131	98.198947%	0.125056	0.50
2284	駕	17	0.002118%	788148	98.201065%	0.125056	0.25
2285	醇	17	0.002118%	788165	98.203183%	0.125056	0.75
2286	裘	17	0.002118%	788182	98.205301%	0.125056	0.75
2287	謳	17	0.002118%	788199	98.207420%	0.125056	0.50
2288	盪	17	0.002118%	788216	98.209538%	0.125056	0.75
2289	樸	17	0.002118%	788233	98.211656%	0.125056	0.75
2290	瞻	17	0.002118%	788250	98.213774%	0.125056	1.00
2291	猥	17	0.002118%	788267	98.215892%	0.125056	0.50
2292	罘	16	0.001994%	788283	98.217886%	0.1177	0.75
2293	穀	16	0.001994%	788299	98.219879%	0.1177	0.50
2294	巍	16	0.001994%	788315	98.221873%	0.1177	0.25
2295	勁	16	0.001994%	788331	98.223866%	0.1177	0.50
2296	卬	16	0.001994%	788347	98.225860%	0.1177	0.50
2297	購	16	0.001994%	788363	98.227853%	0.1177	0.50
2298	陪	16	0.001994%	788379	98.229847%	0.1177	1.00
2299	爽	16	0.001994%	788395	98.231841%	0.1177	0.50
2300	芻	16	0.001994%	788411	98.233834%	0.1177	0.75
2301	雋	16	0.001994%	788427	98.235828%	0.1177	1.00
2302	輻	16	0.001994%	788443	98.237821%	0.1177	0.50
2303	鳩	16	0.001994%	788459	98.239815%	0.1177	0.50
2304	綠	16	0.001994%	788475	98.241808%	0.1177	1.00
2305	紿	16	0.001994%	788491	98.243802%	0.1177	0.75
2306	翳	16	0.001994%	788507	98.245795%	0.1177	0.75
2307	悉	16	0.001994%	788523	98.247789%	0.1177	0.50
2308	冉	16	0.001994%	788539	98.249783%	0.1177	0.75
2309	沛	16	0.001994%	788555	98.251776%	0.1177	0.25
2310	榷	16	0.001994%	788571	98.253770%	0.1177	0.75
2311	僵	16	0.001994%	788587	98.255763%	0.1177	0.75
2312	瘞	16	0.001994%	788603	98.257757%	0.1177	0.75
2313	拱	16	0.001994%	788619	98.259750%	0.1177	0.75
2314	廓	16	0.001994%	788635	98.261744%	0.1177	0.25
2315	杅	16	0.001994%	788651	98.263737%	0.1177	0.50
2316	瘧	16	0.001994%	788667	98.265731%	0.1177	0.75

序號	字種	絕對字頻	相對字頻	累積字頻	累積覆蓋率	均頻倍值	分佈量
2317	憎	16	0.001994%	788683	98.267725%	0.1177	0.50
2318	證	16	0.001994%	788699	98.269718%	0.1177	0.50
2319	諱	16	0.001994%	788715	98.271712%	0.1177	0.75
2320	稀	16	0.001994%	788731	98.273705%	0.1177	0.75
2321	闈	16	0.001994%	788747	98.275699%	0.1177	0.75
2322	靁	16	0.001994%	788763	98.277692%	0.1177	0.75
2323	嬴	16	0.001994%	788779	98.279686%	0.1177	0.50
2324	葱	16	0.001994%	788795	98.281679%	0.1177	0.25
2325	狡	15	0.001869%	788810	98.283548%	0.110343	0.50
2326	繁	15	0.001869%	788825	98.285417%	0.110343	0.75
2327	濫	15	0.001869%	788840	98.287286%	0.110343	0.75
2328	瓜	15	0.001869%	788855	98.289155%	0.110343	0.50
2329	寖	15	0.001869%	788870	98.291024%	0.110343	0.50
2330	眊	15	0.001869%	788885	98.292893%	0.110343	0.75
2331	牖	15	0.001869%	788900	98.294762%	0.110343	0.50
2332	侔	15	0.001869%	788915	98.296631%	0.110343	0.75
2333	馭	15	0.001869%	788930	98.298500%	0.110343	0.50
2334	肩	15	0.001869%	788945	98.300369%	0.110343	0.75
2335	註	15	0.001869%	788960	98.302238%	0.110343	0.50
2336	輓	15	0.001869%	788975	98.304107%	0.110343	0.75
2337	岸	15	0.001869%	788990	98.305976%	0.110343	1.00
2338	眭	15	0.001869%	789005	98.307845%	0.110343	0.50
2339	涼	15	0.001869%	789020	98.309714%	0.110343	0.75
2340	弧	15	0.001869%	789035	98.311583%	0.110343	0.50
2341	螟	15	0.001869%	789050	98.313452%	0.110343	0.75
2342	嫂	15	0.001869%	789065	98.315321%	0.110343	0.25
2343	咨	15	0.001869%	789080	98.317190%	0.110343	1.00
2344	嫗	15	0.001869%	789095	98.319059%	0.110343	0.50
2345	愿	15	0.001869%	789110	98.320928%	0.110343	0.50
2346	鶩	15	0.001869%	789125	98.322797%	0.110343	0.25
2347	闐	15	0.001869%	789140	98.324666%	0.110343	0.50
2348	郤	15	0.001869%	789155	98.326534%	0.110343	0.75
2349	縉	15	0.001869%	789170	98.328403%	0.110343	0.50
2350	褚	15	0.001869%	789185	98.330272%	0.110343	0.50
2351	霆	15	0.001869%	789200	98.332141%	0.110343	0.50

序號	字種	絕對字頻	相對字頻	累積字頻	累積覆蓋率	均頻倍值	分佈量
2352	间	15	0.001869%	789215	98.334010%	0.110343	0.25
2353	贈	15	0.001869%	789230	98.335879%	0.110343	0.25
2354	褓	15	0.001869%	789245	98.337748%	0.110343	0.50
2355	恚	15	0.001869%	789260	98.339617%	0.110343	0.25
2356	凍	15	0.001869%	789275	98.341486%	0.110343	0.75
2357	郭	15	0.001869%	789290	98.343355%	0.110343	0.75
2358	沅	15	0.001869%	789305	98.345224%	0.110343	0.75
2359	湟	15	0.001869%	789320	98.347093%	0.110343	0.75
2360	繹	15	0.001869%	789335	98.348962%	0.110343	0.75
2361	耀	15	0.001869%	789350	98.350831%	0.110343	0.50
2362	飽	15	0.001869%	789365	98.352700%	0.110343	0.75
2363	蚩	15	0.001869%	789380	98.354569%	0.110343	0.75
2364	卹	15	0.001869%	789395	98.356438%	0:110343	0.50
2365	哲	15	0.001869%	789410	98.358307%	0.110343	1.00
2366	节	15	0.001869%	789425	98.360176%	0.110343	0.25
2367	泛	15	0.001869%	789440	98.362045%	0.110343	0.75
2368	庠	15	0.001869%	789455	98.363914%	0.110343	0.75
2369	埽	15	0.001869%	789470	98.365783%	0.110343	0.50
2370	徠	15	0.001869%	789485	98.367652%	0.110343	0.75
2371	扈	15	0.001869%	789500	98.369521%	0.110343	0.75
2372	瘳	15	0.001869%	789515	98.371389%	0.110343	0.50
2373	洮	15	0.001869%	789530	98.373258%	0.110343	1.00
2374	倒	15	0.001869%	789545	98.375127%	0.110343	0.50
2375	醴	14	0.001744%	789559	98.376872%	0.102987	1.00
2376	磬	14	0.001744%	789573	98.378616%	0.102987	0.75
2377	譔	14	0.001744%	789587	98.380360%	0.102987	0.25
2378	瞀	14	0.001744%	789601	98.382105%	0.102987	0.50
2379	臘	14	0.001744%	789615	98.383849%	0.102987	0.75
2380	曳	14	0.001744%	789629	98.385594%	0.102987	0.75
2381	迤	14	0.001744%	789643	98.387338%	0.102987	0.50
2382	伋	14	0.001744%	789657	98.389082%	0.102987	0.75
2383	穡	14	0.001744%	789671	98.390827%	0.102987	0.75
2384	圄	14	0.001744%	789685	98.392571%	0.102987	0.75
2385	戀	14	0.001744%	789699	98.394315%	0.102987	0.50
2386	邃	14	0.001744%	789713	98.396060%	0.102987	0.75

序號	字種	絕對字頻	相對字頻	累積字頻	累積覆蓋率	均頻倍值	分佈量
2387	展	14	0.001744%	789727	98.397804%	0.102987	0.75
2388	惰	14	0.001744%	789741	98.399548%	0.102987	0.75
2389	稏	14	0.001744%	789755	98.401293%	0.102987	0.75
2390	敘	14	0.001744%	789769	98.403037%	0.102987	1.00
2391	托	14	0.001744%	789783	98.404782%	0.102987	0.25
2392	倩	14	0.001744%	789797	98.406526%	0.102987	0.75
2393	鶴	14	0.001744%	789811	98.408270%	0.102987	0.75
2394	販	14	0.001744%	789825	98.410015%	0.102987	0.50
2395	雀	14	0.001744%	789839	98.411759%	0.102987	0.50
2396	媮	14	0.001744%	789853	98.413503%	0.102987	0.75
2397	播	14	0.001744%	789867	98.415248%	0.102987	0.75
2398	踞	14	0.001744%	789881	98.416992%	0.102987	0.50
2399	弼	14	0.001744%	789895	98.418736%	0.102987	0.75
2400	含	14	0.001744%	789909	98.420481%	0.102987	0.50
2401	斡	14	0.001744%	789923	98.422225%	0.102987	0.75
2402	袼	14	0.001744%	789937	98.423970%	0.102987	0.75
2403	峻	14	0.001744%	789951	98.425714%	0.102987	0.75
2404	罕	14	0.001744%	789965	98.427458%	0.102987	1.00
2405	俾	14	0.001744%	789979	98.429203%	0.102987	1.00
2406	輟	14	0.001744%	789993	98.430947%	0.102987	0.50
2407	褒	14	0.001744%	790007	98.432691%	0.102987	0.75
2408	叱	14	0.001744%	790021	98.434436%	0.102987	0.25
2409	蠲	14	0.001744%	790035	98.436180%	0.102987	0.75
2410	豬	14	0.001744%	790049	98.437924%	0.102987	0.50
2411	殫	14	0.001744%	790063	98.439669%	0.102987	0.75
2412	遏	14	0.001744%	790077	98.441413%	0.102987	0.75
2413	弁	14	0.001744%	790091	98.443157%	0.102987	0.50
2414	葭	14	0.001744%	790105	98.444902%	0.102987	0.75
2415	祅	14	0.001744%	790119	98.446646%	0.102987	0.50
2416	恂	14	0.001744%	790133	98.448391%	0.102987	0.75
2417	眩	14	0.001744%	790147	98.450135%	0.102987	0.75
2418	彤	14	0.001744%	790161	98.451879%	0.102987	0.75
2419	穹	14	0.001744%	790175	98.453624%	0.102987	0.50
2420	裹	14	0.001744%	790189	98.455368%	0.102987	0.75
2421	浪	14	0.001744%	790203	98.457112%	0.102987	0.75

第五節 超低頻區段

序號	字種	絕對字頻	相對字頻	累積字頻	累積覆蓋率	均頻倍值	分佈量
2422	鏨	13	0.001620%	790216	98.458732%	0.095631	0.25
2423	鴒	13	0.001620%	790229	98.460352%	0.095631	0.50
2424	即	13	0.001620%	790242	98.461972%	0.095631	0.50
2425	幟	13	0.001620%	790255	98.463591%	0.095631	0.50
2426	嗚	13	0.001620%	790268	98.465211%	0.095631	0.50
2427	沂	13	0.001620%	790281	98.466831%	0.095631	0.75
2428	箠	13	0.001620%	790294	98.468451%	0.095631	0.75
2429	健	13	0.001620%	790307	98.470070%	0.095631	0.75
2430	冕	13	0.001620%	790320	98.471690%	0.095631	0.50
2431	坎	13	0.001620%	790333	98.473310%	0.095631	0.50
2432	惇	13	0.001620%	790346	98.474930%	0.095631	0.75
2433	猋	13	0.001620%	790359	98.476550%	0.095631	0.50
2434	劓	13	0.001620%	790372	98.478169%	0.095631	0.50
2435	題	13	0.001620%	790385	98.479789%	0.095631	0.75
2436	沒	13	0.001620%	790398	98.481409%	0.095631	0.50
2437	襁	13	0.001620%	790411	98.483029%	0.095631	0.50
2438	廖	13	0.001620%	790424	98.484648%	0.095631	0.75
2439	場	13	0.001620%	790437	98.486268%	0.095631	0.75
2440	汶	13	0.001620%	790450	98.487888%	0.095631	0.75
2441	簇	13	0.001620%	790463	98.489508%	0.095631	0.25
2442	彎	13	0.001620%	790476	98.491127%	0.095631	0.25
2443	愼	13	0.001620%	790489	98.492747%	0.095631	0.25
2444	猗	13	0.001620%	790502	98.494367%	0.095631	1.00
2445	腴	13	0.001620%	790515	98.495987%	0.095631	0.50
2446	羹	13	0.001620%	790528	98.497606%	0.095631	0.75
2447	酺	13	0.001620%	790541	98.499226%	0.095631	0.75
2448	碣	13	0.001620%	790554	98.500846%	0.095631	0.75
2449	墾	13	0.001620%	790567	98.502466%	0.095631	0.50
2450	偷	13	0.001620%	790580	98.504086%	0.095631	0.50
2451	譁	13	0.001620%	790593	98.505705%	0.095631	0.50
2452	冑	13	0.001620%	790606	98.507325%	0.095631	0.50
2453	甬	13	0.001620%	790619	98.508945%	0.095631	0.75
2454	麓	13	0.001620%	790632	98.510565%	0.095631	0.50
2455	鎬	13	0.001620%	790645	98.512184%	0.095631	0.50

序號	字種	絕對字頻	相對字頻	累積字頻	累積覆蓋率	均頻倍值	分佈量
2456	曩	13	0.001620%	790658	98.513804%	0.095631	0.50
2457	炭	13	0.001620%	790671	98.515424%	0.095631	0.50
2458	矩	13	0.001620%	790684	98.517044%	0.095631	0.50
2459	辨	13	0.001620%	790697	98.518663%	0.095631	0.75
2460	態	13	0.001620%	790710	98.520283%	0.095631	0.25
2461	闔	13	0.001620%	790723	98.521903%	0.095631	0.50
2462	傍	13	0.001620%	790736	98.523523%	0.095631	0.50
2463	滑	13	0.001620%	790749	98.525142%	0.095631	0.75
2464	剝	13	0.001620%	790762	98.526762%	0.095631	0.50
2465	窋	13	0.001620%	790775	98.528382%	0.095631	0.75
2466	洒	13	0.001620%	790788	98.530002%	0.095631	0.75
2467	啓	13	0.001620%	790801	98.531622%	0.095631	1.00
2468	攀	13	0.001620%	790814	98.533241%	0.095631	0.25
2469	緯	13	0.001620%	790827	98.534861%	0.095631	0.50
2470	競	13	0.001620%	790840	98.536481%	0.095631	0.75
2471	圃	13	0.001620%	790853	98.538101%	0.095631	0.75
2472	隤	13	0.001620%	790866	98.539720%	0.095631	0.75
2473	洞	13	0.001620%	790879	98.541340%	0.095631	0.50
2474	汧	13	0.001620%	790892	98.542960%	0.095631	0.50
2475	裳	12	0.001495%	790904	98.544455%	0.088275	0.75
2476	邞	12	0.001495%	790916	98.545950%	0.088275	0.75
2477	龠	12	0.001495%	790928	98.547445%	0.088275	0.25
2478	鼻	12	0.001495%	790940	98.548941%	0.088275	0.50
2479	慘	12	0.001495%	790952	98.550436%	0.088275	0.75
2480	幡	12	0.001495%	790964	98.551931%	0.088275	0.50
2481	凌	12	0.001495%	790976	98.553426%	0.088275	0.75
2482	惻	12	0.001495%	790988	98.554921%	0.088275	0.75
2483	霈	12	0.001495%	791000	98.556416%	0.088275	0.50
2484	菽	12	0.001495%	791012	98.557912%	0.088275	0.50
2485	齋	12	0.001495%	791024	98.559407%	0.088275	1.00
2486	豩	12	0.001495%	791036	98.560902%	0.088275	0.75
2487	靚	12	0.001495%	791048	98.562397%	0.088275	0.50
2488	芝	12	0.001495%	791060	98.563892%	0.088275	0.75
2489	荷	12	0.001495%	791072	98.565387%	0.088275	0.50
2490	莖	12	0.001495%	791084	98.566883%	0.088275	0.75

序號	字種	絕對字頻	相對字頻	累積字頻	累積覆蓋率	均頻倍値	分佈量
2491	蒸	12	0.001495%	791096	98.568378%	0.088275	0.75
2492	誥	12	0.001495%	791108	98.569873%	0.088275	0.75
2493	螯	12	0.001495%	791120	98.571368%	0.088275	0.50
2494	禰	12	0.001495%	791132	98.572863%	0.088275	0.50
2495	儗	12	0.001495%	791144	98.574358%	0.088275	0.75
2496	頟	12	0.001495%	791156	98.575854%	0.088275	1.00
2497	扁	12	0.001495%	791168	98.577349%	0.088275	1.00
2498	蓍	12	0.001495%	791180	98.578844%	0.088275	0.50
2499	鴟	12	0.001495%	791192	98.580339%	0.088275	0.50
2500	寓	12	0.001495%	791204	98.581834%	0.088275	0.75
2501	驃	12	0.001495%	791216	98.583329%	0.088275	1.00
2502	鵙	12	0.001495%	791228	98.584825%	0.088275	0.50
2503	稚	12	0.001495%	791240	98.586320%	0.088275	0.50
2504	整	12	0.001495%	791252	98.587815%	0.088275	0.50
2505	鄠	12	0.001495%	791264	98.589310%	0.088275	0.75
2506	諺	12	0.001495%	791276	98.590805%	0.088275	0.50
2507	胃	12	0.001495%	791288	98.592300%	0.088275	0.50
2508	稅	12	0.001495%	791300	98.593796%	0.088275	0.25
2509	獫	12	0.001495%	791312	98.595291%	0.088275	0.25
2510	韶	12	0.001495%	791324	98.596786%	0.088275	0.25
2511	黔	12	0.001495%	791336	98.598281%	0.088275	0.75
2512	鸛	12	0.001495%	791348	98.599776%	0.088275	0.50
2513	誕	12	0.001495%	791360	98.601271%	0.088275	0.50
2514	甾	12	0.001495%	791372	98.602767%	0.088275	0.25
2515	鼂	12	0.001495%	791384	98.604262%	0.088275	0.50
2516	恕	12	0.001495%	791396	98.605757%	0.088275	1.00
2517	饟	12	0.001495%	791408	98.607252%	0.088275	0.50
2518	燎	12	0.001495%	791420	98.608747%	0.088275	0.50
2519	綴	12	0.001495%	791432	98.610242%	0.088275	1.00
2520	貂	12	0.001495%	791444	98.611738%	0.088275	0.50
2521	蓼	12	0.001495%	791456	98.613233%	0.088275	0.75
2522	鄜	12	0.001495%	791468	98.614728%	0.088275	0.75
2523	綺	12	0.001495%	791480	98.616223%	0.088275	0.75
2524	俯	12	0.001495%	791492	98.617718%	0.088275	0.50
2525	纂	12	0.001495%	791504	98.619213%	0.088275	1.00

序號	字種	絕對字頻	相對字頻	累積字頻	累積覆蓋率	均頻倍值	分佈量
2526	爻	12	0.001495%	791516	98.620709%	0.088275	0.50
2527	諂	12	0.001495%	791528	98.622204%	0.088275	0.50
2528	芬	12	0.001495%	791540	98.623699%	0.088275	0.75
2529	酆	12	0.001495%	791552	98.625194%	0.088275	0.50
2530	鞬	12	0.001495%	791564	98.626689%	0.088275	0.25
2531	榜	12	0.001495%	791576	98.628184%	0.088275	0.50
2532	箴	12	0.001495%	791588	98.629680%	0.088275	1.00
2533	粲	12	0.001495%	791600	98.631175%	0.088275	0.75
2534	踤	12	0.001495%	791612	98.632670%	0.088275	0.75
2535	檀	12	0.001495%	791624	98.634165%	0.088275	0.75
2536	肌	12	0.001495%	791636	98.635660%	0.088275	0.50
2537	貶	12	0.001495%	791648	98.637155%	0.088275	0.25
2538	裏	12	0.001495%	791660	98.638651%	0.088275	0.50
2539	为	12	0.001495%	791672	98.640146%	0.088275	0.25
2540	秏	11	0.001371%	791683	98.641516%	0.080918	0.50
2541	贄	11	0.001371%	791694	98.642887%	0.080918	0.50
2542	俳	11	0.001371%	791705	98.644257%	0.080918	0.25
2543	亳	11	0.001371%	791716	98.645628%	0.080918	0.50
2544	彪	11	0.001371%	791727	98.646999%	0.080918	0.75
2545	俎	11	0.001371%	791738	98.648369%	0.080918	0.50
2546	窘	11	0.001371%	791749	98.649740%	0.080918	0.25
2547	驛	11	0.001371%	791760	98.651110%	0.080918	0.75
2548	柘	11	0.001371%	791771	98.652481%	0.080918	0.75
2549	渤	11	0.001371%	791782	98.653851%	0.080918	0.75
2550	吸	11	0.001371%	791793	98.655222%	0.080918	0.75
2551	怛	11	0.001371%	791804	98.656593%	0.080918	0.50
2552	嶢	11	0.001371%	791815	98.657963%	0.080918	0.75
2553	廐	11	0.001371%	791826	98.659334%	0.080918	0.75
2554	魄	11	0.001371%	791837	98.660704%	0.080918	0.75
2555	潭	11	0.001371%	791848	98.662075%	0.080918	0.50
2556	豐	11	0.001371%	791859	98.663445%	0.080918	0.75
2557	肆	11	0.001371%	791870	98.664816%	0.080918	0.50
2558	杳	11	0.001371%	791881	98.666187%	0.080918	0.50
2559	眞	11	0.001371%	791892	98.667557%	0.080918	0.50
2560	茱	11	0.001371%	791903	98.668928%	0.080918	0.75

序號	字種	絕對字頻	相對字頻	累積字頻	累積覆蓋率	均頻倍值	分佈量
2561	墜	11	0.001371%	791914	98.670298%	0.080918	0.50
2562	璜	11	0.001371%	791925	98.671669%	0.080918	0.50
2563	伺	11	0.001371%	791936	98.673039%	0.080918	0.75
2564	寮	11	0.001371%	791947	98.674410%	0.080918	1.00
2565	劃	11	0.001371%	791958	98.675781%	0.080918	0.50
2566	紆	11	0.001371%	791969	98.677151%	0.080918	0.75
2567	慮	11	0.001371%	791980	98.678522%	0.080918	0.50
2568	蕤	11	0.001371%	791991	98.679892%	0.080918	0.50
2569	偕	11	0.001371%	792002	98.681263%	0.080918	0.75
2570	駱	11	0.001371%	792013	98.682633%	0.080918	0.75
2571	牝	11	0.001371%	792024	98.684004%	0.080918	0.50
2572	掃	11	0.001371%	792035	98.685375%	0.080918	0.75
2573	煖	11	0.001371%	792046	98.686745%	0.080918	1.00
2574	霑	11	0.001371%	792057	98.688116%	0.080918	0.50
2575	苴	11	0.001371%	792068	98.689486%	0.080918	0.75
2576	虒	11	0.001371%	792079	98.690857%	0.080918	1.00
2577	諶	11	0.001371%	792090	98.692227%	0.080918	0.50
2578	龗	11	0.001371%	792101	98.693598%	0.080918	0.75
2579	麾	11	0.001371%	792112	98.694969%	0.080918	0.25
2580	慨	11	0.001371%	792123	98.696339%	0.080918	0.75
2581	蕪	11	0.001371%	792134	98.697710%	0.080918	0.50
2582	囹	11	0.001371%	792145	98.699080%	0.080918	0.75
2583	寫	11	0.001371%	792156	98.700451%	0.080918	0.50
2584	嫣	11	0.001371%	792167	98.701821%	0.080918	0.50
2585	枹	11	0.001371%	792178	98.703192%	0.080918	0.75
2586	拳	11	0.001371%	792189	98.704563%	0.080918	0.50
2587	賕	11	0.001371%	792200	98.705933%	0.080918	0.75
2588	酤	11	0.001371%	792211	98.707304%	0.080918	0.50
2589	汨	11	0.001371%	792222	98.708674%	0.080918	0.50
2590	熏	11	0.001371%	792233	98.710045%	0.080918	0.50
2591	咏	11	0.001371%	792244	98.711415%	0.080918	0.50
2592	贅	11	0.001371%	792255	98.712786%	0.080918	1.00
2593	璣	11	0.001371%	792266	98.714156%	0.080918	0.50
2594	荀	11	0.001371%	792277	98.715527%	0.080918	1.00
2595	仟	11	0.001371%	792288	98.716898%	0.080918	0.50

序號	字種	絕對字頻	相對字頻	累積字頻	累積覆蓋率	均頻倍值	分佈量
2596	舡	11	0.001371%	792299	98.718268%	0.080918	0.25
2597	閑	11	0.001371%	792310	98.719639%	0.080918	0.75
2598	鉅	11	0.001371%	792321	98.721009%	0.080918	0.25
2599	軀	11	0.001371%	792332	98.722380%	0.080918	0.25
2600	逌	11	0.001371%	792343	98.723750%	0.080918	0.50
2601	肝	11	0.001371%	792354	98.725121%	0.080918	0.50
2602	繞	11	0.001371%	792365	98.726492%	0.080918	1.00
2603	瑑	11	0.001371%	792376	98.727862%	0.080918	0.25
2604	怵	11	0.001371%	792387	98.729233%	0.080918	0.75
2605	軼	11	0.001371%	792398	98.730603%	0.080918	0.50
2606	撥	11	0.001371%	792409	98.731974%	0.080918	1.00
2607	孿	11	0.001371%	792420	98.733344%	0.080918	0.50
2608	曄	11	0.001371%	792431	98.734715%	0.080918	0.25
2609	暢	11	0.001371%	792442	98.736086%	0.080918	1.00
2610	滌	11	0.001371%	792453	98.737456%	0.080918	0.75
2611	卵	11	0.001371%	792464	98.738827%	0.080918	0.75
2612	鰈	11	0.001371%	792475	98.740197%	0.080918	0.50
2613	婼	11	0.001371%	792486	98.741568%	0.080918	0.50
2614	雛	11	0.001371%	792497	98.742938%	0.080918	0.75
2615	綈	11	0.001371%	792508	98.744309%	0.080918	0.50
2616	棐	11	0.001371%	792519	98.745680%	0.080918	0.50
2617	撓	10	0.001246%	792529	98.746926%	0.073562	0.25
2618	厎	10	0.001246%	792539	98.748172%	0.073562	0.50
2619	耒	10	0.001246%	792549	98.749418%	0.073562	0.50
2620	艱	10	0.001246%	792559	98.750663%	0.073562	0.75
2621	撟	10	0.001246%	792569	98.751909%	0.073562	0.75
2622	頤	10	0.001246%	792579	98.753155%	0.073562	0.50
2623	蛟	10	0.001246%	792589	98.754401%	0.073562	0.75
2624	彈	10	0.001246%	792599	98.755647%	0.073562	0.75
2625	蕙	10	0.001246%	792609	98.756893%	0.073562	0.25
2626	嫌	10	0.001246%	792619	98.758139%	0.073562	0.25
2627	湎	10	0.001246%	792629	98.759385%	0.073562	0.50
2628	齐	10	0.001246%	792639	98.760631%	0.073562	0.25
2629	婕	10	0.001246%	792649	98.761877%	0.073562	0.75
2630	粤	10	0.001246%	792659	98.763123%	0.073562	0.50

序號	字種	絕對字頻	相對字頻	累積字頻	累積覆蓋率	均頻倍值	分佈量
2631	糾	10	0.001246%	792669	98.764369%	0.073562	1.00
2632	丸	10	0.001246%	792679	98.765615%	0.073562	0.50
2633	鞏	10	0.001246%	792689	98.766861%	0.073562	0.50
2634	鏤	10	0.001246%	792699	98.768107%	0.073562	0.75
2635	溷	10	0.001246%	792709	98.769353%	0.073562	0.50
2636	憿	10	0.001246%	792719	98.770599%	0.073562	0.50
2637	冟	10	0.001246%	792729	98.771845%	0.073562	0.75
2638	槍	10	0.001246%	792739	98.773091%	0.073562	0.50
2639	甕	10	0.001246%	792749	98.774337%	0.073562	0.50
2640	棠	10	0.001246%	792759	98.775583%	0.073562	0.50
2641	釁	10	0.001246%	792769	98.776829%	0.073562	0.75
2642	暗	10	0.001246%	792779	98.778075%	0.073562	0.50
2643	宓	10	0.001246%	792789	98.779321%	0.073562	0.75
2644	倨	10	0.001246%	792799	98.780567%	0.073562	0.25
2645	喋	10	0.001246%	792809	98.781813%	0.073562	0.50
2646	岳	10	0.001246%	792819	98.783059%	0.073562	0.75
2647	網	10	0.001246%	792829	98.784305%	0.073562	0.50
2648	俟	10	0.001246%	792839	98.785551%	0.073562	0.75
2649	訐	10	0.001246%	792849	98.786797%	0.073562	0.50
2650	齬	10	0.001246%	792859	98.788043%	0.073562	0.75
2651	縠	10	0.001246%	792869	98.789289%	0.073562	1.00
2652	髡	10	0.001246%	792879	98.790535%	0.073562	1.00
2653	駮	10	0.001246%	792889	98.791781%	0.073562	0.75
2654	怖	10	0.001246%	792899	98.793027%	0.073562	0.25
2655	互	10	0.001246%	792909	98.794273%	0.073562	0.50
2656	佑	10	0.001246%	792919	98.795518%	0.073562	0.50
2657	鞍	10	0.001246%	792929	98.796764%	0.073562	0.25
2658	驍	10	0.001246%	792939	98.798010%	0.073562	0.75
2659	莆	10	0.001246%	792949	98.799256%	0.073562	0.75
2660	蟜	10	0.001246%	792959	98.800502%	0.073562	0.50
2661	譎	10	0.001246%	792969	98.801748%	0.073562	0.25
2662	垓	10	0.001246%	792979	98.802994%	0.073562	1.00
2663	控	10	0.001246%	792989	98.804240%	0.073562	0.25
2664	濡	10	0.001246%	792999	98.805486%	0.073562	0.50
2665	圈	10	0.001246%	793009	98.806732%	0.073562	0.50

序號	字種	絕對字頻	相對字頻	累積字頻	累積覆蓋率	均頻倍值	分佈量
2666	邢	10	0.001246%	793019	98.807978%	0.073562	0.75
2667	恙	10	0.001246%	793029	98.809224%	0.073562	0.25
2668	跨	10	0.001246%	793039	98.810470%	0.073562	0.50
2669	軋	10	0.001246%	793049	98.811716%	0.073562	0.75
2670	朴	10	0.001246%	793059	98.812962%	0.073562	0.75
2671	迂	10	0.001246%	793069	98.814208%	0.073562	0.50
2672	括	10	0.001246%	793079	98.815454%	0.073562	0.75
2673	繭	10	0.001246%	793089	98.816700%	0.073562	0.75
2674	勺	10	0.001246%	793099	98.817946%	0.073562	0.75
2675	昧	10	0.001246%	793109	98.819192%	0.073562	0.50
2676	箭	10	0.001246%	793119	98.820438%	0.073562	0.50
2677	灼	10	0.001246%	793129	98.821684%	0.073562	0.50
2678	厄	10	0.001246%	793139	98.822930%	0.073562	0.25
2679	謳	10	0.001246%	793149	98.824176%	0.073562	0.75
2680	低	10	0.001246%	793159	98.825422%	0.073562	0.50
2681	矛	10	0.001246%	793169	98.826668%	0.073562	0.75
2682	啼	10	0.001246%	793179	98.827914%	0.073562	0.50
2683	梲	10	0.001246%	793189	98.829160%	0.073562	0.25
2684	緝	10	0.001246%	793199	98.830406%	0.073562	1.00
2685	麒	10	0.001246%	793209	98.831652%	0.073562	0.50
2686	偶	10	0.001246%	793219	98.832898%	0.073562	0.50
2687	甃	10	0.001246%	793229	98.834144%	0.073562	0.50
2688	訴	10	0.001246%	793239	98.835390%	0.073562	0.75
2689	滯	10	0.001246%	793249	98.836636%	0.073562	0.75
2690	毀	10	0.001246%	793259	98.837882%	0.073562	0.50
2691	紳	10	0.001246%	793269	98.839128%	0.073562	0.50
2692	酌	10	0.001246%	793279	98.840373%	0.073562	0.50
2693	貯	10	0.001246%	793289	98.841619%	0.073562	0.50
2694	糜	10	0.001246%	793299	98.842865%	0.073562	0.50
2695	樅	10	0.001246%	793309	98.844111%	0.073562	0.75
2696	蟬	10	0.001246%	793319	98.845357%	0.073562	0.75
2697	罌	10	0.001246%	793329	98.846603%	0.073562	0.75
2698	啓	10	0.001246%	793339	98.847849%	0.073562	0.75
2699	靳	10	0.001246%	793349	98.849095%	0.073562	0.75
2700	漫	10	0.001246%	793359	98.850341%	0.073562	0.50

序號	字種	絕對字頻	相對字頻	累積字頻	累積覆蓋率	均頻倍值	分佈量
2701	慧	9	0.001121%	793368	98.851463%	0.066206	0.50
2702	嵩	9	0.001121%	793377	98.852584%	0.066206	1.00
2703	杼	9	0.001121%	793386	98.853705%	0.066206	0.75
2704	嬗	9	0.001121%	793395	98.854827%	0.066206	1.00
2705	頻	9	0.001121%	793404	98.855948%	0.066206	0.50
2706	躍	9	0.001121%	793413	98.857070%	0.066206	0.50
2707	擬	9	0.001121%	793422	98.858191%	0.066206	0.25
2708	廛	9	0.001121%	793431	98.859312%	0.066206	0.50
2709	烝	9	0.001121%	793440	98.860434%	0.066206	0.75
2710	碧	9	0.001121%	793449	98.861555%	0.066206	0.50
2711	玩	9	0.001121%	793458	98.862676%	0.066206	0.50
2712	沱	9	0.001121%	793467	98.863798%	0.066206	0.50
2713	虹	9	0.001121%	793476	98.864919%	0.066206	0.50
2714	躇	9	0.001121%	793485	98.866041%	0.066206	0.25
2715	嶱	9	0.001121%	793494	98.867162%	0.066206	0.50
2716	混	9	0.001121%	793503	98.868283%	0.066206	0.50
2717	榑	9	0.001121%	793512	98.869405%	0.066206	0.50
2718	蹶	9	0.001121%	793521	98.870526%	0.066206	0.50
2719	垠	9	0.001121%	793530	98.871647%	0.066206	0.50
2720	鷹	9	0.001121%	793539	98.872769%	0.066206	0.50
2721	陝	9	0.001121%	793548	98.873890%	0.066206	0.75
2722	樓	9	0.001121%	793557	98.875012%	0.066206	0.50
2723	跳	9	0.001121%	793566	98.876133%	0.066206	0.75
2724	茹	9	0.001121%	793575	98.877254%	0.066206	0.50
2725	蟄	9	0.001121%	793584	98.878376%	0.066206	0.25
2726	怙	9	0.001121%	793593	98.879497%	0.066206	0.50
2727	鞀	9	0.001121%	793602	98.880618%	0.066206	0.75
2728	疋	9	0.001121%	793611	98.881740%	0.066206	1.00
2729	嶺	9	0.001121%	793620	98.882861%	0.066206	0.50
2730	礫	9	0.001121%	793629	98.883983%	0.066206	0.75
2731	卞	9	0.001121%	793638	98.885104%	0.066206	1.00
2732	桉	9	0.001121%	793647	98.886225%	0.066206	0.75
2733	憲	9	0.001121%	793656	98.887347%	0.066206	0.25
2734	袞	9	0.001121%	793665	98.888468%	0.066206	0.50
2735	滂	9	0.001121%	793674	98.889589%	0.066206	0.75

序號	字種	絕對字頻	相對字頻	累積字頻	累積覆蓋率	均頻倍值	分佈量
2736	眦	9	0.001121%	793683	98.890711%	0.066206	0.25
2737	譙	9	0.001121%	793692	98.891832%	0.066206	0.75
2738	瘦	9	0.001121%	793701	98.892954%	0.066206	0.50
2739	耘	9	0.001121%	793710	98.894075%	0.066206	0.75
2740	旨	9	0.001121%	793719	98.895196%	0.066206	0.50
2741	蟣	9	0.001121%	793728	98.896318%	0.066206	0.50
2742	惕	9	0.001121%	793737	98.897439%	0.066206	0.50
2743	觜	9	0.001121%	793746	98.898560%	0.066206	0.25
2744	徂	9	0.001121%	793755	98.899682%	0.066206	0.50
2745	撣	9	0.001121%	793764	98.900803%	0.066206	0.75
2746	膺	9	0.001121%	793773	98.901925%	0.066206	0.25
2747	禘	9	0.001121%	793782	98.903046%	0.066206	0.50
2748	傑	9	0.001121%	793791	98.904167%	0.066206	0.50
2749	挺	9	0.001121%	793800	98.905289%	0.066206	0.75
2750	演	9	0.001121%	793809	98.906410%	0.066206	0.50
2751	竄	9	0.001121%	793818	98.907531%	0.066206	0.50
2752	株	9	0.001121%	793827	98.908653%	0.066206	0.50
2753	軒	9	0.001121%	793836	98.909774%	0.066206	0.50
2754	蓄	9	0.001121%	793845	98.910896%	0.066206	0.25
2755	罾	9	0.001121%	793854	98.912017%	0.066206	0.50
2756	鼷	9	0.001121%	793863	98.913138%	0.066206	0.50
2757	淇	9	0.001121%	793872	98.914260%	0.066206	0.25
2758	喻	9	0.001121%	793881	98.915381%	0.066206	0.50
2759	譜	9	0.001121%	793890	98.916502%	0.066206	0.75
2760	愧	9	0.001121%	793899	98.917624%	0.066206	0.50
2761	邁	9	0.001121%	793908	98.918745%	0.066206	0.75
2762	儻	9	0.001121%	793917	98.919867%	0.066206	0.50
2763	料	9	0.001121%	793926	98.920988%	0.066206	0.25
2764	酋	9	0.001121%	793935	98.922109%	0.066206	0.75
2765	畿	9	0.001121%	793944	98.923231%	0.066206	0.50
2766	阯	9	0.001121%	793953	98.924352%	0.066206	0.75
2767	俛	9	0.001121%	793962	98.925473%	0.066206	0.25
2768	液	9	0.001121%	793971	98.926595%	0.066206	0.75
2769	騧	9	0.001121%	793980	98.927716%	0.066206	0.25
2770	濱	9	0.001121%	793989	98.928838%	0.066206	0.50

序號	字種	絕對字頻	相對字頻	累積字頻	累積覆蓋率	均頻倍值	分佈量
2771	蹻	9	0.001121%	793998	98.929959%	0.066206	0.75
2772	賮	9	0.001121%	794007	98.931080%	0.066206	0.25
2773	駢	9	0.001121%	794016	98.932202%	0.066206	0.75
2774	攸	9	0.001121%	794025	98.933323%	0.066206	0.75
2775	訞	9	0.001121%	794034	98.934444%	0.066206	0.75
2776	跣	9	0.001121%	794043	98.935566%	0.066206	0.25
2777	睢	9	0.001121%	794052	98.936687%	0.066206	0.25
2778	慍	9	0.001121%	794061	98.937809%	0.066206	0.25
2779	讖	9	0.001121%	794070	98.938930%	0.066206	0.50
2780	掉	9	0.001121%	794079	98.940051%	0.066206	0.50
2781	敷	9	0.001121%	794088	98.941173%	0.066206	0.75
2782	鮒	9	0.001121%	794097	98.942294%	0.066206	0.50
2783	僅	9	0.001121%	794106	98.943415%	0.066206	0.75
2784	脯	9	0.001121%	794115	98.944537%	0.066206	0.50
2785	筑	9	0.001121%	794124	98.945658%	0.066206	1.00
2786	諒	9	0.001121%	794133	98.946780%	0.066206	0.25
2787	豺	9	0.001121%	794142	98.947901%	0.066206	0.50
2788	淖	9	0.001121%	794151	98.949022%	0.066206	0.75
2789	龐	9	0.001121%	794160	98.950144%	0.066206	0.75
2790	紱	9	0.001121%	794169	98.951265%	0.066206	0.25
2791	溥	9	0.001121%	794178	98.952386%	0.066206	0.50
2792	挫	9	0.001121%	794187	98.953508%	0.066206	0.50
2793	邑	8	0.000997%	794195	98.954505%	0.05885	0.75
2794	塹	8	0.000997%	794203	98.955501%	0.05885	0.75
2795	轑	8	0.000997%	794211	98.956498%	0.05885	1.00
2796	鼃	8	0.000997%	794219	98.957495%	0.05885	0.50
2797	颭	8	0.000997%	794227	98.958492%	0.05885	0.50
2798	嶲	8	0.000997%	794235	98.959488%	0.05885	0.75
2799	悌	8	0.000997%	794243	98.960485%	0.05885	0.50
2800	湞	8	0.000997%	794251	98.961482%	0.05885	0.50
2801	塋	8	0.000997%	794259	98.962479%	0.05885	0.50
2802	誆	8	0.000997%	794267	98.963476%	0.05885	0.75
2803	驚	8	0.000997%	794275	98.964472%	0.05885	0.25
2804	畎	8	0.000997%	794283	98.965469%	0.05885	0.50
2805	鵠	8	0.000997%	794291	98.966466%	0.05885	0.75

序號	字種	絕對字頻	相對字頻	累積字頻	累積覆蓋率	均頻倍値	分佈量
2806	楯	8	0.000997%	794299	98.967463%	0.05885	0.75
2807	瘐	8	0.000997%	794307	98.968459%	0.05885	0.50
2808	隗	8	0.000997%	794315	98.969456%	0.05885	0.50
2809	羔	8	0.000997%	794323	98.970453%	0.05885	0.75
2810	脽	8	0.000997%	794331	98.971450%	0.05885	0.75
2811	咫	8	0.000997%	794339	98.972447%	0.05885	0.50
2812	詼	8	0.000997%	794347	98.973443%	0.05885	0.25
2813	鑠	8	0.000997%	794355	98.974440%	0.05885	0.50
2814	崖	8	0.000997%	794363	98.975437%	0.05885	0.50
2815	弛`	8	0.000997%	794371	98.976434%	0.05885	0.50
2816	删	8	0.000997%	794379	98.977430%	0.05885	0.50
2817	皓	8	0.000997%	794387	98.978427%	0.05885	0.50
2818	讋	8	0.000997%	794395	98.979424%	0.05885	0.50
2819	系	8	0.000997%	794403	98.980421%	0.05885	0.75
2820	炊	8	0.000997%	794411	98.981418%	0.05885	0.50
2821	匄	8	0.000997%	794419	98.982414%	0.05885	0.75
2822	闟	8	0.000997%	794427	98.983411%	0.05885	0.75
2823	促	8	0.000997%	794435	98.984408%	0.05885	0.50
2824	欃	8	0.000997%	794443	98.985405%	0.05885	0.50
2825	諷	8	0.000997%	794451	98.986401%	0.05885	0.75
2826	檢	8	0.000997%	794459	98.987398%	0.05885	0.50
2827	呵	8	0.000997%	794467	98.988395%	0.05885	0.50
2828	嬚	8	0.000997%	794475	98.989392%	0.05885	0.25
2829	濯	8	0.000997%	794483	98.990389%	0.05885	0.50
2830	紘	8	0.000997%	794491	98.991385%	0.05885	0.50
2831	葦	8	0.000997%	794499	98.992382%	0.05885	0.25
2832	鱺	8	0.000997%	794507	98.993379%	0.05885	0.25
2833	遯	8	0.000997%	794515	98.994376%	0.05885	0.50
2834	杯	8	0.000997%	794523	98.995372%	0.05885	0.75
2835	洿	8	0.000997%	794531	98.996369%	0.05885	0.50
2836	憙	8	0.000997%	794539	98.997366%	0.05885	0.50
2837	禋	8	0.000997%	794547	98.998363%	0.05885	0.50
2838	褐	8	0.000997%	794555	98.999360%	0.05885	0.25
2839	簫	8	0.000997%	794563	99.000356%	0.05885	0.75
2840	窳	8	0.000997%	794571	99.001353%	0.05885	0.50

序號	字種	絕對字頻	相對字頻	累積字頻	累積覆蓋率	均頻倍值	分佈量
2841	猜	8	0.000997%	794579	99.002350%	0.05885	0.50
2842	棣	8	0.000997%	794587	99.003347%	0.05885	0.50
2843	炳	8	0.000997%	794595	99.004343%	0.05885	0.50
2844	酪	8	0.000997%	794603	99.005340%	0.05885	0.50
2845	媒	8	0.000997%	794611	99.006337%	0.05885	0.50
2846	捄	8	0.000997%	794619	99.007334%	0.05885	0.25
2847	驪	8	0.000997%	794627	99.008331%	0.05885	0.25
2848	遙	8	0.000997%	794635	99.009327%	0.05885	0.25
2849	刐	8	0.000997%	794643	99.010324%	0.05885	0.25
2850	蠅	8	0.000997%	794651	99.011321%	0.05885	0.50
2851	齲	8	0.000997%	794659	99.012318%	0.05885	0.50
2852	群	8	0.000997%	794667	99.013314%	0.05885	0.50
2853	肴	8	0.000997%	794675	99.014311%	0.05885	0.50
2854	懸	8	0.000997%	794683	99.015308%	0.05885	0.25
2855	晡	8	0.000997%	794691	99.016305%	0.05885	0.50
2856	佰	8	0.000997%	794699	99.017302%	0.05885	0.50
2857	厓	8	0.000997%	794707	99.018298%	0.05885	0.75
2858	螯	8	0.000997%	794715	99.019295%	0.05885	0.75
2859	稠	8	0.000997%	794723	99.020292%	0.05885	0.75
2860	柩	8	0.000997%	794731	99.021289%	0.05885	0.50
2861	僑	8	0.000997%	794739	99.022285%	0.05885	0.25
2862	鑫	8	0.000997%	794747	99.023282%	0.05885	0.50
2863	缶	8	0.000997%	794755	99.024279%	0.05885	0.75
2864	羆	8	0.000997%	794763	99.025276%	0.05885	0.50
2865	綜	8	0.000997%	794771	99.026273%	0.05885	1.00
2866	教	8	0.000997%	794779	99.027269%	0.05885	0.50
2867	覲	8	0.000997%	794787	99.028266%	0.05885	0.50
2868	斫	8	0.000997%	794795	99.029263%	0.05885	0.25
2869	睚	8	0.000997%	794803	99.030260%	0.05885	0.25
2870	梁	8	0.000997%	794811	99.031256%	0.05885	0.50
2871	醫	8	0.000997%	794819	99.032253%	0.05885	0.25
2872	值	8	0.000997%	794827	99.033250%	0.05885	0.75
2873	躡	8	0.000997%	794835	99.034247%	0.05885	0.25
2874	槪	8	0.000997%	794843	99.035244%	0.05885	0.25
2875	吠	8	0.000997%	794851	99.036240%	0.05885	0.50

序號	字種	絕對字頻	相對字頻	累積字頻	累積覆蓋率	均頻倍值	分佈量
2876	褱	8	0.000997%	794859	99.037237%	0.05885	0.25
2877	撝	8	0.000997%	794867	99.038234%	0.05885	0.50
2878	孅	8	0.000997%	794875	99.039231%	0.05885	0.50
2879	翶	8	0.000997%	794883	99.040227%	0.05885	0.50
2880	糒	8	0.000997%	794891	99.041224%	0.05885	0.25
2881	鄗	8	0.000997%	794899	99.042221%	0.05885	0.75
2882	脂	8	0.000997%	794907	99.043218%	0.05885	0.50
2883	盂	8	0.000997%	794915	99.044215%	0.05885	0.50
2884	乂	8	0.000997%	794923	99.045211%	0.05885	0.50
2885	榭	8	0.000997%	794931	99.046208%	0.05885	0.50
2886	瀨	8	0.000997%	794939	99.047205%	0.05885	0.75
2887	照	8	0.000997%	794947	99.048202%	0.05885	0.50
2888	撞	8	0.000997%	794955	99.049198%	0.05885	0.50
2889	挈	8	0.000997%	794963	99.050195%	0.05885	0.50
2890	胱	8	0.000997%	794971	99.051192%	0.05885	0.50
2891	樵	8	0.000997%	794979	99.052189%	0.05885	0.50
2892	熟	8	0.000997%	794987	99.053186%	0.05885	0.50
2893	鏑	8	0.000997%	794995	99.054182%	0.05885	0.25
2894	渫	8	0.000997%	795003	99.055179%	0.05885	0.75
2895	粥	8	0.000997%	795011	99.056176%	0.05885	0.75
2896	措	8	0.000997%	795019	99.057173%	0.05885	0.50
2897	懌	8	0.000997%	795027	99.058169%	0.05885	0.25
2898	膝	8	0.000997%	795035	99.059166%	0.05885	0.50
2899	彬	8	0.000997%	795043	99.060163%	0.05885	0.25
2900	渴	7	0.000872%	795050	99.061035%	0.051494	0.25
2901	炮	7	0.000872%	795057	99.061907%	0.051494	0.50
2902	忼	7	0.000872%	795064	99.062780%	0.051494	0.75
2903	銍	7	0.000872%	795071	99.063652%	0.051494	0.50
2904	娥	7	0.000872%	795078	99.064524%	0.051494	0.50
2905	斟	7	0.000872%	795085	99.065396%	0.051494	0.75
2906	住	7	0.000872%	795092	99.066268%	0.051494	0.75
2907	穌	7	0.000872%	795099	99.067140%	0.051494	0.50
2908	鳩	7	0.000872%	795106	99.068013%	0.051494	0.75
2909	釣	7	0.000872%	795113	99.068885%	0.051494	0.50
2910	鼃	7	0.000872%	795120	99.069757%	0.051494	0.50

序號	字種	絕對字頻	相對字頻	累積字頻	累積覆蓋率	均頻倍值	分佈量
2911	搆	7	0.000872%	795127	99.070629%	0.051494	0.50
2912	僖	7	0.000872%	795134	99.071501%	0.051494	0.50
2913	仞	7	0.000872%	795141	99.072374%	0.051494	0.50
2914	烽	7	0.000872%	795148	99.073246%	0.051494	0.50
2915	沫	7	0.000872%	795155	99.074118%	0.051494	0.50
2916	蹏	7	0.000872%	795162	99.074990%	0.051494	1.00
2917	毗	7	0.000872%	795169	99.075862%	0.051494	0.50
2918	紡	7	0.000872%	795176	99.076734%	0.051494	0.50
2919	隼	7	0.000872%	795183	99.077607%	0.051494	0.50
2920	濊	7	0.000872%	795190	99.078479%	0.051494	0.50
2921	鐸	7	0.000872%	795197	99.079351%	0.051494	0.50
2922	寿	7	0.000872%	795204	99.080223%	0.051494	0.25
2923	旂	7	0.000872%	795211	99.081095%	0.051494	0.50
2924	焞	7	0.000872%	795218	99.081968%	0.051494	0.50
2925	戉	7	0.000872%	795225	99.082840%	0.051494	0.25
2926	涸	7	0.000872%	795232	99.083712%	0.051494	0.50
2927	醪	7	0.000872%	795239	99.084584%	0.051494	0.75
2928	訪	7	0.000872%	795246	99.085456%	0.051494	0.50
2929	饋	7	0.000872%	795253	99.086328%	0.051494	0.75
2930	羨	7	0.000872%	795260	99.087201%	0.051494	0.50
2931	袚	7	0.000872%	795267	99.088073%	0.051494	0.50
2932	楨	7	0.000872%	795274	99.088945%	0.051494	0.50
2933	翩	7	0.000872%	795281	99.089817%	0.051494	0.50
2934	酸	7	0.000872%	795288	99.090689%	0.051494	0.75
2935	哺	7	0.000872%	795295	99.091562%	0.051494	0.75
2936	袷	7	0.000872%	795302	99.092434%	0.051494	0.75
2937	敘	7	0.000872%	795309	99.093306%	0.051494	0.25
2938	繩	7	0.000872%	795316	99.094178%	0.051494	0.50
2939	漬	7	0.000872%	795323	99.095050%	0.051494	0.50
2940	潢	7	0.000872%	795330	99.095922%	0.051494	0.50
2941	堵	7	0.000872%	795337	99.096795%	0.051494	1.00
2942	嘆	7	0.000872%	795344	99.097667%	0.051494	0.50
2943	杠	7	0.000872%	795351	99.098539%	0.051494	0.75
2944	豎	7	0.000872%	795358	99.099411%	0.051494	0.25
2945	才	7	0.000872%	795365	99.100283%	0.051494	0.50

序號	字種	絕對字頻	相對字頻	累積字頻	累積覆蓋率	均頻倍值	分佈量
2946	媵	7	0.000872%	795372	99.101156%	0.051494	0.75
2947	鉛	7	0.000872%	795379	99.102028%	0.051494	0.75
2948	堆	7	0.000872%	795386	99.102900%	0.051494	0.50
2949	擥	7	0.000872%	795393	99.103772%	0.051494	0.50
2950	靚	7	0.000872%	795400	99.104644%	0.051494	0.50
2951	薊	7	0.000872%	795407	99.105516%	0.051494	1.00
2952	寂	7	0.000872%	795414	99.106389%	0.051494	0.50
2953	鰓	7	0.000872%	795421	99.107261%	0.051494	0.75
2954	豚	7	0.000872%	795428	99.108133%	0.051494	0.50
2955	伙	7	0.000872%	795435	99.109005%	0.051494	0.75
2956	菜	7	0.000872%	795442	99.109877%	0.051494	0.25
2957	疊	7	0.000872%	795449	99.110750%	0.051494	0.50
2958	茸	7	0.000872%	795456	99.111622%	0.051494	0.25
2959	曜	7	0.000872%	795463	99.112494%	0.051494	0.50
2960	潔	7	0.000872%	795470	99.113366%	0.051494	0.50
2961	隰	7	0.000872%	795477	99.114238%	0.051494	0.75
2962	窊	7	0.000872%	795484	99.115110%	0.051494	0.50
2963	啄	7	0.000872%	795491	99.115983%	0.051494	0.50
2964	箱	7	0.000872%	795498	99.116855%	0.051494	0.25
2965	懦	7	0.000872%	795505	99.117727%	0.051494	0.50
2966	杵	7	0.000872%	795512	99.118599%	0.051494	0.75
2967	髓	7	0.000872%	795519	99.119471%	0.051494	0.50
2968	駼	7	0.000872%	795526	99.120343%	0.051494	0.50
2969	牘	7	0.000872%	795533	99.121216%	0.051494	0.25
2970	斃	7	0.000872%	795540	99.122088%	0.051494	0.50
2971	駐	7	0.000872%	795547	99.122960%	0.051494	0.25
2972	邵	7	0.000872%	795554	99.123832%	0.051494	1.00
2973	歓	7	0.000872%	795561	99.124704%	0.051494	0.25
2974	廝	7	0.000872%	795568	99.125577%	0.051494	0.25
2975	裒	7	0.000872%	795575	99.126449%	0.051494	0.75
2976	妬	7	0.000872%	795582	99.127321%	0.051494	0.50
2977	澗	7	0.000872%	795589	99.128193%	0.051494	0.50
2978	赳	7	0.000872%	795596	99.129065%	0.051494	0.25
2979	孱	7	0.000872%	795603	99.129937%	0.051494	0.50
2980	秀	7	0.000872%	795610	99.130810%	0.051494	0.50

序號	字種	絕對字頻	相對字頻	累積字頻	累積覆蓋率	均頻倍值	分佈量
2981	鶡	7	0.000872%	795617	99.131682%	0.051494	0.50
2982	遴	7	0.000872%	795624	99.132554%	0.051494	0.75
2983	屍	7	0.000872%	795631	99.133426%	0.051494	0.50
2984	柞	7	0.000872%	795638	99.134298%	0.051494	0.50
2985	蓐	7	0.000872%	795645	99.135171%	0.051494	0.75
2986	禫	7	0.000872%	795652	99.136043%	0.051494	0.50
2987	絝	7	0.000872%	795659	99.136915%	0.051494	0.25
2988	荔	7	0.000872%	795666	99.137787%	0.051494	0.50
2989	玃	7	0.000872%	795673	99.138659%	0.051494	0.50
2990	籠	7	0.000872%	795680	99.139531%	0.051494	0.50
2991	邴	7	0.000872%	795687	99.140404%	0.051494	1.00
2992	逯	7	0.000872%	795694	99.141276%	0.051494	0.50
2993	羸	7	0.000872%	795701	99.142148%	0.051494	0.50
2994	巒	7	0.000872%	795708	99.143020%	0.051494	0.25
2995	巽	7	0.000872%	795715	99.143892%	0.051494	0.50
2996	悽	7	0.000872%	795722	99.144765%	0.051494	0.50
2997	蕘	7	0.000872%	795729	99.145637%	0.051494	0.50
2998	繚	7	0.000872%	795736	99.146509%	0.051494	0.75
2999	穎	7	0.000872%	795743	99.147381%	0.051494	1.00
3000	耨	7	0.000872%	795750	99.148253%	0.051494	0.75
3001	貿	7	0.000872%	795757	99.149125%	0.051494	0.50
3002	肺	7	0.000872%	795764	99.149998%	0.051494	0.25
3003	構	7	0.000872%	795771	99.150870%	0.051494	0.25
3004	衷	7	0.000872%	795778	99.151742%	0.051494	0.50
3005	絞	7	0.000872%	795785	99.152614%	0.051494	0.25
3006	潔	7	0.000872%	795792	99.153486%	0.051494	0.25
3007	賒	7	0.000872%	795799	99.154359%	0.051494	0.50
3008	較	7	0.000872%	795806	99.155231%	0.051494	0.50
3009	愷	7	0.000872%	795813	99.156103%	0.051494	0.50
3010	琱	7	0.000872%	795820	99.156975%	0.051494	0.50
3011	香	7	0.000872%	795827	99.157847%	0.051494	0.50
3012	醢	7	0.000872%	795834	99.158719%	0.051494	0.25
3013	嘿	7	0.000872%	795841	99.159592%	0.051494	0.50
3014	堧	7	0.000872%	795848	99.160464%	0.051494	0.50
3015	庚	7	0.000872%	795855	99.161336%	0.051494	1.00

序號	字種	絕對字頻	相對字頻	累積字頻	累積覆蓋率	均頻倍值	分佈量
3016	勗	7	0.000872%	795862	99.162208%	0.051494	0.50
3017	錐	7	0.000872%	795869	99.163080%	0.051494	0.50
3018	姁	7	0.000872%	795876	99.163953%	0.051494	0.50
3019	郿	7	0.000872%	795883	99.164825%	0.051494	0.50
3020	粢	7	0.000872%	795890	99.165697%	0.051494	0.75
3021	肸	6	0.000748%	795896	99.166444%	0.044137	0.75
3022	洎	6	0.000748%	795902	99.167192%	0.044137	0.25
3023	耎	6	0.000748%	795908	99.167940%	0.044137	0.50
3024	魋	6	0.000748%	795914	99.168687%	0.044137	0.75
3025	縶	6	0.000748%	795920	99.169435%	0.044137	0.50
3026	絰	6	0.000748%	795926	99.170182%	0.044137	0.50
3027	赧	6	0.000748%	795932	99.170930%	0.044137	0.75
3028	沼	6	0.000748%	795938	99.171678%	0.044137	0.25
3029	喙	6	0.000748%	795944	99.172425%	0.044137	0.50
3030	泜	6	0.000748%	795950	99.173173%	0.044137	0.50
3031	屑	6	0.000748%	795956	99.173920%	0.044137	0.25
3032	漿	6	0.000748%	795962	99.174668%	0.044137	0.50
3033	惓	6	0.000748%	795968	99.175415%	0.044137	0.25
3034	遞	6	0.000748%	795974	99.176163%	0.044137	0.50
3035	砰	6	0.000748%	795980	99.176911%	0.044137	0.50
3036	慼	6	0.000748%	795986	99.177658%	0.044137	0.50
3037	郟	6	0.000748%	795992	99.178406%	0.044137	0.75
3038	煎	6	0.000748%	795998	99.179153%	0.044137	0.50
3039	捽	6	0.000748%	796004	99.179901%	0.044137	0.25
3040	寘	6	0.000748%	796010	99.180649%	0.044137	0.50
3041	潞	6	0.000748%	796016	99.181396%	0.044137	0.75
3042	胸	6	0.000748%	796022	99.182144%	0.044137	0.75
3043	櫜	6	0.000748%	796028	99.182891%	0.044137	0.50
3044	誄	6	0.000748%	796034	99.183639%	0.044137	0.75
3045	犨	6	0.000748%	796040	99.184386%	0.044137	1.00
3046	鄡	6	0.000748%	796046	99.185134%	0.044137	0.50
3047	盇	6	0.000748%	796052	99.185882%	0.044137	0.75
3048	黷	6	0.000748%	796058	99.186629%	0.044137	0.50
3049	冗	6	0.000748%	796064	99.187377%	0.044137	0.75
3050	暈	6	0.000748%	796070	99.188124%	0.044137	0.25

序號	字種	絕對字頻	相對字頻	累積字頻	累積覆蓋率	均頻倍值	分佈量
3051	晶	6	0.000748%	796076	99.188872%	0.044137	0.50
3052	邶	6	0.000748%	796082	99.189620%	0.044137	0.25
3053	涅	6	0.000748%	796088	99.190367%	0.044137	0.75
3054	殛	6	0.000748%	796094	99.191115%	0.044137	0.50
3055	駝	6	0.000748%	796100	99.191862%	0.044137	0.25
3056	腦	6	0.000748%	796106	99.192610%	0.044137	0.25
3057	縈	6	0.000748%	796112	99.193357%	0.044137	0.25
3058	蔑	6	0.000748%	796118	99.194105%	0.044137	0.75
3059	罹	6	0.000748%	796124	99.194853%	0.044137	0.50
3060	輪	6	0.000748%	796130	99.195600%	0.044137	1.00
3061	埤	6	0.000748%	796136	99.196348%	0.044137	0.75
3062	樗	6	0.000748%	796142	99.197095%	0.044137	0.75
3063	陌	6	0.000748%	796148	99.197843%	0.044137	0.75
3064	綽	6	0.000748%	796154	99.198591%	0.044137	0.75
3065	衽	6	0.000748%	796160	99.199338%	0.044137	0.50
3066	焱	6	0.000748%	796166	99.200086%	0.044137	0.75
3067	憙	6	0.000748%	796172	99.200833%	0.044137	0.50
3068	俶	6	0.000748%	796178	99.201581%	0.044137	0.50
3069	衍	6	0.000748%	796184	99.202328%	0.044137	0.50
3070	泊	6	0.000748%	796190	99.203076%	0.044137	0.50
3071	裹	6	0.000748%	796196	99.203824%	0.044137	0.50
3072	摎	6	0.000748%	796202	99.204571%	0.044137	0.75
3073	錡	6	0.000748%	796208	99.205319%	0.044137	0.75
3074	鬴	6	0.000748%	796214	99.206066%	0.044137	0.50
3075	奧	6	0.000748%	796220	99.206814%	0.044137	0.25
3076	騏	6	0.000748%	796226	99.207562%	0.044137	0.75
3077	轔	6	0.000748%	796232	99.208309%	0.044137	0.50
3078	癱	6	0.000748%	796238	99.209057%	0.044137	0.25
3079	截	6	0.000748%	796244	99.209804%	0.044137	0.75
3080	狹	6	0.000748%	796250	99.210552%	0.044137	0.25
3081	徊	6	0.000748%	796256	99.211299%	0.044137	0.50
3082	婿	6	0.000748%	796262	99.212047%	0.044137	0.25
3083	蟓	6	0.000748%	796268	99.212795%	0.044137	0.50
3084	翯	6	0.000748%	796274	99.213542%	0.044137	0.75
3085	羝	6	0.000748%	796280	99.214290%	0.044137	0.50

序號	字種	絕對字頻	相對字頻	累積字頻	累積覆蓋率	均頻倍值	分佈量
3086	顥	6	0.000748%	796286	99.215037%	0.044137	0.50
3087	紵	6	0.000748%	796292	99.215785%	0.044137	0.75
3088	薰	6	0.000748%	796298	99.216533%	0.044137	0.25
3089	扞	6	0.000748%	796304	99.217280%	0.044137	0.25
3090	睠	6	0.000748%	796310	99.218028%	0.044137	0.50
3091	鑴	6	0.000748%	796316	99.218775%	0.044137	0.75
3092	耽	6	0.000748%	796322	99.219523%	0.044137	0.25
3093	謷	6	0.000748%	796328	99.220270%	0.044137	0.50
3094	鍼	6	0.000748%	796334	99.221018%	0.044137	0.75
3095	縉	6	0.000748%	796340	99.221766%	0.044137	0.50
3096	輝	6	0.000748%	796346	99.222513%	0.044137	0.50
3097	偪	6	0.000748%	796352	99.223261%	0.044137	0.75
3098	苞	6	0.000748%	796358	99.224008%	0.044137	0.25
3099	隘	6	0.000748%	796364	99.224756%	0.044137	0.50
3100	謫	6	0.000748%	796370	99.225504%	0.044137	0.50
3101	替	6	0.000748%	796376	99.226251%	0.044137	0.75
3102	想	6	0.000748%	796382	99.226999%	0.044137	0.25
3103	廣	6	0.000748%	796388	99.227746%	0.044137	0.50
3104	宵	6	0.000748%	796394	99.228494%	0.044137	0.50
3105	淤	6	0.000748%	796400	99.229241%	0.044137	0.50
3106	迃	6	0.000748%	796406	99.229989%	0.044137	0.50
3107	縞	6	0.000748%	796412	99.230737%	0.044137	0.75
3108	讁	6	0.000748%	796418	99.231484%	0.044137	0.75
3109	臼	6	0.000748%	796424	99.232232%	0.044137	0.75
3110	迄	6	0.000748%	796430	99.232979%	0.044137	0.75
3111	丕	6	0.000748%	796436	99.233727%	0.044137	0.50
3112	囍	6	0.000748%	796442	99.234475%	0.044137	0.50
3113	橘	6	0.000748%	796448	99.235222%	0.044137	0.50
3114	藜	6	0.000748%	796454	99.235970%	0.044137	0.50
3115	稟	6	0.000748%	796460	99.236717%	0.044137	0.50
3116	峼	6	0.000748%	796466	99.237465%	0.044137	0.75
3117	繭	6	0.000748%	796472	99.238212%	0.044137	0.50
3118	繻	6	0.000748%	796478	99.238960%	0.044137	0.75
3119	菲	6	0.000748%	796484	99.239708%	0.044137	1.00
3120	虀	6	0.000748%	796490	99.240455%	0.044137	0.50

序號	字種	絕對字頻	相對字頻	累積字頻	累積覆蓋率	均頻倍值	分佈量
3121	的	6	0.000748%	796496	99.241203%	0.044137	0.75
3122	糠	6	0.000748%	796502	99.241950%	0.044137	0.50
3123	佾	6	0.000748%	796508	99.242698%	0.044137	0.50
3124	枳	6	0.000748%	796514	99.243446%	0.044137	0.75
3125	濕	6	0.000748%	796520	99.244193%	0.044137	0.50
3126	戡	6	0.000748%	796526	99.244941%	0.044137	0.50
3127	旬	6	0.000748%	796532	99.245688%	0.044137	0.50
3128	廄	6	0.000748%	796538	99.246436%	0.044137	0.50
3129	冀	6	0.000748%	796544	99.247183%	0.044137	0.50
3130	潘	6	0.000748%	796550	99.247931%	0.044137	0.75
3131	僇	6	0.000748%	796556	99.248679%	0.044137	0.50
3132	庖	6	0.000748%	796562	99.249426%	0.044137	0.25
3133	斲	6	0.000748%	796568	99.250174%	0.044137	0.50
3134	効	6	0.000748%	796574	99.250921%	0.044137	0.50
3135	愉	6	0.000748%	796580	99.251669%	0.044137	0.50
3136	裦	6	0.000748%	796586	99.252417%	0.044137	0.50
3137	悝	6	0.000748%	796592	99.253164%	0.044137	0.50
3138	瑣	6	0.000748%	796598	99.253912%	0.044137	0.25
3139	眛	6	0.000748%	796604	99.254659%	0.044137	0.50
3140	耇	6	0.000748%	796610	99.255407%	0.044137	0.25
3141	夔	6	0.000748%	796616	99.256154%	0.044137	0.75
3142	戭	6	0.000748%	796622	99.256902%	0.044137	0.50
3143	蔣	6	0.000748%	796628	99.257650%	0.044137	0.75
3144	畀	6	0.000748%	796634	99.258397%	0.044137	0.75
3145	搴	6	0.000748%	796640	99.259145%	0.044137	0.50
3146	嶧	6	0.000748%	796646	99.259892%	0.044137	0.50
3147	餔	6	0.000748%	796652	99.260640%	0.044137	0.75
3148	畦	6	0.000748%	796658	99.261388%	0.044137	0.50
3149	竿	6	0.000748%	796664	99.262135%	0.044137	0.25
3150	穄	6	0.000748%	796670	99.262883%	0.044137	0.50
3151	狁	6	0.000748%	796676	99.263630%	0.044137	0.25
3152	徽	6	0.000748%	796682	99.264378%	0.044137	0.25
3153	擿	6	0.000748%	796688	99.265125%	0.044137	0.50
3154	蹂	6	0.000748%	796694	99.265873%	0.044137	0.25
3155	曶	6	0.000748%	796700	99.266621%	0.044137	0.50

序號	字種	絕對字頻	相對字頻	累積字頻	累積覆蓋率	均頻倍值	分佈量
3156	氛	6	0.000748%	796706	99.267368%	0.044137	0.75
3157	濩	6	0.000748%	796712	99.268116%	0.044137	0.50
3158	燥	6	0.000748%	796718	99.268863%	0.044137	0.50
3159	虔	6	0.000748%	796724	99.269611%	0.044137	1.00
3160	秏	6	0.000748%	796730	99.270359%	0.044137	0.25
3161	妙	6	0.000748%	796736	99.271106%	0.044137	0.25
3162	膽	6	0.000748%	796742	99.271854%	0.044137	0.25
3163	渥	6	0.000748%	796748	99.272601%	0.044137	0.75
3164	燊	6	0.000748%	796754	99.273349%	0.044137	0.25
3165	併	6	0.000748%	796760	99.274096%	0.044137	0.75
3166	憻	6	0.000748%	796766	99.274844%	0.044137	0.50
3167	鈍	6	0.000748%	796772	99.275592%	0.044137	0.25
3168	屨	6	0.000748%	796778	99.276339%	0.044137	0.50
3169	脈	6	0.000748%	796784	99.277087%	0.044137	0.50
3170	版	6	0.000748%	796790	99.277834%	0.044137	0.50
3171	跌	6	0.000748%	796796	99.278582%	0.044137	0.50
3172	鋗	6	0.000748%	796802	99.279330%	0.044137	0.75
3173	孕	6	0.000748%	796808	99.280077%	0.044137	0.50
3174	枏	6	0.000748%	796814	99.280825%	0.044137	0.25
3175	腸	6	0.000748%	796820	99.281572%	0.044137	0.50
3176	彝	6	0.000748%	796826	99.282320%	0.044137	0.50
3177	浚	6	0.000748%	796832	99.283067%	0.044137	0.50
3178	踊	6	0.000748%	796838	99.283815%	0.044137	0.50
3179	疵	6	0.000748%	796844	99.284563%	0.044137	1.00
3180	沾	6	0.000748%	796850	99.285310%	0.044137	0.50
3181	搤	6	0.000748%	796856	99.286058%	0.044137	0.50
3182	伸	6	0.000748%	796862	99.286805%	0.044137	0.50
3183	眂	6	0.000748%	796868	99.287553%	0.044137	0.25
3184	鏡	6	0.000748%	796874	99.288301%	0.044137	0.50
3185	涎	6	0.000748%	796880	99.289048%	0.044137	0.50
3186	蘁	6	0.000748%	796886	99.289796%	0.044137	0.50
3187	蘖	6	0.000748%	796892	99.290543%	0.044137	0.25
3188	婉	6	0.000748%	796898	99.291291%	0.044137	0.25
3189	鑊	6	0.000748%	796904	99.292038%	0.044137	0.50
3190	稟	6	0.000748%	796910	99.292786%	0.044137	0.50

序號	字種	絕對字頻	相對字頻	累積字頻	累積覆蓋率	均頻倍值	分佈量
3191	汭	6	0.000748%	796916	99.293534%	0.044137	0.50
3192	秾	6	0.000748%	796922	99.294281%	0.044137	1.00
3193	餉	6	0.000748%	796928	99.295029%	0.044137	0.50
3194	亮	6	0.000748%	796934	99.295776%	0.044137	0.75
3195	溱	6	0.000748%	796940	99.296524%	0.044137	0.75
3196	紬	5	0.000623%	796945	99.297147%	0.036781	0.50
3197	裾	5	0.000623%	796950	99.297770%	0.036781	0.25
3198	娸	5	0.000623%	796955	99.298393%	0.036781	0.50
3199	擔	5	0.000623%	796960	99.299016%	0.036781	0.75
3200	傚	5	0.000623%	796965	99.299639%	0.036781	0.50
3201	跡	5	0.000623%	796970	99.300262%	0.036781	0.25
3202	鏗	5	0.000623%	796975	99.300885%	0.036781	0.50
3203	阡	5	0.000623%	796980	99.301508%	0.036781	0.50
3204	肜	5	0.000623%	796985	99.302131%	0.036781	0.50
3205	鏃	5	0.000623%	796990	99.302754%	0.036781	0.50
3206	鼇	5	0.000623%	796995	99.303377%	0.036781	0.25
3207	殯	5	0.000623%	797000	99.304000%	0.036781	0.75
3208	纚	5	0.000623%	797005	99.304623%	0.036781	0.25
3209	鬻	5	0.000623%	797010	99.305246%	0.036781	0.25
3210	纓	5	0.000623%	797015	99.305869%	0.036781	0.25
3211	尨	5	0.000623%	797020	99.306492%	0.036781	0.50
3212	耶	5	0.000623%	797025	99.307115%	0.036781	0.25
3213	鉼	5	0.000623%	797030	99.307738%	0.036781	0.75
3214	泯	5	0.000623%	797035	99.308361%	0.036781	0.25
3215	綿	5	0.000623%	797040	99.308984%	0.036781	0.50
3216	彎	5	0.000623%	797045	99.309607%	0.036781	0.25
3217	麤	5	0.000623%	797050	99.310230%	0.036781	0.50
3218	桼	5	0.000623%	797055	99.310853%	0.036781	0.25
3219	莞	5	0.000623%	797060	99.311476%	0.036781	0.75
3220	祜	5	0.000623%	797065	99.312099%	0.036781	0.50
3221	潦	5	0.000623%	797070	99.312722%	0.036781	1.00
3222	厝	5	0.000623%	797075	99.313345%	0.036781	0.50
3223	盲	5	0.000623%	797080	99.313968%	0.036781	0.50
3224	莢	5	0.000623%	797085	99.314591%	0.036781	0.50
3225	翡	5	0.000623%	797090	99.315214%	0.036781	0.25

序號	字種	絕對字頻	相對字頻	累積字頻	累積覆蓋率	均頻倍值	分佈量
3226	并	5	0.000623%	797095	99.315837%	0.036781	0.25
3227	廊	5	0.000623%	797100	99.316460%	0.036781	0.50
3228	脛	5	0.000623%	797105	99.317083%	0.036781	0.25
3229	叫	5	0.000623%	797110	99.317706%	0.036781	0.25
3230	脫	5	0.000623%	797115	99.318329%	0.036781	0.50
3231	潚	5	0.000623%	797120	99.318951%	0.036781	0.50
3232	灰	5	0.000623%	797125	99.319574%	0.036781	0.50
3233	匽	5	0.000623%	797130	99.320197%	0.036781	0.50
3234	仙	5	0.000623%	797135	99.320820%	0.036781	0.50
3235	跂	5	0.000623%	797140	99.321443%	0.036781	0.50
3236	巒	5	0.000623%	797145	99.322066%	0.036781	0.75
3237	匕	5	0.000623%	797150	99.322689%	0.036781	0.25
3238	胎	5	0.000623%	797155	99.323312%	0.036781	0.50
3239	髆	5	0.000623%	797160	99.323935%	0.036781	0.75
3240	袁	5	0.000623%	797165	99.324558%	0.036781	1.00
3241	籓	5	0.000623%	797170	99.325181%	0.036781	0.25
3242	圬	5	0.000623%	797175	99.325804%	0.036781	0.50
3243	咽	5	0.000623%	797180	99.326427%	0.036781	0.25
3244	懟	5	0.000623%	797185	99.327050%	0.036781	0.25
3245	迪	5	0.000623%	797190	99.327673%	0.036781	0.50
3246	蹤	5	0.000623%	797195	99.328296%	0.036781	0.25
3247	洧	5	0.000623%	797200	99.328919%	0.036781	0.25
3248	浹	5	0.000623%	797205	99.329542%	0.036781	0.50
3249	壖	5	0.000623%	797210	99.330165%	0.036781	0.75
3250	旭	5	0.000623%	797215	99.330788%	0.036781	0.25
3251	竿	5	0.000623%	797220	99.331411%	0.036781	0.25
3252	緼	5	0.000623%	797225	99.332034%	0.036781	0.50
3253	泮	5	0.000623%	797230	99.332657%	0.036781	0.25
3254	棧	5	0.000623%	797235	99.333280%	0.036781	0.50
3255	扡	5	0.000623%	797240	99.333903%	0.036781	0.25
3256	緘	5	0.000623%	797245	99.334526%	0.036781	0.25
3257	劻	5	0.000623%	797250	99.335149%	0.036781	0.50
3258	睿	5	0.000623%	797255	99.335772%	0.036781	0.25
3259	翬	5	0.000623%	797260	99.336395%	0.036781	0.75
3260	蛾	5	0.000623%	797265	99.337018%	0.036781	0.50

序號	字種	絕對字頻	相對字頻	累積字頻	累積覆蓋率	均頻倍值	分佈量
3261	軾	5	0.000623%	797270	99.337641%	0.036781	0.50
3262	兌	5	0.000623%	797275	99.338264%	0.036781	0.50
3263	淪	5	0.000623%	797280	99.338887%	0.036781	0.50
3264	甥	5	0.000623%	797285	99.339510%	0.036781	0.75
3265	筲	5	0.000623%	797290	99.340133%	0.036781	0.25
3266	頳	5	0.000623%	797295	99.340756%	0.036781	0.25
3267	涂	5	0.000623%	797300	99.341379%	0.036781	0.50
3268	禎	5	0.000623%	797305	99.342002%	0.036781	0.25
3269	煙	5	0.000623%	797310	99.342625%	0.036781	0.50
3270	盆	5	0.000623%	797315	99.343248%	0.036781	0.50
3271	賑	5	0.000623%	797320	99.343871%	0.036781	0.50
3272	裴	5	0.000623%	797325	99.344494%	0.036781	0.75
3273	弈	5	0.000623%	797330	99.345117%	0.036781	0.50
3274	簒	5	0.000623%	797335	99.345740%	0.036781	0.50
3275	畸	5	0.000623%	797340	99.346363%	0.036781	0.75
3276	擠	5	0.000623%	797345	99.346986%	0.036781	0.25
3277	那	5	0.000623%	797350	99.347609%	0.036781	0.50
3278	籥	5	0.000623%	797355	99.348232%	0.036781	0.50
3279	湫	5	0.000623%	797360	99.348855%	0.036781	0.50
3280	俚	5	0.000623%	797365	99.349478%	0.036781	0.75
3281	紈	5	0.000623%	797370	99.350101%	0.036781	0.50
3282	杞	5	0.000623%	797375	99.350724%	0.036781	0.50
3283	猴	5	0.000623%	797380	99.351347%	0.036781	0.25
3284	蕙	5	0.000623%	797385	99.351970%	0.036781	0.25
3285	泱	5	0.000623%	797390	99.352593%	0.036781	0.50
3286	毒	5	0.000623%	797395	99.353216%	0.036781	0.25
3287	丑	5	0.000623%	797400	99.353839%	0.036781	0.25
3288	皁	5	0.000623%	797405	99.354462%	0.036781	0.25
3289	姍	5	0.000623%	797410	99.355085%	0.036781	0.50
3290	詠	5	0.000623%	797415	99.355708%	0.036781	0.50
3291	騂	5	0.000623%	797420	99.356331%	0.036781	0.50
3292	把	5	0.000623%	797425	99.356954%	0.036781	0.50
3293	沇	5	0.000623%	797430	99.357577%	0.036781	0.25
3294	咷	5	0.000623%	797435	99.358200%	0.036781	0.50
3295	叟	5	0.000623%	797440	99.358823%	0.036781	0.50

序號	字種	絕對字頻	相對字頻	累積字頻	累積覆蓋率	均頻倍值	分佈量
3296	忮	5	0.000623%	797445	99.359446%	0.036781	0.50
3297	岷	5	0.000623%	797450	99.360069%	0.036781	0.75
3298	窈	5	0.000623%	797455	99.360692%	0.036781	0.25
3299	榛	5	0.000623%	797460	99.361315%	0.036781	0.25
3300	仿	5	0.000623%	797465	99.361938%	0.036781	0.25
3301	鈇	5	0.000623%	797470	99.362561%	0.036781	0.50
3302	寮	5	0.000623%	797475	99.363184%	0.036781	0.25
3303	緦	5	0.000623%	797480	99.363806%	0.036781	0.25
3304	沓	5	0.000623%	797485	99.364429%	0.036781	0.50
3305	纚	5	0.000623%	797490	99.365052%	0.036781	0.25
3306	唇	5	0.000623%	797495	99.365675%	0.036781	0.25
3307	邵	5	0.000623%	797500	99.366298%	0.036781	0.50
3308	篆	5	0.000623%	797505	99.366921%	0.036781	0.25
3309	葆	5	0.000623%	797510	99.367544%	0.036781	0.50
3310	溶	5	0.000623%	797515	99.368167%	0.036781	0.25
3311	螭	5	0.000623%	797520	99.368790%	0.036781	0.25
3312	佳	5	0.000623%	797525	99.369413%	0.036781	0.25
3313	颶	5	0.000623%	797530	99.370036%	0.036781	0.25
3314	攢	5	0.000623%	797535	99.370659%	0.036781	0.25
3315	滔	5	0.000623%	797540	99.371282%	0.036781	0.25
3316	厄	5	0.000623%	797545	99.371905%	0.036781	0.50
3317	寮	5	0.000623%	797550	99.372528%	0.036781	0.25
3318	玦	5	0.000623%	797555	99.373151%	0.036781	0.50
3319	綦	5	0.000623%	797560	99.373774%	0.036781	0.50
3320	沽	5	0.000623%	797565	99.374397%	0.036781	0.25
3321	兔	5	0.000623%	797570	99.375020%	0.036781	0.25
3322	浴	5	0.000623%	797575	99.375643%	0.036781	0.25
3323	輅	5	0.000623%	797580	99.376266%	0.036781	0.50
3324	謨	5	0.000623%	797585	99.376889%	0.036781	0.25
3325	郝	5	0.000623%	797590	99.377512%	0.036781	0.50
3326	攣	5	0.000623%	797595	99.378135%	0.036781	0.25
3327	贏	5	0.000623%	797600	99.378758%	0.036781	0.25
3328	暈	5	0.000623%	797605	99.379381%	0.036781	0.50
3329	躋	5	0.000623%	797610	99.380004%	0.036781	0.50
3330	毗	5	0.000623%	797615	99.380627%	0.036781	0.50

序號	字種	絕對字頻	相對字頻	累積字頻	累積覆蓋率	均頻倍值	分佈量
3331	壓	5	0.000623%	797620	99.381250%	0.036781	0.50
3332	衿	5	0.000623%	797625	99.381873%	0.036781	0.50
3333	例	5	0.000623%	797630	99.382496%	0.036781	0.50
3334	槃	5	0.000623%	797635	99.383119%	0.036781	0.50
3335	謢	5	0.000623%	797640	99.383742%	0.036781	0.50
3336	鄔	5	0.000623%	797645	99.384365%	0.036781	0.75
3337	嫖	5	0.000623%	797650	99.384988%	0.036781	0.25
3338	咲	5	0.000623%	797655	99.385611%	0.036781	0.25
3339	棓	5	0.000623%	797660	99.386234%	0.036781	0.50
3340	腄	5	0.000623%	797665	99.386857%	0.036781	0.75
3341	淡	5	0.000623%	797670	99.387480%	0.036781	0.25
3342	渝	5	0.000623%	797675	99.388103%	0.036781	0.50
3343	藻	5	0.000623%	797680	99.388726%	0.036781	0.25
3344	仡	5	0.000623%	797685	99.389349%	0.036781	0.25
3345	煮	5	0.000623%	797690	99.389972%	0.036781	0.50
3346	頗	5	0.000623%	797695	99.390595%	0.036781	0.50
3347	祦	5	0.000623%	797700	99.391218%	0.036781	0.25
3348	莨	5	0.000623%	797705	99.391841%	0.036781	0.50
3349	聵	5	0.000623%	797710	99.392464%	0.036781	0.50
3350	牒	5	0.000623%	797715	99.393087%	0.036781	0.50
3351	纏	5	0.000623%	797720	99.393710%	0.036781	0.75
3352	鄶	5	0.000623%	797725	99.394333%	0.036781	0.50
3353	簑	5	0.000623%	797730	99.394956%	0.036781	0.50
3354	扇	5	0.000623%	797735	99.395579%	0.036781	0.25
3355	涪	5	0.000623%	797740	99.396202%	0.036781	0.50
3356	挈	5	0.000623%	797745	99.396825%	0.036781	0.25
3357	絺	5	0.000623%	797750	99.397448%	0.036781	1.00
3358	殤	5	0.000623%	797755	99.398071%	0.036781	0.75
3359	瞰	5	0.000623%	797760	99.398694%	0.036781	0.25
3360	拙	5	0.000623%	797765	99.399317%	0.036781	0.50
3361	悟	5	0.000623%	797770	99.399940%	0.036781	0.25
3362	銘	5	0.000623%	797775	99.400563%	0.036781	0.50
3363	渙	5	0.000623%	797780	99.401186%	0.036781	0.50
3364	該	5	0.000623%	797785	99.401809%	0.036781	0.50
3365	餌	5	0.000623%	797790	99.402432%	0.036781	0.25

序號	字種	絕對字頻	相對字頻	累積字頻	累積覆蓋率	均頻倍值	分佈量
3366	紘	5	0.000623%	797795	99.403055%	0.036781	0.25
3367	嗛	5	0.000623%	797800	99.403678%	0.036781	0.50
3368	覬	5	0.000623%	797805	99.404301%	0.036781	0.25
3369	核	5	0.000623%	797810	99.404924%	0.036781	0.75
3370	愴	5	0.000623%	797815	99.405547%	0.036781	0.50
3371	唱	5	0.000623%	797820	99.406170%	0.036781	0.50
3372	疥	5	0.000623%	797825	99.406793%	0.036781	0.50
3373	啗	5	0.000623%	797830	99.407416%	0.036781	0.50
3374	植	5	0.000623%	797835	99.408039%	0.036781	0.25
3375	凋	5	0.000623%	797840	99.408662%	0.036781	0.25
3376	座	5	0.000623%	797845	99.409284%	0.036781	0.50
3377	鬩	5	0.000623%	797850	99.409907%	0.036781	0.50
3378	輥	5	0.000623%	797855	99.410530%	0.036781	0.50
3379	菀	5	0.000623%	797860	99.411153%	0.036781	1.00
3380	襦	5	0.000623%	797865	99.411776%	0.036781	0.50
3381	賻	5	0.000623%	797870	99.412399%	0.036781	0.25
3382	灑	5	0.000623%	797875	99.413022%	0.036781	0.25
3383	舛	5	0.000623%	797880	99.413645%	0.036781	0.25
3384	侍	5	0.000623%	797885	99.414268%	0.036781	0.50
3385	判	5	0.000623%	797890	99.414891%	0.036781	0.50
3386	徘	5	0.000623%	797895	99.415514%	0.036781	0.50
3387	摭	5	0.000623%	797900	99.416137%	0.036781	0.50
3388	妣	5	0.000623%	797905	99.416760%	0.036781	0.50
3389	跆	5	0.000623%	797910	99.417383%	0.036781	0.50
3390	逾	5	0.000623%	797915	99.418006%	0.036781	0.50
3391	絡	5	0.000623%	797920	99.418629%	0.036781	0.50
3392	縹	5	0.000623%	797925	99.419252%	0.036781	0.25
3393	傭	4	0.000498%	797929	99.419751%	0.029425	0.25
3394	眕	4	0.000498%	797933	99.420249%	0.029425	0.25
3395	挱	4	0.000498%	797937	99.420747%	0.029425	0.50
3396	衫	4	0.000498%	797941	99.421246%	0.029425	0.25
3397	孜	4	0.000498%	797945	99.421744%	0.029425	0.50
3398	搖	4	0.000498%	797949	99.422243%	0.029425	0.50
3399	軏	4	0.000498%	797953	99.422741%	0.029425	0.50
3400	銳	4	0.000498%	797957	99.423239%	0.029425	0.25

序號	字種	絕對字頻	相對字頻	累積字頻	累積覆蓋率	均頻倍值	分佈量
3401	簾	4	0.000498%	797961	99.423738%	0.029425	0.25
3402	嫡	4	0.000498%	797965	99.424236%	0.029425	0.50
3403	吟	4	0.000498%	797969	99.424735%	0.029425	0.50
3404	崢	4	0.000498%	797973	99.425233%	0.029425	0.25
3405	覃	4	0.000498%	797977	99.425731%	0.029425	0.50
3406	耑	4	0.000498%	797981	99.426230%	0.029425	0.25
3407	滕	4	0.000498%	797985	99.426728%	0.029425	0.50
3408	夥	4	0.000498%	797989	99.427226%	0.029425	0.25
3409	闇	4	0.000498%	797993	99.427725%	0.029425	0.50
3410	宥	4	0.000498%	797997	99.428223%	0.029425	0.25
3411	肺	4	0.000498%	798001	99.428722%	0.029425	0.25
3412	沆	4	0.000498%	798005	99.429220%	0.029425	0.50
3413	轢	4	0.000498%	798009	99.429718%	0.029425	0.25
3414	齰	4	0.000498%	798013	99.430217%	0.029425	0.25
3415	珥	4	0.000498%	798017	99.430715%	0.029425	0.50
3416	鈆	4	0.000498%	798021	99.431214%	0.029425	0.50
3417	吃	4	0.000498%	798025	99.431712%	0.029425	0.25
3418	蝨	4	0.000498%	798029	99.432210%	0.029425	0.25
3419	嶸	4	0.000498%	798033	99.432709%	0.029425	0.25
3420	儁	4	0.000498%	798037	99.433207%	0.029425	0.50
3421	驥	4	0.000498%	798041	99.433706%	0.029425	0.25
3422	瑰	4	0.000498%	798045	99.434204%	0.029425	0.25
3423	惴	4	0.000498%	798049	99.434702%	0.029425	0.25
3424	俫	4	0.000498%	798053	99.435201%	0.029425	0.75
3425	闓	4	0.000498%	798057	99.435699%	0.029425	0.25
3426	炙	4	0.000498%	798061	99.436197%	0.029425	0.25
3427	鮪	4	0.000498%	798065	99.436696%	0.029425	0.25
3428	睡	4	0.000498%	798069	99.437194%	0.029425	0.25
3429	媒	4	0.000498%	798073	99.437693%	0.029425	0.50
3430	旄	4	0.000498%	798077	99.438191%	0.029425	0.25
3431	軟	4	0.000498%	798081	99.438689%	0.029425	0.25
3432	卉	4	0.000498%	798085	99.439188%	0.029425	0.50
3433	梢	4	0.000498%	798089	99.439686%	0.029425	0.50
3434	轃	4	0.000498%	798093	99.440185%	0.029425	0.50
3435	恧	4	0.000498%	798097	99.440683%	0.029425	0.25

序號	字種	絕對字頻	相對字頻	累積字頻	累積覆蓋率	均頻倍值	分佈量
3436	疊	4	0.000498%	798101	99.441181%	0.029425	0.25
3437	馴	4	0.000498%	798105	99.441680%	0.029425	0.50
3438	鯉	4	0.000498%	798109	99.442178%	0.029425	0.75
3439	煥	4	0.000498%	798113	99.442677%	0.029425	0.50
3440	確	4	0.000498%	798117	99.443175%	0.029425	0.25
3441	汎	4	0.000498%	798121	99.443673%	0.029425	0.25
3442	墊	4	0.000498%	798125	99.444172%	0.029425	0.50
3443	鏘	4	0.000498%	798129	99.444670%	0.029425	0.50
3444	唊	4	0.000498%	798133	99.445168%	0.029425	0.50
3445	骫	4	0.000498%	798137	99.445667%	0.029425	0.25
3446	閔	4	0.000498%	798141	99.446165%	0.029425	0.75
3447	鑒	4	0.000498%	798145	99.446664%	0.029425	0.50
3448	闌	4	0.000498%	798149	99.447162%	0.029425	0.50
3449	湔	4	0.000498%	798153	99.447660%	0.029425	0.50
3450	騠	4	0.000498%	798157	99.448159%	0.029425	0.50
3451	裕	4	0.000498%	798161	99.448657%	0.029425	0.50
3452	醢	4	0.000498%	798165	99.449156%	0.029425	0.25
3453	闚	4	0.000498%	798169	99.449654%	0.029425	0.25
3454	陣	4	0.000498%	798173	99.450152%	0.029425	0.25
3455	衢	4	0.000498%	798177	99.450651%	0.029425	0.25
3456	藺	4	0.000498%	798181	99.451149%	0.029425	0.25
3457	攡	4	0.000498%	798185	99.451648%	0.029425	0.25
3458	撰	4	0.000498%	798189	99.452146%	0.029425	0.50
3459	薛	4	0.000498%	798193	99.452644%	0.029425	0.25
3460	詖	4	0.000498%	798197	99.453143%	0.029425	0.50
3461	黎	4	0.000498%	798201	99.453641%	0.029425	0.25
3462	邠	4	0.000498%	798205	99.454139%	0.029425	0.25
3463	薤	4	0.000498%	798209	99.454638%	0.029425	0.50
3464	楫	4	0.000498%	798213	99.455136%	0.029425	0.50
3465	譶	4	0.000498%	798217	99.455635%	0.029425	0.25
3466	裀	4	0.000498%	798221	99.456133%	0.029425	0.50
3467	鄭	4	0.000498%	798225	99.456631%	0.029425	0.50
3468	役	4	0.000498%	798229	99.457130%	0.029425	0.50
3469	鍛	4	0.000498%	798233	99.457628%	0.029425	0.25
3470	俄	4	0.000498%	798237	99.458127%	0.029425	0.25

序號	字種	絕對字頻	相對字頻	累積字頻	累積覆蓋率	均頻倍值	分佈量
3471	誠	4	0.000498%	798241	99.458625%	0.029425	0.50
3472	邁	4	0.000498%	798245	99.459123%	0.029425	0.50
3473	枸	4	0.000498%	798249	99.459622%	0.029425	0.50
3474	縠	4	0.000498%	798253	99.460120%	0.029425	0.25
3475	迴	4	0.000498%	798257	99.460619%	0.029425	0.50
3476	嶓	4	0.000498%	798261	99.461117%	0.029425	0.25
3477	奕	4	0.000498%	798265	99.461615%	0.029425	0.25
3478	沬	4	0.000498%	798269	99.462114%	0.029425	0.50
3479	飄	4	0.000498%	798273	99.462612%	0.029425	0.25
3480	兒	4	0.000498%	798277	99.463110%	0.029425	0.50
3481	质	4	0.000498%	798281	99.463609%	0.029425	0.25
3482	煒	4	0.000498%	798285	99.464107%	0.029425	0.25
3483	猭	4	0.000498%	798289	99.464606%	0.029425	0.50
3484	窑	4	0.000498%	798293	99.465104%	0.029425	0.25
3485	穭	4	0.000498%	798297	99.465602%	0.029425	0.25
3486	藹	4	0.000498%	798301	99.466101%	0.029425	0.25
3487	狎	4	0.000498%	798305	99.466599%	0.029425	0.50
3488	其	4	0.000498%	798309	99.467098%	0.029425	0.50
3489	榆	4	0.000498%	798313	99.467596%	0.029425	0.50
3490	謠	4	0.000498%	798317	99.468094%	0.029425	0.25
3491	嵋	4	0.000498%	798321	99.468593%	0.029425	0.50
3492	騎	4	0.000498%	798325	99.469091%	0.029425	0.50
3493	鄡	4	0.000498%	798329	99.469590%	0.029425	0.50
3494	獷	4	0.000498%	798333	99.470088%	0.029425	0.50
3495	汦	4	0.000498%	798337	99.470586%	0.029425	0.50
3496	胞	4	0.000498%	798341	99.471085%	0.029425	0.50
3497	餧	4	0.000498%	798345	99.471583%	0.029425	0.25
3498	遍	4	0.000498%	798349	99.472081%	0.029425	0.75
3499	鯁	4	0.000498%	798353	99.472580%	0.029425	0.25
3500	鞠	4	0.000498%	798357	99.473078%	0.029425	0.50
3501	匯	4	0.000498%	798361	99.473577%	0.029425	0.25
3502	巛	4	0.000498%	798365	99.474075%	0.029425	0.50
3503	肇	4	0.000498%	798369	99.474573%	0.029425	0.50
3504	笝	4	0.000498%	798373	99.475072%	0.029425	0.25
3505	鯢	4	0.000498%	798377	99.475570%	0.029425	0.25

序號	字種	絕對字頻	相對字頻	累積字頻	累積覆蓋率	均頻倍值	分佈量
3506	源	4	0.000498%	798381	99.476069%	0.029425	0.50
3507	磷	4	0.000498%	798385	99.476567%	0.029425	0.25
3508	凰	4	0.000498%	798389	99.477065%	0.029425	0.25
3509	昨	4	0.000498%	798393	99.477564%	0.029425	0.25
3510	蠢	4	0.000498%	798397	99.478062%	0.029425	0.50
3511	咮	4	0.000498%	798401	99.478561%	0.029425	0.25
3512	傒	4	0.000498%	798405	99.479059%	0.029425	0.50
3513	歆	4	0.000498%	798409	99.479557%	0.029425	0.50
3514	趾	4	0.000498%	798413	99.480056%	0.029425	0.75
3515	拒	4	0.000498%	798417	99.480554%	0.029425	0.50
3516	歔	4	0.000498%	798421	99.481052%	0.029425	0.25
3517	瘢	4	0.000498%	798425	99.481551%	0.029425	0.25
3518	鋸	4	0.000498%	798429	99.482049%	0.029425	0.50
3519	秬	4	0.000498%	798433	99.482548%	0.029425	0.50
3520	嬌	4	0.000498%	798437	99.483046%	0.029425	0.50
3521	鵰	4	0.000498%	798441	99.483544%	0.029425	0.25
3522	忖	4	0.000498%	798445	99.484043%	0.029425	0.25
3523	鑪	4	0.000498%	798449	99.484541%	0.029425	0.50
3524	躔	4	0.000498%	798453	99.485040%	0.029425	0.25
3525	闋	4	0.000498%	798457	99.485538%	0.029425	0.25
3526	債	4	0.000498%	798461	99.486036%	0.029425	0.25
3527	嘔	4	0.000498%	798465	99.486535%	0.029425	0.50
3528	淶	4	0.000498%	798469	99.487033%	0.029425	0.25
3529	芷	4	0.000498%	798473	99.487532%	0.029425	0.50
3530	咢	4	0.000498%	798477	99.488030%	0.029425	0.50
3531	橡	4	0.000498%	798481	99.488528%	0.029425	0.50
3532	繳	4	0.000498%	798485	99.489027%	0.029425	0.25
3533	涯	4	0.000498%	798489	99.489525%	0.029425	0.50
3534	返	4	0.000498%	798493	99.490023%	0.029425	0.50
3535	楹	4	0.000498%	798497	99.490522%	0.029425	0.50
3536	刖	4	0.000498%	798501	99.491020%	0.029425	0.50
3537	鋋	4	0.000498%	798505	99.491519%	0.029425	0.25
3538	鋪	4	0.000498%	798509	99.492017%	0.029425	0.75
3539	蓮	4	0.000498%	798513	99.492515%	0.029425	0.75
3540	矰	4	0.000498%	798517	99.493014%	0.029425	0.25

序號	字種	絕對字頻	相對字頻	累積字頻	累積覆蓋率	均頻倍值	分佈量
3541	獦	4	0.000498%	798521	99.493512%	0.029425	0.50
3542	瘘	4	0.000498%	798525	99.494011%	0.029425	0.50
3543	暝	4	0.000498%	798529	99.494509%	0.029425	0.25
3544	阺	4	0.000498%	798533	99.495007%	0.029425	0.25
3545	詢	4	0.000498%	798537	99.495506%	0.029425	0.75
3546	鄆	4	0.000498%	798541	99.496004%	0.029425	0.25
3547	奭	4	0.000498%	798545	99.496503%	0.029425	0.50
3548	衙	4	0.000498%	798549	99.497001%	0.029425	0.25
3549	匏	4	0.000498%	798553	99.497499%	0.029425	0.25
3550	箸	4	0.000498%	798557	99.497998%	0.029425	0.25
3551	誨	4	0.000498%	798561	99.498496%	0.029425	0.50
3552	庇	4	0.000498%	798565	99.498995%	0.029425	0.50
3553	苢	4	0.000498%	798569	99.499493%	0.029425	0.50
3554	孚	4	0.000498%	798573	99.499991%	0.029425	0.50
3555	臑	4	0.000498%	798577	99.500490%	0.029425	0.25
3556	染	4	0.000498%	798581	99.500988%	0.029425	0.25
3557	洼	4	0.000498%	798585	99.501486%	0.029425	0.50
3558	鱉	4	0.000498%	798589	99.501985%	0.029425	0.25
3559	紲	4	0.000498%	798593	99.502483%	0.029425	0.25
3560	觚	4	0.000498%	798597	99.502982%	0.029425	0.50
3561	瓊	4	0.000498%	798601	99.503480%	0.029425	0.25
3562	佛	4	0.000498%	798605	99.503978%	0.029425	0.25
3563	朸	4	0.000498%	798609	99.504477%	0.029425	0.50
3564	誇	4	0.000498%	798613	99.504975%	0.029425	0.25
3565	菅	4	0.000498%	798617	99.505474%	0.029425	0.50
3566	龗	4	0.000498%	798621	99.505972%	0.029425	0.25
3567	禎	4	0.000498%	798625	99.506470%	0.029425	0.75
3568	畺	4	0.000498%	798629	99.506969%	0.029425	0.75
3569	穌	4	0.000498%	798633	99.507467%	0.029425	0.25
3570	璹	4	0.000498%	798637	99.507966%	0.029425	0.25
3571	湍	4	0.000498%	798641	99.508464%	0.029425	0.25
3572	梨	4	0.000498%	798645	99.508962%	0.029425	0.25
3573	漠	4	0.000498%	798649	99.509461%	0.029425	0.25
3574	洲	4	0.000498%	798653	99.509959%	0.029425	0.50
3575	愕	4	0.000498%	798657	99.510457%	0.029425	0.25

序號	字種	絕對字頻	相對字頻	累積字頻	累積覆蓋率	均頻倍值	分佈量
3576	憫	4	0.000498%	798661	99.510956%	0.029425	0.25
3577	揣	4	0.000498%	798665	99.511454%	0.029425	0.25
3578	泣	4	0.000498%	798669	99.511953%	0.029425	0.50
3579	琩	4	0.000498%	798673	99.512451%	0.029425	0.25
3580	慷	4	0.000498%	798677	99.512949%	0.029425	0.25
3581	斯	4	0.000498%	798681	99.513448%	0.029425	0.50
3582	潛	4	0.000498%	798685	99.513946%	0.029425	0.50
3583	蝦	4	0.000498%	798689	99.514445%	0.029425	0.75
3584	臏	4	0.000498%	798693	99.514943%	0.029425	0.75
3585	象	4	0.000498%	798697	99.515441%	0.029425	0.50
3586	穅	4	0.000498%	798701	99.515940%	0.029425	0.25
3587	耝	4	0.000498%	798705	99.516438%	0.029425	0.50
3588	遨	4	0.000498%	798709	99.516937%	0.029425	0.50
3589	郴	4	0.000498%	798713	99.517435%	0.029425	0.75
3590	霖	4	0.000498%	798717	99.517933%	0.029425	0.50
3591	械	4	0.000498%	798721	99.518432%	0.029425	0.75
3592	侮	4	0.000498%	798725	99.518930%	0.029425	0.50
3593	葵	4	0.000498%	798729	99.519428%	0.029425	0.50
3594	紹	4	0.000498%	798733	99.519927%	0.029425	0.25
3595	閡	4	0.000498%	798737	99.520425%	0.029425	0.50
3596	狷	4	0.000498%	798741	99.520924%	0.029425	0.25
3597	壐	4	0.000498%	798745	99.521422%	0.029425	0.50
3598	茵	4	0.000498%	798749	99.521920%	0.029425	0.50
3599	騨	4	0.000498%	798753	99.522419%	0.029425	0.25
3600	墀	4	0.000498%	798757	99.522917%	0.029425	0.25
3601	畚	4	0.000498%	798761	99.523416%	0.029425	0.50
3602	謀	4	0.000498%	798765	99.523914%	0.029425	0.25
3603	輶	4	0.000498%	798769	99.524412%	0.029425	0.25
3604	扐	4	0.000498%	798773	99.524911%	0.029425	0.75
3605	溴	4	0.000498%	798777	99.525409%	0.029425	0.25
3606	韄	4	0.000498%	798781	99.525908%	0.029425	0.25
3607	聿	4	0.000498%	798785	99.526406%	0.029425	0.50
3608	臭	4	0.000498%	798789	99.526904%	0.029425	0.75
3609	祛	4	0.000498%	798793	99.527403%	0.029425	0.25
3610	研	4	0.000498%	798797	99.527901%	0.029425	0.25

序號	字種	絕對字頻	相對字頻	累積字頻	累積覆蓋率	均頻倍值	分佈量
3611	淒	4	0.000498%	798801	99.528399%	0.029425	0.50
3612	污	4	0.000498%	798805	99.528898%	0.029425	0.50
3613	胤	4	0.000498%	798809	99.529396%	0.029425	0.25
3614	薳	4	0.000498%	798813	99.529895%	0.029425	0.25
3615	刁	4	0.000498%	798817	99.530393%	0.029425	0.25
3616	躠	4	0.000498%	798821	99.530891%	0.029425	0.50
3617	蝥	4	0.000498%	798825	99.531390%	0.029425	0.25
3618	謿	4	0.000498%	798829	99.531888%	0.029425	0.25
3619	訨	4	0.000498%	798833	99.532387%	0.029425	0.25
3620	製	4	0.000498%	798837	99.532885%	0.029425	0.50
3621	驆	4	0.000498%	798841	99.533383%	0.029425	0.25
3622	獭	4	0.000498%	798845	99.533882%	0.029425	0.50
3623	汜	4	0.000498%	798849	99.534380%	0.029425	0.75
3624	濤	4	0.000498%	798853	99.534879%	0.029425	0.50
3625	諄	4	0.000498%	798857	99.535377%	0.029425	0.50
3626	鄾	4	0.000498%	798861	99.535875%	0.029425	0.50
3627	阤	4	0.000498%	798865	99.536374%	0.029425	0.25
3628	噍	4	0.000498%	798869	99.536872%	0.029425	0.50
3629	潎	4	0.000498%	798873	99.537370%	0.029425	0.25
3630	嘽	4	0.000498%	798877	99.537869%	0.029425	0.25
3631	翌	4	0.000498%	798881	99.538367%	0.029425	0.50
3632	垢	4	0.000498%	798885	99.538866%	0.029425	0.25
3633	麂	4	0.000498%	798889	99.539364%	0.029425	0.75
3634	趑	4	0.000498%	798893	99.539862%	0.029425	0.25
3635	鼕	4	0.000498%	798897	99.540361%	0.029425	0.25
3636	犛	4	0.000498%	798901	99.540859%	0.029425	0.25
3637	殉	4	0.000498%	798905	99.541358%	0.029425	0.25
3638	珪	4	0.000498%	798909	99.541856%	0.029425	0.50
3639	舄	4	0.000498%	798913	99.542354%	0.029425	0.50
3640	鄖	4	0.000498%	798917	99.542853%	0.029425	0.50
3641	癰	4	0.000498%	798921	99.543351%	0.029425	0.75
3642	鎖	4	0.000498%	798925	99.543850%	0.029425	0.50
3643	懂	4	0.000498%	798929	99.544348%	0.029425	0.25
3644	恪	4	0.000498%	798933	99.544846%	0.029425	0.25
3645	弨	4	0.000498%	798937	99.545345%	0.029425	0.25

序號	字種	絕對字頻	相對字頻	累積字頻	累積覆蓋率	均頻倍值	分佈量
3646	摹	4	0.000498%	798941	99.545843%	0.029425	0.75
3647	姿	4	0.000498%	798945	99.546341%	0.029425	0.25
3648	眄	4	0.000498%	798949	99.546840%	0.029425	0.25
3649	喁	4	0.000498%	798953	99.547338%	0.029425	0.25
3650	麹	4	0.000498%	798957	99.547837%	0.029425	0.50
3651	悠	4	0.000498%	798961	99.548335%	0.029425	0.25
3652	幺	4	0.000498%	798965	99.548833%	0.029425	0.25
3653	憒	4	0.000498%	798969	99.549332%	0.029425	0.50
3654	毳	4	0.000498%	798973	99.549830%	0.029425	0.50
3655	罝	4	0.000498%	798977	99.550329%	0.029425	0.25
3656	汩	4	0.000498%	798981	99.550827%	0.029425	0.25
3657	嬪	4	0.000498%	798985	99.551325%	0.029425	0.50
3658	採	4	0.000498%	798989	99.551824%	0.029425	0.25
3659	攤	4	0.000498%	798993	99.552322%	0.029425	0.50
3660	尻	4	0.000498%	798997	99.552821%	0.029425	0.25
3661	悅	3	0.000374%	799000	99.553194%	0.022069	0.25
3662	韓	3	0.000374%	799003	99.553568%	0.022069	0.25
3663	扑	3	0.000374%	799006	99.553942%	0.022069	0.50
3664	鑽	3	0.000374%	799009	99.554316%	0.022069	0.50
3665	籥	3	0.000374%	799012	99.554689%	0.022069	0.25
3666	鵯	3	0.000374%	799015	99.555063%	0.022069	0.25
3667	砥	3	0.000374%	799018	99.555437%	0.022069	0.50
3668	碩	3	0.000374%	799021	99.555811%	0.022069	0.50
3669	狙	3	0.000374%	799024	99.556185%	0.022069	0.50
3670	闟	3	0.000374%	799027	99.556558%	0.022069	0.25
3671	匜	3	0.000374%	799030	99.556932%	0.022069	0.50
3672	讕	3	0.000374%	799033	99.557306%	0.022069	0.50
3673	菁	3	0.000374%	799036	99.557680%	0.022069	0.50
3674	阳	3	0.000374%	799039	99.558054%	0.022069	0.25
3675	陼	3	0.000374%	799042	99.558427%	0.022069	0.25
3676	瀍	3	0.000374%	799045	99.558801%	0.022069	0.25
3677	誶	3	0.000374%	799048	99.559175%	0.022069	0.25
3678	睃	3	0.000374%	799051	99.559549%	0.022069	0.50
3679	眙	3	0.000374%	799054	99.559923%	0.022069	0.75
3680	废	3	0.000374%	799057	99.560296%	0.022069	0.25

序號	字種	絕對字頻	相對字頻	累積字頻	累積覆蓋率	均頻倍值	分佈量
3681	濛	3	0.000374%	799060	99.560670%	0.022069	0.25
3682	繽	3	0.000374%	799063	99.561044%	0.022069	0.25
3683	鴻	3	0.000374%	799066	99.561418%	0.022069	0.25
3684	鉦	3	0.000374%	799069	99.561792%	0.022069	0.50
3685	嗕	3	0.000374%	799072	99.562165%	0.022069	0.25
3686	东	3	0.000374%	799075	99.562539%	0.022069	0.25
3687	兜	3	0.000374%	799078	99.562913%	0.022069	0.25
3688	粹	3	0.000374%	799081	99.563287%	0.022069	0.50
3689	憨	3	0.000374%	799084	99.563660%	0.022069	0.50
3690	琳	3	0.000374%	799087	99.564034%	0.022069	0.50
3691	哥	3	0.000374%	799090	99.564408%	0.022069	0.25
3692	蕆	3	0.000374%	799093	99.564782%	0.022069	0.25
3693	梏	3	0.000374%	799096	99.565156%	0.022069	0.25
3694	虥	3	0.000374%	799099	99.565529%	0.022069	0.50
3695	猷	3	0.000374%	799102	99.565903%	0.022069	0.25
3696	吶	3	0.000374%	799105	99.566277%	0.022069	0.25
3697	桱	3	0.000374%	799108	99.566651%	0.022069	0.25
3698	秔	3	0.000374%	799111	99.567025%	0.022069	0.50
3699	詞	3	0.000374%	799114	99.567398%	0.022069	0.50
3700	撙	3	0.000374%	799117	99.567772%	0.022069	0.25
3701	崒	3	0.000374%	799120	99.568146%	0.022069	0.25
3702	娠	3	0.000374%	799123	99.568520%	0.022069	0.50
3703	預	3	0.000374%	799126	99.568894%	0.022069	0.25
3704	胲	3	0.000374%	799129	99.569267%	0.022069	0.50
3705	咄	3	0.000374%	799132	99.569641%	0.022069	0.25
3706	蟋	3	0.000374%	799135	99.570015%	0.022069	0.50
3707	痺	3	0.000374%	799138	99.570389%	0.022069	0.75
3708	蟀	3	0.000374%	799141	99.570763%	0.022069	0.50
3709	洵	3	0.000374%	799144	99.571136%	0.022069	0.25
3710	濰	3	0.000374%	799147	99.571510%	0.022069	0.50
3711	換	3	0.000374%	799150	99.571884%	0.022069	0.50
3712	糴	3	0.000374%	799153	99.572258%	0.022069	0.50
3713	糟	3	0.000374%	799156	99.572631%	0.022069	0.50
3714	旎	3	0.000374%	799159	99.573005%	0.022069	0.50
3715	栩	3	0.000374%	799162	99.573379%	0.022069	0.50

序號	字種	絕對字頻	相對字頻	累積字頻	累積覆蓋率	均頻倍值	分佈量
3716	毆	3	0.000374%	799165	99.573753%	0.022069	0.50
3717	蔕	3	0.000374%	799168	99.574127%	0.022069	0.25
3718	嶭	3	0.000374%	799171	99.574500%	0.022069	0.50
3719	鹹	3	0.000374%	799174	99.574874%	0.022069	0.50
3720	攙	3	0.000374%	799177	99.575248%	0.022069	0.50
3721	媛	3	0.000374%	799180	99.575622%	0.022069	0.50
3722	芸	3	0.000374%	799183	99.575996%	0.022069	0.50
3723	芥	3	0.000374%	799186	99.576369%	0.022069	0.25
3724	挍	3	0.000374%	799189	99.576743%	0.022069	0.50
3725	磕	3	0.000374%	799192	99.577117%	0.022069	0.25
3726	寞	3	0.000374%	799195	99.577491%	0.022069	0.25
3727	搶	3	0.000374%	799198	99.577865%	0.022069	0.25
3728	荐	3	0.000374%	799201	99.578238%	0.022069	0.50
3729	韭	3	0.000374%	799204	99.578612%	0.022069	0.25
3730	礚	3	0.000374%	799207	99.578986%	0.022069	0.25
3731	冲	3	0.000374%	799210	99.579360%	0.022069	0.25
3732	阱	3	0.000374%	799213	99.579734%	0.022069	0.50
3733	診	3	0.000374%	799216	99.580107%	0.022069	0.50
3734	洒	3	0.000374%	799219	99.580481%	0.022069	0.50
3735	貊	3	0.000374%	799222	99.580855%	0.022069	0.50
3736	滄	3	0.000374%	799225	99.581229%	0.022069	0.25
3737	澎	3	0.000374%	799228	99.581602%	0.022069	0.50
3738	抎	3	0.000374%	799231	99.581976%	0.022069	0.50
3739	厔	3	0.000374%	799234	99.582350%	0.022069	0.25
3740	錫	3	0.000374%	799237	99.582724%	0.022069	0.25
3741	悵	3	0.000374%	799240	99.583098%	0.022069	0.25
3742	續	3	0.000374%	799243	99.583471%	0.022069	0.50
3743	覿	3	0.000374%	799246	99.583845%	0.022069	0.25
3744	鈦	3	0.000374%	799249	99.584219%	0.022069	0.50
3745	脣	3	0.000374%	799252	99.584593%	0.022069	0.50
3746	蟉	3	0.000374%	799255	99.584967%	0.022069	0.25
3747	扛	3	0.000374%	799258	99.585340%	0.022069	0.25
3748	沁	3	0.000374%	799261	99.585714%	0.022069	0.25
3749	魅	3	0.000374%	799264	99.586088%	0.022069	0.50
3750	蠡	3	0.000374%	799267	99.586462%	0.022069	0.25

序號	字種	絕對字頻	相對字頻	累積字頻	累積覆蓋率	均頻倍值	分佈量
3751	髀	3	0.000374%	799270	99.586836%	0.022069	0.25
3752	釜	3	0.000374%	799273	99.587209%	0.022069	0.25
3753	釀	3	0.000374%	799276	99.587583%	0.022069	0.50
3754	佼	3	0.000374%	799279	99.587957%	0.022069	0.50
3755	瑋	3	0.000374%	799282	99.588331%	0.022069	0.50
3756	瘇	3	0.000374%	799285	99.588705%	0.022069	0.25
3757	傜	3	0.000374%	799288	99.589078%	0.022069	0.25
3758	炔	3	0.000374%	799291	99.589452%	0.022069	0.50
3759	洌	3	0.000374%	799294	99.589826%	0.022069	0.25
3760	臬	3	0.000374%	799297	99.590200%	0.022069	0.25
3761	幢	3	0.000374%	799300	99.590573%	0.022069	0.25
3762	茬	3	0.000374%	799303	99.590947%	0.022069	0.50
3763	蘧	3	0.000374%	799306	99.591321%	0.022069	0.25
3764	涑	3	0.000374%	799309	99.591695%	0.022069	0.25
3765	霤	3	0.000374%	799312	99.592069%	0.022069	0.50
3766	綫	3	0.000374%	799315	99.592442%	0.022069	0.75
3767	宂	3	0.000374%	799318	99.592816%	0.022069	0.25
3768	駙	3	0.000374%	799321	99.593190%	0.022069	0.25
3769	騅	3	0.000374%	799324	99.593564%	0.022069	0.25
3770	浙	3	0.000374%	799327	99.593938%	0.022069	0.50
3771	痱	3	0.000374%	799330	99.594311%	0.022069	0.25
3772	湞	3	0.000374%	799333	99.594685%	0.022069	0.50
3773	蒿	3	0.000374%	799336	99.595059%	0.022069	0.50
3774	燧	3	0.000374%	799339	99.595433%	0.022069	0.25
3775	趮	3	0.000374%	799342	99.595807%	0.022069	0.50
3776	汁	3	0.000374%	799345	99.596180%	0.022069	0.75
3777	阼	3	0.000374%	799348	99.596554%	0.022069	0.25
3778	鄞	3	0.000374%	799351	99.596928%	0.022069	0.50
3779	僊	3	0.000374%	799354	99.597302%	0.022069	0.25
3780	鄜	3	0.000374%	799357	99.597676%	0.022069	0.50
3781	翥	3	0.000374%	799360	99.598049%	0.022069	0.25
3782	瀛	3	0.000374%	799363	99.598423%	0.022069	0.50
3783	澧	3	0.000374%	799366	99.598797%	0.022069	0.50
3784	藐	3	0.000374%	799369	99.599171%	0.022069	0.25
3785	臿	3	0.000374%	799372	99.599544%	0.022069	0.50

序號	字種	絕對字頻	相對字頻	累積字頻	累積覆蓋率	均頻倍值	分佈量
3786	瘲	3	0.000374%	799375	99.599918%	0.022069	0.50
3787	穨	3	0.000374%	799378	99.600292%	0.022069	0.25
3788	枌	3	0.000374%	799381	99.600666%	0.022069	0.25
3789	嚻	3	0.000374%	799384	99.601040%	0.022069	0.50
3790	瑯	3	0.000374%	799387	99.601413%	0.022069	0.50
3791	擣	3	0.000374%	799390	99.601787%	0.022069	0.25
3792	郘	3	0.000374%	799393	99.602161%	0.022069	0.75
3793	麋	3	0.000374%	799396	99.602535%	0.022069	0.50
3794	躁	3	0.000374%	799399	99.602909%	0.022069	0.50
3795	却	3	0.000374%	799402	99.603282%	0.022069	0.50
3796	暉	3	0.000374%	799405	99.603656%	0.022069	0.25
3797	棽	3	0.000374%	799408	99.604030%	0.022069	0.25
3798	邀	3	0.000374%	799411	99.604404%	0.022069	0.50
3799	褎	3	0.000374%	799414	99.604778%	0.022069	0.25
3800	嵯	3	0.000374%	799417	99.605151%	0.022069	0.25
3801	鱷	3	0.000374%	799420	99.605525%	0.022069	0.25
3802	沘	3	0.000374%	799423	99.605899%	0.022069	0.25
3803	縵	3	0.000374%	799426	99.606273%	0.022069	0.50
3804	昃	3	0.000374%	799429	99.606647%	0.022069	0.25
3805	詬	3	0.000374%	799432	99.607020%	0.022069	0.25
3806	遒	3	0.000374%	799435	99.607394%	0.022069	0.50
3807	蝮	3	0.000374%	799438	99.607768%	0.022069	0.25
3808	陜	3	0.000374%	799441	99.608142%	0.022069	0.50
3809	麏	3	0.000374%	799444	99.608515%	0.022069	0.25
3810	摺	3	0.000374%	799447	99.608889%	0.022069	0.25
3811	溠	3	0.000374%	799450	99.609263%	0.022069	0.25
3812	珊	3	0.000374%	799453	99.609637%	0.022069	0.25
3813	瑚	3	0.000374%	799456	99.610011%	0.022069	0.25
3814	罳	3	0.000374%	799459	99.610384%	0.022069	0.50
3815	枸	3	0.000374%	799462	99.610758%	0.022069	0.25
3816	瑜	3	0.000374%	799465	99.611132%	0.022069	0.50
3817	愿	3	0.000374%	799468	99.611506%	0.022069	0.75
3818	襃	3	0.000374%	799471	99.611880%	0.022069	0.50
3819	緝	3	0.000374%	799474	99.612253%	0.022069	0.25
3820	油	3	0.000374%	799477	99.612627%	0.022069	0.25

序號	字種	絕對字頻	相對字頻	累積字頻	累積覆蓋率	均頻倍值	分佈量
3821	戠	3	0.000374%	799480	99.613001%	0.022069	0.50
3822	掇	3	0.000374%	799483	99.613375%	0.022069	0.25
3823	郇	3	0.000374%	799486	99.613749%	0.022069	0.25
3824	襜	3	0.000374%	799489	99.614122%	0.022069	0.50
3825	泓	3	0.000374%	799492	99.614496%	0.022069	0.75
3826	彤	3	0.000374%	799495	99.614870%	0.022069	0.25
3827	陁	3	0.000374%	799498	99.615244%	0.022069	0.75
3828	洙	3	0.000374%	799501	99.615618%	0.022069	0.25
3829	聯	3	0.000374%	799504	99.615991%	0.022069	0.25
3830	瞋	3	0.000374%	799507	99.616365%	0.022069	0.50
3831	觖	3	0.000374%	799510	99.616739%	0.022069	0.25
3832	筋	3	0.000374%	799513	99.617113%	0.022069	0.25
3833	萁	3	0.000374%	799516	99.617486%	0.022069	0.25
3834	鏦	3	0.000374%	799519	99.617860%	0.022069	0.25
3835	荸	3	0.000374%	799522	99.618234%	0.022069	0.25
3836	蘢	3	0.000374%	799525	99.618608%	0.022069	0.25
3837	昌	3	0.000374%	799528	99.618982%	0.022069	0.75
3838	遝	3	0.000374%	799531	99.619355%	0.022069	0.25
3839	樻	3	0.000374%	799534	99.619729%	0.022069	0.50
3840	迅	3	0.000374%	799537	99.620103%	0.022069	0.50
3841	筐	3	0.000374%	799540	99.620477%	0.022069	0.50
3842	炫	3	0.000374%	799543	99.620851%	0.022069	0.25
3843	嫩	3	0.000374%	799546	99.621224%	0.022069	0.75
3844	逖	3	0.000374%	799549	99.621598%	0.022069	0.25
3845	檮	3	0.000374%	799552	99.621972%	0.022069	0.75
3846	吻	3	0.000374%	799555	99.622346%	0.022069	0.25
3847	喘	3	0.000374%	799558	99.622720%	0.022069	0.25
3848	曁	3	0.000374%	799561	99.623093%	0.022069	0.50
3849	剡	3	0.000374%	799564	99.623467%	0.022069	0.50
3850	杭	3	0.000374%	799567	99.623841%	0.022069	0.50
3851	郗	3	0.000374%	799570	99.624215%	0.022069	0.25
3852	繽	3	0.000374%	799573	99.624589%	0.022069	0.25
3853	塊	3	0.000374%	799576	99.624962%	0.022069	0.25
3854	羿	3	0.000374%	799579	99.625336%	0.022069	0.50
3855	輜	3	0.000374%	799582	99.625710%	0.022069	0.25

序號	字種	絕對字頻	相對字頻	累積字頻	累積覆蓋率	均頻倍值	分佈量
3856	貤	3	0.000374%	799585	99.626084%	0.022069	0.50
3857	姍	3	0.000374%	799588	99.626457%	0.022069	0.25
3858	彰	3	0.000374%	799591	99.626831%	0.022069	0.25
3859	燠	3	0.000374%	799594	99.627205%	0.022069	0.50
3860	搏	3	0.000374%	799597	99.627579%	0.022069	0.25
3861	姍	3	0.000374%	799600	99.627953%	0.022069	0.50
3862	捎	3	0.000374%	799603	99.628326%	0.022069	0.50
3863	蕡	3	0.000374%	799606	99.628700%	0.022069	0.50
3864	柚	3	0.000374%	799609	99.629074%	0.022069	0.50
3865	姐	3	0.000374%	799612	99.629448%	0.022069	0.50
3866	槁	3	0.000374%	799615	99.629822%	0.022069	0.75
3867	昜	3	0.000374%	799618	99.630195%	0.022069	0.25
3868	淦	3	0.000374%	799621	99.630569%	0.022069	0.50
3869	酈	3	0.000374%	799624	99.630943%	0.022069	0.25
3870	葳	3	0.000374%	799627	99.631317%	0.022069	0.50
3871	痡	3	0.000374%	799630	99.631691%	0.022069	0.25
3872	陁	3	0.000374%	799633	99.632064%	0.022069	0.50
3873	聃	3	0.000374%	799636	99.632438%	0.022069	0.50
3874	鐔	3	0.000374%	799639	99.632812%	0.022069	0.50
3875	胙	3	0.000374%	799642	99.633186%	0.022069	0.75
3876	佷	3	0.000374%	799645	99.633560%	0.022069	0.50
3877	櫨	3	0.000374%	799648	99.633933%	0.022069	0.25
3878	斳	3	0.000374%	799651	99.634307%	0.022069	0.25
3879	埃	3	0.000374%	799654	99.634681%	0.022069	0.25
3880	潼	3	0.000374%	799657	99.635055%	0.022069	0.50
3881	郫	3	0.000374%	799660	99.635428%	0.022069	0.50
3882	熛	3	0.000374%	799663	99.635802%	0.022069	0.25
3883	燈	3	0.000374%	799666	99.636176%	0.022069	0.25
3884	梟	3	0.000374%	799669	99.636550%	0.022069	0.25
3885	嘷	3	0.000374%	799672	99.636924%	0.022069	0.50
3886	闍	3	0.000374%	799675	99.637297%	0.022069	0.50
3887	陞	3	0.000374%	799678	99.637671%	0.022069	0.50
3888	戀	3	0.000374%	799681	99.638045%	0.022069	0.25
3889	吁	3	0.000374%	799684	99.638419%	0.022069	0.75
3890	橆	3	0.000374%	799687	99.638793%	0.022069	0.25

序號	字種	絕對字頻	相對字頻	累積字頻	累積覆蓋率	均頻倍值	分佈量
3891	惛	3	0.000374%	799690	99.639166%	0.022069	0.25
3892	喬	3	0.000374%	799693	99.639540%	0.022069	0.50
3893	傱	3	0.000374%	799696	99.639914%	0.022069	0.25
3894	棟	3	0.000374%	799699	99.640288%	0.022069	0.50
3895	囂	3	0.000374%	799702	99.640662%	0.022069	0.50
3896	梲	3	0.000374%	799705	99.641035%	0.022069	0.25
3897	鼉	3	0.000374%	799708	99.641409%	0.022069	0.25
3898	刷	3	0.000374%	799711	99.641783%	0.022069	0.50
3899	痤	3	0.000374%	799714	99.642157%	0.022069	0.50
3900	圮	3	0.000374%	799717	99.642531%	0.022069	0.25
3901	駃	3	0.000374%	799720	99.642904%	0.022069	0.25
3902	妹	3	0.000374%	799723	99.643278%	0.022069	0.50
3903	礫	3	0.000374%	799726	99.643652%	0.022069	0.50
3904	歂	3	0.000374%	799729	99.644026%	0.022069	0.25
3905	腳	3	0.000374%	799732	99.644399%	0.022069	0.25
3906	朅	3	0.000374%	799735	99.644773%	0.022069	0.25
3907	訕	3	0.000374%	799738	99.645147%	0.022069	0.25
3908	苟	3	0.000374%	799741	99.645521%	0.022069	0.50
3909	昏	3	0.000374%	799744	99.645895%	0.022069	0.50
3910	梔	3	0.000374%	799747	99.646268%	0.022069	0.25
3911	瘣	3	0.000374%	799750	99.646642%	0.022069	0.25
3912	郄	3	0.000374%	799753	99.647016%	0.022069	0.25
3913	綸	3	0.000374%	799756	99.647390%	0.022069	0.50
3914	縊	3	0.000374%	799759	99.647764%	0.022069	0.50
3915	脤	3	0.000374%	799762	99.648137%	0.022069	0.25
3916	柢	3	0.000374%	799765	99.648511%	0.022069	0.25
3917	企	3	0.000374%	799768	99.648885%	0.022069	0.50
3918	堀	3	0.000374%	799771	99.649259%	0.022069	0.25
3919	傲	3	0.000374%	799774	99.649633%	0.022069	0.50
3920	昫	3	0.000374%	799777	99.650006%	0.022069	0.50
3921	蛸	3	0.000374%	799780	99.650380%	0.022069	0.75
3922	褐	3	0.000374%	799783	99.650754%	0.022069	0.25
3923	咀	3	0.000374%	799786	99.651128%	0.022069	0.25
3924	圮	3	0.000374%	799789	99.651502%	0.022069	0.25
3925	逞	3	0.000374%	799792	99.651875%	0.022069	0.50

序號	字種	絕對字頻	相對字頻	累積字頻	累積覆蓋率	均頻倍值	分佈量
3926	瞿	3	0.000374%	799795	99.652249%	0.022069	0.50
3927	既	3	0.000374%	799798	99.652623%	0.022069	0.50
3928	毓	3	0.000374%	799801	99.652997%	0.022069	0.50
3929	跬	3	0.000374%	799804	99.653370%	0.022069	0.25
3930	幬	3	0.000374%	799807	99.653744%	0.022069	0.50
3931	屵	3	0.000374%	799810	99.654118%	0.022069	0.25
3932	鷟	3	0.000374%	799813	99.654492%	0.022069	0.50
3933	訾	3	0.000374%	799816	99.654866%	0.022069	0.50
3934	漣	3	0.000374%	799819	99.655239%	0.022069	0.25
3935	蝲	3	0.000374%	799822	99.655613%	0.022069	0.50
3936	芋	3	0.000374%	799825	99.655987%	0.022069	0.50
3937	猪	3	0.000374%	799828	99.656361%	0.022069	0.25
3938	嗾	3	0.000374%	799831	99.656735%	0.022069	0.25
3939	謌	3	0.000374%	799834	99.657108%	0.022069	0.50
3940	熾	3	0.000374%	799837	99.657482%	0.022069	0.25
3941	矙	3	0.000374%	799840	99.657856%	0.022069	0.25
3942	狃	3	0.000374%	799843	99.658230%	0.022069	0.50
3943	瞀	3	0.000374%	799846	99.658604%	0.022069	0.50
3944	拵	3	0.000374%	799849	99.658977%	0.022069	0.50
3945	儕	3	0.000374%	799852	99.659351%	0.022069	0.50
3946	紬	3	0.000374%	799855	99.659725%	0.022069	0.25
3947	嶙	3	0.000374%	799858	99.660099%	0.022069	0.25
3948	笮	3	0.000374%	799861	99.660473%	0.022069	0.25
3949	蠪	3	0.000374%	799864	99.660846%	0.022069	0.25
3950	娸	3	0.000374%	799867	99.661220%	0.022069	0.25
3951	崣	3	0.000374%	799870	99.661594%	0.022069	0.25
3952	壙	3	0.000374%	799873	99.661968%	0.022069	0.25
3953	蒐	3	0.000374%	799876	99.662341%	0.022069	0.50
3954	攫	3	0.000374%	799879	99.662715%	0.022069	0.25
3955	撮	3	0.000374%	799882	99.663089%	0.022069	0.50
3956	崎	3	0.000374%	799885	99.663463%	0.022069	0.25
3957	翩	3	0.000374%	799888	99.663837%	0.022069	0.25
3958	餅	3	0.000374%	799891	99.664210%	0.022069	0.50
3959	樛	3	0.000374%	799894	99.664584%	0.022069	0.25
3960	蚓	3	0.000374%	799897	99.664958%	0.022069	0.25

序號	字種	絕對字頻	相對字頻	累積字頻	累積覆蓋率	均頻倍值	分佈量
3961	偈	3	0.000374%	799900	99.665332%	0.022069	0.25
3962	蕢	3	0.000374%	799903	99.665706%	0.022069	0.75
3963	柔	3	0.000374%	799906	99.666079%	0.022069	0.25
3964	紐	3	0.000374%	799909	99.666453%	0.022069	0.50
3965	眼	3	0.000374%	799912	99.666827%	0.022069	0.50
3966	蔆	3	0.000374%	799915	99.667201%	0.022069	0.50
3967	緑	3	0.000374%	799918	99.667575%	0.022069	0.25
3968	朦	3	0.000374%	799921	99.667948%	0.022069	0.25
3969	嘻	3	0.000374%	799924	99.668322%	0.022069	0.25
3970	褊	3	0.000374%	799927	99.668696%	0.022069	0.50
3971	啖	3	0.000374%	799930	99.669070%	0.022069	0.25
3972	菓	3	0.000374%	799933	99.669444%	0.022069	0.25
3973	櫻	3	0.000374%	799936	99.669817%	0.022069	0.25
3974	萃	3	0.000374%	799939	99.670191%	0.022069	0.25
3975	僻	3	0.000374%	799942	99.670565%	0.022069	0.25
3976	豁	3	0.000374%	799945	99.670939%	0.022069	0.50
3977	髣	3	0.000374%	799948	99.671312%	0.022069	0.25
3978	髴	3	0.000374%	799951	99.671686%	0.022069	0.25
3979	胐	3	0.000374%	799954	99.672060%	0.022069	0.25
3980	孿	3	0.000374%	799957	99.672434%	0.022069	0.50
3981	琁	3	0.000374%	799960	99.672808%	0.022069	0.25
3982	佻	3	0.000374%	799963	99.673181%	0.022069	0.25
3983	豐	3	0.000374%	799966	99.673555%	0.022069	0.50
3984	約	3	0.000374%	799969	99.673929%	0.022069	0.50
3985	栩	3	0.000374%	799972	99.674303%	0.022069	0.50
3986	凝	3	0.000374%	799975	99.674677%	0.022069	0.50
3987	賄	3	0.000374%	799978	99.675050%	0.022069	0.25
3988	霰	3	0.000374%	799981	99.675424%	0.022069	0.25
3989	虓	3	0.000374%	799984	99.675798%	0.022069	0.25
3990	娑	3	0.000374%	799987	99.676172%	0.022069	0.50
3991	逗	3	0.000374%	799990	99.676546%	0.022069	0.25
3992	闈	3	0.000374%	799993	99.676919%	0.022069	0.50
3993	疎	3	0.000374%	799996	99.677293%	0.022069	0.50
3994	禪	3	0.000374%	799999	99.677667%	0.022069	0.25
3995	鎗	3	0.000374%	800002	99.678041%	0.022069	0.50

序號	字種	絕對字頻	相對字頻	累積字頻	累積覆蓋率	均頻倍值	分佈量
3996	搥	3	0.000374%	800005	99.678415%	0.022069	0.25
3997	噓	3	0.000374%	800008	99.678788%	0.022069	0.25
3998	宙	3	0.000374%	800011	99.679162%	0.022069	0.25
3999	裸	3	0.000374%	800014	99.679536%	0.022069	0.50
4000	軸	3	0.000374%	800017	99.679910%	0.022069	0.25
4001	揪	3	0.000374%	800020	99.680283%	0.022069	0.25
4002	蛤	3	0.000374%	800023	99.680657%	0.022069	0.50
4003	駕	3	0.000374%	800026	99.681031%	0.022069	0.25
4004	眺	3	0.000374%	800029	99.681405%	0.022069	0.50
4005	瑤	3	0.000374%	800032	99.681779%	0.022069	0.50
4006	闇	3	0.000374%	800035	99.682152%	0.022069	0.50
4007	蝝	3	0.000374%	800038	99.682526%	0.022069	0.25
4008	揄	3	0.000374%	800041	99.682900%	0.022069	0.50
4009	梧	3	0.000374%	800044	99.683274%	0.022069	0.25
4010	賈	3	0.000374%	800047	99.683648%	0.022069	0.50
4011	嫛	3	0.000374%	800050	99.684021%	0.022069	0.25
4012	威	3	0.000374%	800053	99.684395%	0.022069	0.50
4013	蓺	3	0.000374%	800056	99.684769%	0.022069	0.50
4014	籛	3	0.000374%	800059	99.685143%	0.022069	0.50
4015	壓	3	0.000374%	800062	99.685517%	0.022069	0.25
4016	虳	3	0.000374%	800065	99.685890%	0.022069	0.25
4017	佪	3	0.000374%	800068	99.686264%	0.022069	0.25
4018	弍	3	0.000374%	800071	99.686638%	0.022069	0.50
4019	晃	3	0.000374%	800074	99.687012%	0.022069	0.50
4020	抶	3	0.000374%	800077	99.687386%	0.022069	0.50
4021	脊	3	0.000374%	800080	99.687759%	0.022069	0.25
4022	闉	3	0.000374%	800083	99.688133%	0.022069	0.50
4023	薑	3	0.000374%	800086	99.688507%	0.022069	0.25
4024	堙	3	0.000374%	800089	99.688881%	0.022069	0.50
4025	蟊	3	0.000374%	800092	99.689254%	0.022069	0.25
4026	鄿	3	0.000374%	800095	99.689628%	0.022069	0.25
4027	崟	3	0.000374%	800098	99.690002%	0.022069	0.50
4028	唫	3	0.000374%	800101	99.690376%	0.022069	0.25
4029	頷	3	0.000374%	800104	99.690750%	0.022069	0.50
4030	諜	3	0.000374%	800107	99.691123%	0.022069	0.50

序號	字種	絕對字頻	相對字頻	累積字頻	累積覆蓋率	均頻倍値	分佈量
4031	菽	3	0.000374%	800110	99.691497%	0.022069	0.25
4032	磽	3	0.000374%	800113	99.691871%	0.022069	0.75
4033	种	2	0.000249%	800115	99.692120%	0.014712	0.50
4034	湧	2	0.000249%	800117	99.692369%	0.014712	0.25
4035	獠	2	0.000249%	800119	99.692619%	0.014712	0.25
4036	韊	2	0.000249%	800121	99.692868%	0.014712	0.25
4037	餱	2	0.000249%	800123	99.693117%	0.014712	0.50
4038	豲	2	0.000249%	800125	99.693366%	0.014712	0.50
4039	瀸	2	0.000249%	800127	99.693615%	0.014712	0.25
4040	甫	2	0.000249%	800129	99.693865%	0.014712	0.50
4041	匐	2	0.000249%	800131	99.694114%	0.014712	0.50
4042	黚	2	0.000249%	800133	99.694363%	0.014712	0.25
4043	旹	2	0.000249%	800135	99.694612%	0.014712	0.25
4044	櫝	2	0.000249%	800137	99.694861%	0.014712	0.50
4045	憮	2	0.000249%	800139	99.695111%	0.014712	0.25
4046	鄹	2	0.000249%	800141	99.695360%	0.014712	0.25
4047	蛉	2	0.000249%	800143	99.695609%	0.014712	0.25
4048	奚	2	0.000249%	800145	99.695858%	0.014712	0.50
4049	鵕	2	0.000249%	800147	99.696107%	0.014712	0.25
4050	柙	2	0.000249%	800149	99.696357%	0.014712	0.50
4051	驨	2	0.000249%	800151	99.696606%	0.014712	0.25
4052	滲	2	0.000249%	800153	99.696855%	0.014712	0.25
4053	箝	2	0.000249%	800155	99.697104%	0.014712	0.50
4054	宕	2	0.000249%	800157	99.697353%	0.014712	0.50
4055	慄	2	0.000249%	800159	99.697602%	0.014712	0.50
4056	开	2	0.000249%	800161	99.697852%	0.014712	0.25
4057	揟	2	0.000249%	800163	99.698101%	0.014712	0.25
4058	撲	2	0.000249%	800165	99.698350%	0.014712	0.50
4059	无	2	0.000249%	800167	99.698599%	0.014712	0.50
4060	鴿	2	0.000249%	800169	99.698848%	0.014712	0.25
4061	喆	2	0.000249%	800171	99.699098%	0.014712	0.25
4062	睽	2	0.000249%	800173	99.699347%	0.014712	0.50
4063	涫	2	0.000249%	800175	99.699596%	0.014712	0.25
4064	旼	2	0.000249%	800177	99.699845%	0.014712	0.25
4065	檠	2	0.000249%	800179	99.700094%	0.014712	0.50

序號	字種	絕對字頻	相對字頻	累積字頻	累積覆蓋率	均頻倍値	分佈量
4066	煬	2	0.000249%	800181	99.700344%	0.014712	0.25
4067	穗	2	0.000249%	800183	99.700593%	0.014712	0.25
4068	缪	2	0.000249%	800185	99.700842%	0.014712	0.25
4069	胶	2	0.000249%	800187	99.701091%	0.014712	0.25
4070	噱	2	0.000249%	800189	99.701340%	0.014712	0.25
4071	闈	2	0.000249%	800191	99.701590%	0.014712	0.25
4072	涯	2	0.000249%	800193	99.701839%	0.014712	0.25
4073	繽	2	0.000249%	800195	99.702088%	0.014712	0.50
4074	鄱	2	0.000249%	800197	99.702337%	0.014712	0.25
4075	鯢	2	0.000249%	800199	99.702586%	0.014712	0.25
4076	稒	2	0.000249%	800201	99.702836%	0.014712	0.25
4077	拭	2	0.000249%	800203	99.703085%	0.014712	0.25
4078	髾	2	0.000249%	800205	99.703334%	0.014712	0.25
4079	杏	2	0.000249%	800207	99.703583%	0.014712	0.25
4080	蒱	2	0.000249%	800209	99.703832%	0.014712	0.50
4081	邕	2	0.000249%	800211	99.704082%	0.014712	0.25
4082	旰	2	0.000249%	800213	99.704331%	0.014712	0.25
4083	嶷	2	0.000249%	800215	99.704580%	0.014712	0.50
4084	埼	2	0.000249%	800217	99.704829%	0.014712	0.50
4085	焠	2	0.000249%	800219	99.705078%	0.014712	0.25
4086	崞	2	0.000249%	800221	99.705328%	0.014712	0.25
4087	汚	2	0.000249%	800223	99.705577%	0.014712	0.25
4088	廋	2	0.000249%	800225	99.705826%	0.014712	0.25
4089	遛	2	0.000249%	800227	99.706075%	0.014712	0.25
4090	臆	2	0.000249%	800229	99.706324%	0.014712	0.25
4091	茌	2	0.000249%	800231	99.706574%	0.014712	0.50
4092	悅	2	0.000249%	800233	99.706823%	0.014712	0.25
4093	黏	2	0.000249%	800235	99.707072%	0.014712	0.25
4094	嗁	2	0.000249%	800237	99.707321%	0.014712	0.25
4095	鄷	2	0.000249%	800239	99.707570%	0.014712	0.25
4096	璞	2	0.000249%	800241	99.707819%	0.014712	0.25
4097	掍	2	0.000249%	800243	99.708069%	0.014712	0.25
4098	献	2	0.000249%	800245	99.708318%	0.014712	0.25
4099	閲	2	0.000249%	800247	99.708567%	0.014712	0.25
4100	襢	2	0.000249%	800249	99.708816%	0.014712	0.50

序號	字種	絕對字頻	相對字頻	累積字頻	累積覆蓋率	均頻倍值	分佈量
4101	快	2	0.000249%	800251	99.709065%	0.014712	0.25
4102	泳	2	0.000249%	800253	99.709315%	0.014712	0.25
4103	茨	2	0.000249%	800255	99.709564%	0.014712	0.25
4104	鱣	2	0.000249%	800257	99.709813%	0.014712	0.50
4105	棌	2	0.000249%	800259	99.710062%	0.014712	0.25
4106	歔	2	0.000249%	800261	99.710311%	0.014712	0.25
4107	瑒	2	0.000249%	800263	99.710561%	0.014712	0.25
4108	邡	2	0.000249%	800265	99.710810%	0.014712	0.50
4109	广	2	0.000249%	800267	99.711059%	0.014712	0.25
4110	嚴	2	0.000249%	800269	99.711308%	0.014712	0.25
4111	猇	2	0.000249%	800271	99.711557%	0.014712	0.50
4112	淩	2	0.000249%	800273	99.711807%	0.014712	0.50
4113	倗	2	0.000249%	800275	99.712056%	0.014712	0.50
4114	藿	2	0.000249%	800277	99.712305%	0.014712	0.25
4115	騮	2	0.000249%	800279	99.712554%	0.014712	0.50
4116	菁	2	0.000249%	800281	99.712803%	0.014712	0.50
4117	杀	2	0.000249%	800283	99.713053%	0.014712	0.25
4118	板	2	0.000249%	800285	99.713302%	0.014712	0.25
4119	黄	2	0.000249%	800287	99.713551%	0.014712	0.25
4120	龙	2	0.000249%	800289	99.713800%	0.014712	0.25
4121	胾	2	0.000249%	800291	99.714049%	0.014712	0.50
4122	书	2	0.000249%	800293	99.714299%	0.014712	0.25
4123	鑕	2	0.000249%	800295	99.714548%	0.014712	0.25
4124	批	2	0.000249%	800297	99.714797%	0.014712	0.25
4125	渢	2	0.000249%	800299	99.715046%	0.014712	0.25
4126	瞵	2	0.000249%	800301	99.715295%	0.014712	0.50
4127	疊	2	0.000249%	800303	99.715545%	0.014712	0.50
4128	溧	2	0.000249%	800305	99.715794%	0.014712	0.50
4129	恁	2	0.000249%	800307	99.716043%	0.014712	0.25
4130	坻	2	0.000249%	800309	99.716292%	0.014712	0.25
4131	芈	2	0.000249%	800311	99.716541%	0.014712	0.25
4132	昵	2	0.000249%	800313	99.716790%	0.014712	0.25
4133	疌	2	0.000249%	800315	99.717040%	0.014712	0.25
4134	孑	2	0.000249%	800317	99.717289%	0.014712	0.50
4135	忻	2	0.000249%	800319	99.717538%	0.014712	0.25

序號	字種	絕對字頻	相對字頻	累積字頻	累積覆蓋率	均頻倍值	分佈量
4136	柬	2	0.000249%	800321	99.717787%	0.014712	0.50
4137	鄄	2	0.000249%	800323	99.718036%	0.014712	0.50
4138	隙	2	0.000249%	800325	99.718286%	0.014712	0.25
4139	腰	2	0.000249%	800327	99.718535%	0.014712	0.25
4140	鷥	2	0.000249%	800329	99.718784%	0.014712	0.50
4141	角	2	0.000249%	800331	99.719033%	0.014712	0.25
4142	鮦	2	0.000249%	800333	99.719282%	0.014712	0.50
4143	迥	2	0.000249%	800335	99.719532%	0.014712	0.25
4144	婆	2	0.000249%	800337	99.719781%	0.014712	0.50
4145	矗	2	0.000249%	800339	99.720030%	0.014712	0.50
4146	胏	2	0.000249%	800341	99.720279%	0.014712	0.25
4147	鐕	2	0.000249%	800343	99.720528%	0.014712	0.25
4148	肦	2	0.000249%	800345	99.720778%	0.014712	0.25
4149	懇	2	0.000249%	800347	99.721027%	0.014712	0.25
4150	邼	2	0.000249%	800349	99.721276%	0.014712	0.25
4151	羨	2	0.000249%	800351	99.721525%	0.014712	0.50
4152	躐	2	0.000249%	800353	99.721774%	0.014712	0.50
4153	怕	2	0.000249%	800355	99.722024%	0.014712	0.25
4154	嚶	2	0.000249%	800357	99.722273%	0.014712	0.25
4155	姐	2	0.000249%	800359	99.722522%	0.014712	0.25
4156	奙	2	0.000249%	800361	99.722771%	0.014712	0.25
4157	攜	2	0.000249%	800363	99.723020%	0.014712	0.50
4158	岧	2	0.000249%	800365	99.723270%	0.014712	0.50
4159	齰	2	0.000249%	800367	99.723519%	0.014712	0.50
4160	膋	2	0.000249%	800369	99.723768%	0.014712	0.50
4161	董	2	0.000249%	800371	99.724017%	0.014712	0.25
4162	嫠	2	0.000249%	800373	99.724266%	0.014712	0.50
4163	渂	2	0.000249%	800375	99.724516%	0.014712	0.25
4164	麈	2	0.000249%	800377	99.724765%	0.014712	0.50
4165	澅	2	0.000249%	800379	99.725014%	0.014712	0.50
4166	瓠	2	0.000249%	800381	99.725263%	0.014712	0.50
4167	讘	2	0.000249%	800383	99.725512%	0.014712	0.50
4168	杆	2	0.000249%	800385	99.725761%	0.014712	0.50
4169	縑	2	0.000249%	800387	99.726011%	0.014712	0.25
4170	腑	2	0.000249%	800389	99.726260%	0.014712	0.25

序號	字種	絕對字頻	相對字頻	累積字頻	累積覆蓋率	均頻倍值	分佈量
4171	剝	2	0.000249%	800391	99.726509%	0.014712	0.25
4172	閔	2	0.000249%	800393	99.726758%	0.014712	0.25
4173	唾	2	0.000249%	800395	99.727007%	0.014712	0.25
4174	福	2	0.000249%	800397	99.727257%	0.014712	0.25
4175	滈	2	0.000249%	800399	99.727506%	0.014712	0.25
4176	瑩	2	0.000249%	800401	99.727755%	0.014712	0.50
4177	噫	2	0.000249%	800403	99.728004%	0.014712	0.50
4178	桐	2	0.000249%	800405	99.728253%	0.014712	0.50
4179	悟	2	0.000249%	800407	99.728503%	0.014712	0.25
4180	脆	2	0.000249%	800409	99.728752%	0.014712	0.50
4181	霽	2	0.000249%	800411	99.729001%	0.014712	0.50
4182	檡	2	0.000249%	800413	99.729250%	0.014712	0.25
4183	迿	2	0.000249%	800415	99.729499%	0.014712	0.25
4184	莘	2	0.000249%	800417	99.729749%	0.014712	0.25
4185	媧	2	0.000249%	800419	99.729998%	0.014712	0.50
4186	刮	2	0.000249%	800421	99.730247%	0.014712	0.50
4187	淹	2	0.000249%	800423	99.730496%	0.014712	0.50
4188	夬	2	0.000249%	800425	99.730745%	0.014712	0.25
4189	瀹	2	0.000249%	800427	99.730995%	0.014712	0.50
4190	疢	2	0.000249%	800429	99.731244%	0.014712	0.25
4191	駘	2	0.000249%	800431	99.731493%	0.014712	0.25
4192	踔	2	0.000249%	800433	99.731742%	0.014712	0.25
4193	皆	2	0.000249%	800435	99.731991%	0.014712	0.25
4194	迿	2	0.000249%	800437	99.732241%	0.014712	0.25
4195	狋	2	0.000249%	800439	99.732490%	0.014712	0.25
4196	譃	2	0.000249%	800441	99.732739%	0.014712	0.25
4197	甃	2	0.000249%	800443	99.732988%	0.014712	0.25
4198	姞	2	0.000249%	800445	99.733237%	0.014712	0.50
4199	櫟	2	0.000249%	800447	99.733487%	0.014712	0.25
4200	劵	2	0.000249%	800449	99.733736%	0.014712	0.50
4201	劣	2	0.000249%	800451	99.733985%	0.014712	0.25
4202	砢	2	0.000249%	800453	99.734234%	0.014712	0.25
4203	鼻	2	0.000249%	800455	99.734483%	0.014712	0.50
4204	殪	2	0.000249%	800457	99.734732%	0.014712	0.50
4205	悸	2	0.000249%	800459	99.734982%	0.014712	0.25

序號	字種	絕對字頻	相對字頻	累積字頻	累積覆蓋率	均頻倍值	分佈量
4206	关	2	0.000249%	800461	99.735231%	0.014712	0.25
4207	牾	2	0.000249%	800463	99.735480%	0.014712	0.25
4208	嫠	2	0.000249%	800465	99.735729%	0.014712	0.50
4209	穰	2	0.000249%	800467	99.735978%	0.014712	0.50
4210	旗	2	0.000249%	800469	99.736228%	0.014712	0.50
4211	犅	2	0.000249%	800471	99.736477%	0.014712	0.50
4212	适	2	0.000249%	800473	99.736726%	0.014712	0.25
4213	轄	2	0.000249%	800475	99.736975%	0.014712	0.25
4214	癉	2	0.000249%	800477	99.737224%	0.014712	0.50
4215	郜	2	0.000249%	800479	99.737474%	0.014712	0.50
4216	鎧	2	0.000249%	800481	99.737723%	0.014712	0.25
4217	髦	2	0.000249%	800483	99.737972%	0.014712	0.50
4218	菌	2	0.000249%	800485	99.738221%	0.014712	0.50
4219	鄲	2	0.000249%	800487	99.738470%	0.014712	0.25
4220	摺	2	0.000249%	800489	99.738720%	0.014712	0.50
4221	遘	2	0.000249%	800491	99.738969%	0.014712	0.25
4222	菱	2	0.000249%	800493	99.739218%	0.014712	0.25
4223	矗	2	0.000249%	800495	99.739467%	0.014712	0.25
4224	疽	2	0.000249%	800497	99.739716%	0.014712	0.25
4225	盂	2	0.000249%	800499	99.739966%	0.014712	0.25
4226	槀	2	0.000249%	800501	99.740215%	0.014712	0.25
4227	彀	2	0.000249%	800503	99.740464%	0.014712	0.25
4228	咺	2	0.000249%	800505	99.740713%	0.014712	0.25
4229	鞣	2	0.000249%	800507	99.740962%	0.014712	0.25
4230	儐	2	0.000249%	800509	99.741212%	0.014712	0.25
4231	蟣	2	0.000249%	800511	99.741461%	0.014712	0.25
4232	薦	2	0.000249%	800513	99.741710%	0.014712	0.25
4233	篳	2	0.000249%	800515	99.741959%	0.014712	0.25
4234	犖	2	0.000249%	800517	99.742208%	0.014712	0.50
4235	黌	2	0.000249%	800519	99.742458%	0.014712	0.50
4236	甕	2	0.000249%	800521	99.742707%	0.014712	0.25
4237	奐	2	0.000249%	800523	99.742956%	0.014712	0.50
4238	盰	2	0.000249%	800525	99.743205%	0.014712	0.25
4239	哈	2	0.000249%	800527	99.743454%	0.014712	0.25
4240	努	2	0.000249%	800529	99.743703%	0.014712	0.25

序號	字種	絕對字頻	相對字頻	累積字頻	累積覆蓋率	均頻倍值	分佈量
4241	臋	2	0.000249%	800531	99.743953%	0.014712	0.50
4242	齇	2	0.000249%	800533	99.744202%	0.014712	0.50
4243	顆	2	0.000249%	800535	99.744451%	0.014712	0.50
4244	培	2	0.000249%	800537	99.744700%	0.014712	0.50
4245	瓢	2	0.000249%	800539	99.744949%	0.014712	0.25
4246	積	2	0.000249%	800541	99.745199%	0.014712	0.25
4247	間	2	0.000249%	800543	99.745448%	0.014712	0.25
4248	鱄	2	0.000249%	800545	99.745697%	0.014712	0.25
4249	崴	2	0.000249%	800547	99.745946%	0.014712	0.25
4250	矻	2	0.000249%	800549	99.746195%	0.014712	0.25
4251	晳	2	0.000249%	800551	99.746445%	0.014712	0.50
4252	瓚	2	0.000249%	800553	99.746694%	0.014712	0.25
4253	罍	2	0.000249%	800555	99.746943%	0.014712	0.25
4254	劼	2	0.000249%	800557	99.747192%	0.014712	0.25
4255	逢	2	0.000249%	800559	99.747441%	0.014712	0.50
4256	局	2	0.000249%	800561	99.747691%	0.014712	0.25
4257	煥	2	0.000249%	800563	99.747940%	0.014712	0.25
4258	雛	2	0.000249%	800565	99.748189%	0.014712	0.50
4259	邺	2	0.000249%	800567	99.748438%	0.014712	0.50
4260	裶	2	0.000249%	800569	99.748687%	0.014712	0.25
4261	了	2	0.000249%	800571	99.748937%	0.014712	0.25
4262	秘	2	0.000249%	800573	99.749186%	0.014712	0.25
4263	諍	2	0.000249%	800575	99.749435%	0.014712	0.25
4264	麷	2	0.000249%	800577	99.749684%	0.014712	0.25
4265	謷	2	0.000249%	800579	99.749933%	0.014712	0.25
4266	糅	2	0.000249%	800581	99.750183%	0.014712	0.25
4267	俅	2	0.000249%	800583	99.750432%	0.014712	0.50
4268	茈	2	0.000249%	800585	99.750681%	0.014712	0.25
4269	悄	2	0.000249%	800587	99.750930%	0.014712	0.25
4270	彙	2	0.000249%	800589	99.751179%	0.014712	0.25
4271	悃	2	0.000249%	800591	99.751429%	0.014712	0.25
4272	愊	2	0.000249%	800593	99.751678%	0.014712	0.25
4273	沖	2	0.000249%	800595	99.751927%	0.014712	0.25
4274	瓏	2	0.000249%	800597	99.752176%	0.014712	0.25
4275	兌	2	0.000249%	800599	99.752425%	0.014712	0.50

序號	字種	絕對字頻	相對字頻	累積字頻	累積覆蓋率	均頻倍值	分佈量
4276	茜	2	0.000249%	800601	99.752674%	0.014712	0.25
4277	伇	2	0.000249%	800603	99.752924%	0.014712	0.25
4278	磐	2	0.000249%	800605	99.753173%	0.014712	0.25
4279	笙	2	0.000249%	800607	99.753422%	0.014712	0.25
4280	蠁	2	0.000249%	800609	99.753671%	0.014712	0.25
4281	緜	2	0.000249%	800611	99.753920%	0.014712	0.50
4282	蔓	2	0.000249%	800613	99.754170%	0.014712	0.25
4283	箭	2	0.000249%	800615	99.754419%	0.014712	0.50
4284	狠	2	0.000249%	800617	99.754668%	0.014712	0.25
4285	蒦	2	0.000249%	800619	99.754917%	0.014712	0.25
4286	噓	2	0.000249%	800621	99.755166%	0.014712	0.25
4287	栖	2	0.000249%	800623	99.755416%	0.014712	0.50
4288	悁	2	0.000249%	800625	99.755665%	0.014712	0.25
4289	豉	2	0.000249%	800627	99.755914%	0.014712	0.25
4290	諏	2	0.000249%	800629	99.756163%	0.014712	0.50
4291	衒	2	0.000249%	800631	99.756412%	0.014712	0.25
4292	菹	2	0.000249%	800633	99.756662%	0.014712	0.25
4293	讕	2	0.000249%	800635	99.756911%	0.014712	0.25
4294	訥	2	0.000249%	800637	99.757160%	0.014712	0.25
4295	埶	2	0.000249%	800639	99.757409%	0.014712	0.50
4296	嗅	2	0.000249%	800641	99.757658%	0.014712	0.50
4297	槟	2	0.000249%	800643	99.757908%	0.014712	0.25
4298	倭	2	0.000249%	800645	99.758157%	0.014712	0.25
4299	饕	2	0.000249%	800647	99.758406%	0.014712	0.50
4300	澐	2	0.000249%	800649	99.758655%	0.014712	0.50
4301	姆	2	0.000249%	800651	99.758904%	0.014712	0.25
4302	瘁	2	0.000249%	800653	99.759154%	0.014712	0.50
4303	儡	2	0.000249%	800655	99.759403%	0.014712	0.50
4304	轓	2	0.000249%	800657	99.759652%	0.014712	0.25
4305	鍠	2	0.000249%	800659	99.759901%	0.014712	0.25
4306	婁	2	0.000249%	800661	99.760150%	0.014712	0.25
4307	厢	2	0.000249%	800663	99.760400%	0.014712	0.50
4308	昫	2	0.000249%	800665	99.760649%	0.014712	0.25
4309	轍	2	0.000249%	800667	99.760898%	0.014712	0.25
4310	嶜	2	0.000249%	800669	99.761147%	0.014712	0.25

序號	字種	絕對字頻	相對字頻	累積字頻	累積覆蓋率	均頻倍值	分佈量
4311	劬	2	0.000249%	800671	99.761396%	0.014712	0.25
4312	磴	2	0.000249%	800673	99.761645%	0.014712	0.25
4313	途	2	0.000249%	800675	99.761895%	0.014712	0.25
4314	廂	2	0.000249%	800677	99.762144%	0.014712	0.25
4315	拖	2	0.000249%	800679	99.762393%	0.014712	0.25
4316	賵	2	0.000249%	800681	99.762642%	0.014712	0.50
4317	襚	2	0.000249%	800683	99.762891%	0.014712	0.50
4318	嫭	2	0.000249%	800685	99.763141%	0.014712	0.50
4319	蚼	2	0.000249%	800687	99.763390%	0.014712	0.25
4320	荄	2	0.000249%	800689	99.763639%	0.014712	0.50
4321	懈	2	0.000249%	800691	99.763888%	0.014712	0.50
4322	諟	2	0.000249%	800693	99.764137%	0.014712	0.25
4323	祺	2	0.000249%	800695	99.764387%	0.014712	0.25
4324	偓	2	0.000249%	800697	99.764636%	0.014712	0.25
4325	佺	2	0.000249%	800699	99.764885%	0.014712	0.25
4326	璆	2	0.000249%	800701	99.765134%	0.014712	0.25
4327	齟	2	0.000249%	800703	99.765383%	0.014712	0.25
4328	鶡	2	0.000249%	800705	99.765633%	0.014712	0.25
4329	箾	2	0.000249%	800707	99.765882%	0.014712	0.25
4330	迣	2	0.000249%	800709	99.766131%	0.014712	0.50
4331	嶇	2	0.000249%	800711	99.766380%	0.014712	0.25
4332	祝	2	0.000249%	800713	99.766629%	0.014712	0.25
4333	嶔	2	0.000249%	800715	99.766879%	0.014712	0.25
4334	齒	2	0.000249%	800717	99.767128%	0.014712	0.25
4335	澩	2	0.000249%	800719	99.767377%	0.014712	0.50
4336	轑	2	0.000249%	800721	99.767626%	0.014712	0.25
4337	赝	2	0.000249%	800723	99.767875%	0.014712	0.25
4338	祄	2	0.000249%	800725	99.768125%	0.014712	0.25
4339	蠜	2	0.000249%	800727	99.768374%	0.014712	0.50
4340	蔓	2	0.000249%	800729	99.768623%	0.014712	0.25
4341	峨	2	0.000249%	800731	99.768872%	0.014712	0.25
4342	吘	2	0.000249%	800733	99.769121%	0.014712	0.25
4343	驤	2	0.000249%	800735	99.769371%	0.014712	0.50
4344	軺	2	0.000249%	800737	99.769620%	0.014712	0.25
4345	岨	2	0.000249%	800739	99.769869%	0.014712	0.25

序號	字種	絕對字頻	相對字頻	累積字頻	累積覆蓋率	均頻倍值	分佈量
4346	嶮	2	0.000249%	800741	99.770118%	0.014712	0.25
4347	缐	2	0.000249%	800743	99.770367%	0.014712	0.25
4348	汪	2	0.000249%	800745	99.770616%	0.014712	0.50
4349	禠	2	0.000249%	800747	99.770866%	0.014712	0.25
4350	懊	2	0.000249%	800749	99.771115%	0.014712	0.25
4351	透	2	0.000249%	800751	99.771364%	0.014712	0.50
4352	娍	2	0.000249%	800753	99.771613%	0.014712	0.50
4353	譌	2	0.000249%	800755	99.771862%	0.014712	0.25
4354	髳	2	0.000249%	800757	99.772112%	0.014712	0.50
4355	遡	2	0.000249%	800759	99.772361%	0.014712	0.25
4356	嗓	2	0.000249%	800761	99.772610%	0.014712	0.25
4357	押	2	0.000249%	800763	99.772859%	0.014712	0.25
4358	獮	2	0.000249%	800765	99.773108%	0.014712	0.50
4359	掎	2	0.000249%	800767	99.773358%	0.014712	0.25
4360	嵋	2	0.000249%	800769	99.773607%	0.014712	0.25
4361	矇	2	0.000249%	800771	99.773856%	0.014712	0.25
4362	个	2	0.000249%	800773	99.774105%	0.014712	0.50
4363	擎	2	0.000249%	800775	99.774354%	0.014712	0.50
4364	萑	2	0.000249%	800777	99.774604%	0.014712	0.25
4365	覻	2	0.000249%	800779	99.774853%	0.014712	0.25
4366	髓	2	0.000249%	800781	99.775102%	0.014712	0.50
4367	誚	2	0.000249%	800783	99.775351%	0.014712	0.25
4368	杷	2	0.000249%	800785	99.775600%	0.014712	0.25
4369	緹	2	0.000249%	800787	99.775850%	0.014712	0.50
4370	厽	2	0.000249%	800789	99.776099%	0.014712	0.25
4371	菹	2	0.000249%	800791	99.776348%	0.014712	0.50
4372	瀚	2	0.000249%	800793	99.776597%	0.014712	0.25
4373	姪	2	0.000249%	800795	99.776846%	0.014712	0.50
4374	摣	2	0.000249%	800797	99.777096%	0.014712	0.25
4375	豻	2	0.000249%	800799	99.777345%	0.014712	0.50
4376	斂	2	0.000249%	800801	99.777594%	0.014712	0.25
4377	袴	2	0.000249%	800803	99.777843%	0.014712	0.25
4378	窸	2	0.000249%	800805	99.778092%	0.014712	0.50
4379	蒝	2	0.000249%	800807	99.778342%	0.014712	0.25
4380	潋	2	0.000249%	800809	99.778591%	0.014712	0.25

序號	字種	絕對字頻	相對字頻	累積字頻	累積覆蓋率	均頻倍值	分佈量
4381	塾	2	0.000249%	800811	99.778840%	0.014712	0.25
4382	犴	2	0.000249%	800813	99.779089%	0.014712	0.25
4383	荅	2	0.000249%	800815	99.779338%	0.014712	0.25
4384	匭	2	0.000249%	800817	99.779587%	0.014712	0.25
4385	娝	2	0.000249%	800819	99.779837%	0.014712	0.25
4386	芊	2	0.000249%	800821	99.780086%	0.014712	0.25
4387	皤	2	0.000249%	800823	99.780335%	0.014712	0.25
4388	呴	2	0.000249%	800825	99.780584%	0.014712	0.25
4389	蛭	2	0.000249%	800827	99.780833%	0.014712	0.25
4390	莢	2	0.000249%	800829	99.781083%	0.014712	0.50
4391	鎔	2	0.000249%	800831	99.781332%	0.014712	0.50
4392	鯨	2	0.000249%	800833	99.781581%	0.014712	0.25
4393	鉛	2	0.000249%	800835	99.781830%	0.014712	0.25
4394	蔞	2	0.000249%	800837	99.782079%	0.014712	0.25
4395	鎧	2	0.000249%	800839	99.782329%	0.014712	0.25
4396	鈎	2	0.000249%	800841	99.782578%	0.014712	0.25
4397	岠	2	0.000249%	800843	99.782827%	0.014712	0.25
4398	魖	2	0.000249%	800845	99.783076%	0.014712	0.50
4399	宂	2	0.000249%	800847	99.783325%	0.014712	0.50
4400	繯	2	0.000249%	800849	99.783575%	0.014712	0.25
4401	縫	2	0.000249%	800851	99.783824%	0.014712	0.50
4402	寋	2	0.000249%	800853	99.784073%	0.014712	0.25
4403	殂	2	0.000249%	800855	99.784322%	0.014712	0.25
4404	孚	2	0.000249%	800857	99.784571%	0.014712	0.25
4405	敆	2	0.000249%	800859	99.784821%	0.014712	0.25
4406	坑	2	0.000249%	800861	99.785070%	0.014712	0.25
4407	贄	2	0.000249%	800863	99.785319%	0.014712	0.50
4408	蚰	2	0.000249%	800865	99.785568%	0.014712	0.50
4409	諉	2	0.000249%	800867	99.785817%	0.014712	0.25
4410	荍	2	0.000249%	800869	99.786067%	0.014712	0.50
4411	蟆	2	0.000249%	800871	99.786316%	0.014712	0.50
4412	螫	2	0.000249%	800873	99.786565%	0.014712	0.25
4413	崤	2	0.000249%	800875	99.786814%	0.014712	0.25
4414	覹	2	0.000249%	800877	99.787063%	0.014712	0.25
4415	摻	2	0.000249%	800879	99.787313%	0.014712	0.25

序號	字種	絕對字頻	相對字頻	累積字頻	累積覆蓋率	均頻倍值	分佈量
4416	蠹	2	0.000249%	800881	99.787562%	0.014712	0.25
4417	菒	2	0.000249%	800883	99.787811%	0.014712	0.25
4418	擎	2	0.000249%	800885	99.788060%	0.014712	0.25
4419	掊	2	0.000249%	800887	99.788309%	0.014712	0.50
4420	綀	2	0.000249%	800889	99.788558%	0.014712	0.25
4421	栖	2	0.000249%	800891	99.788808%	0.014712	0.25
4422	拄	2	0.000249%	800893	99.789057%	0.014712	0.25
4423	孩	2	0.000249%	800895	99.789306%	0.014712	0.25
4424	蹴	2	0.000249%	800897	99.789555%	0.014712	0.25
4425	蹲	2	0.000249%	800899	99.789804%	0.014712	0.25
4426	吻	2	0.000249%	800901	99.790054%	0.014712	0.50
4427	叡	2	0.000249%	800903	99.790303%	0.014712	0.25
4428	挺	2	0.000249%	800905	99.790552%	0.014712	0.25
4429	輬	2	0.000249%	800907	99.790801%	0.014712	0.25
4430	簹	2	0.000249%	800909	99.791050%	0.014712	0.25
4431	絪	2	0.000249%	800911	99.791300%	0.014712	0.25
4432	苓	2	0.000249%	800913	99.791549%	0.014712	0.25
4433	忽	2	0.000249%	800915	99.791798%	0.014712	0.25
4434	嘯	2	0.000249%	800917	99.792047%	0.014712	0.25
4435	杪	2	0.000249%	800919	99.792296%	0.014712	0.25
4436	櫓	2	0.000249%	800921	99.792546%	0.014712	0.25
4437	貚	2	0.000249%	800923	99.792795%	0.014712	0.25
4438	挖	2	0.000249%	800925	99.793044%	0.014712	0.50
4439	毫	2	0.000249%	800927	99.793293%	0.014712	0.50
4440	祇	2	0.000249%	800929	99.793542%	0.014712	0.25
4441	伎	2	0.000249%	800931	99.793792%	0.014712	0.25
4442	皞	2	0.000249%	800933	99.794041%	0.014712	0.50
4443	紼	2	0.000249%	800935	99.794290%	0.014712	0.50
4444	蘿	2	0.000249%	800937	99.794539%	0.014712	0.25
4445	鷟	2	0.000249%	800939	99.794788%	0.014712	0.50
4446	褐	2	0.000249%	800941	99.795038%	0.014712	0.25
4447	溪	2	0.000249%	800943	99.795287%	0.014712	0.25
4448	筍	2	0.000249%	800945	99.795536%	0.014712	0.25
4449	淬	2	0.000249%	800947	99.795785%	0.014712	0.25
4450	婿	2	0.000249%	800949	99.796034%	0.014712	0.25

序號	字種	絕對字頻	相對字頻	累積字頻	累積覆蓋率	均頻倍值	分佈量
4451	馨	2	0.000249%	800951	99.796284%	0.014712	0.25
4452	襃	2	0.000249%	800953	99.796533%	0.014712	0.25
4453	棍	2	0.000249%	800955	99.796782%	0.014712	0.25
4454	瘃	2	0.000249%	800957	99.797031%	0.014712	0.25
4455	逼	2	0.000249%	800959	99.797280%	0.014712	0.25
4456	磏	2	0.000249%	800961	99.797529%	0.014712	0.50
4457	暒	2	0.000249%	800963	99.797779%	0.014712	0.25
4458	祛	2	0.000249%	800965	99.798028%	0.014712	0.25
4459	困	2	0.000249%	800967	99.798277%	0.014712	0.50
4460	腔	2	0.000249%	800969	99.798526%	0.014712	0.25
4461	据	2	0.000249%	800971	99.798775%	0.014712	0.25
4462	娙	2	0.000249%	800973	99.799025%	0.014712	0.25
4463	巾	2	0.000249%	800975	99.799274%	0.014712	0.25
4464	襪	2	0.000249%	800977	99.799523%	0.014712	0.50
4465	霈	2	0.000249%	800979	99.799772%	0.014712	0.25
4466	鷖	2	0.000249%	800981	99.800021%	0.014712	0.25
4467	鈴	2	0.000249%	800983	99.800271%	0.014712	0.25
4468	慊	2	0.000249%	800985	99.800520%	0.014712	0.25
4469	鈐	2	0.000249%	800987	99.800769%	0.014712	0.25
4470	旖	2	0.000249%	800989	99.801018%	0.014712	0.25
4471	拉	2	0.000249%	800991	99.801267%	0.014712	0.25
4472	斁	2	0.000249%	800993	99.801517%	0.014712	0.50
4473	蟠	2	0.000249%	800995	99.801766%	0.014712	0.25
4474	斐	2	0.000249%	800997	99.802015%	0.014712	0.25
4475	瀇	2	0.000249%	800999	99.802264%	0.014712	0.25
4476	袂	2	0.000249%	801001	99.802513%	0.014712	0.25
4477	縷	2	0.000249%	801003	99.802763%	0.014712	0.25
4478	雛	2	0.000249%	801005	99.803012%	0.014712	0.25
4479	裨	2	0.000249%	801007	99.803261%	0.014712	0.25
4480	阽	2	0.000249%	801009	99.803510%	0.014712	0.50
4481	櫨	2	0.000249%	801011	99.803759%	0.014712	0.50
4482	闠	2	0.000249%	801013	99.804009%	0.014712	0.25
4483	讅	2	0.000249%	801015	99.804258%	0.014712	0.25
4484	帀	2	0.000249%	801017	99.804507%	0.014712	0.25
4485	桷	2	0.000249%	801019	99.804756%	0.014712	0.50

序號	字種	絕對字頻	相對字頻	累積字頻	累積覆蓋率	均頻倍值	分佈量
4486	熬	2	0.000249%	801021	99.805005%	0.014712	0.25
4487	豸	2	0.000249%	801023	99.805255%	0.014712	0.50
4488	拓	2	0.000249%	801025	99.805504%	0.014712	0.25
4489	嗽	2	0.000249%	801027	99.805753%	0.014712	0.25
4490	觫	2	0.000249%	801029	99.806002%	0.014712	0.50
4491	悛	2	0.000249%	801031	99.806251%	0.014712	0.25
4492	襘	2	0.000249%	801033	99.806500%	0.014712	0.25
4493	愿	2	0.000249%	801035	99.806750%	0.014712	0.50
4494	墅	2	0.000249%	801037	99.806999%	0.014712	0.50
4495	猒	2	0.000249%	801039	99.807248%	0.014712	0.50
4496	容	2	0.000249%	801041	99.807497%	0.014712	0.25
4497	鳶	2	0.000249%	801043	99.807746%	0.014712	0.50
4498	醍	2	0.000249%	801045	99.807996%	0.014712	0.25
4499	厮	2	0.000249%	801047	99.808245%	0.014712	0.25
4500	喉	2	0.000249%	801049	99.808494%	0.014712	0.50
4501	溫	2	0.000249%	801051	99.808743%	0.014712	0.25
4502	廡	2	0.000249%	801053	99.808992%	0.014712	0.25
4503	腊	2	0.000249%	801055	99.809242%	0.014712	0.50
4504	耄	2	0.000249%	801057	99.809491%	0.014712	0.25
4505	娟	2	0.000249%	801059	99.809740%	0.014712	0.25
4506	睇	2	0.000249%	801061	99.809989%	0.014712	0.25
4507	灘	2	0.000249%	801063	99.810238%	0.014712	0.25
4508	壍	2	0.000249%	801065	99.810488%	0.014712	0.50
4509	雩	2	0.000249%	801067	99.810737%	0.014712	0.25
4510	甪	2	0.000249%	801069	99.810986%	0.014712	0.25
4511	柯	2	0.000249%	801071	99.811235%	0.014712	0.25
4512	嫣	2	0.000249%	801073	99.811484%	0.014712	0.25
4513	跦	2	0.000249%	801075	99.811734%	0.014712	0.25
4514	襄	2	0.000249%	801077	99.811983%	0.014712	0.50
4515	鴿	2	0.000249%	801079	99.812232%	0.014712	0.25
4516	鍰	2	0.000249%	801081	99.812481%	0.014712	0.50
4517	狒	2	0.000249%	801083	99.812730%	0.014712	0.25
4518	儼	2	0.000249%	801085	99.812980%	0.014712	0.25
4519	崇	2	0.000249%	801087	99.813229%	0.014712	0.50
4520	摧	2	0.000249%	801089	99.813478%	0.014712	0.50

序號	字種	絕對字頻	相對字頻	累積字頻	累積覆蓋率	均頻倍值	分佈量
4521	馺	2	0.000249%	801091	99.813727%	0.014712	0.25
4522	姍	2	0.000249%	801093	99.813976%	0.014712	0.25
4523	矧	2	0.000249%	801095	99.814226%	0.014712	0.25
4524	裋	2	0.000249%	801097	99.814475%	0.014712	0.25
4525	怡	2	0.000249%	801099	99.814724%	0.014712	0.25
4526	胝	2	0.000249%	801101	99.814973%	0.014712	0.25
4527	禿	2	0.000249%	801103	99.815222%	0.014712	0.50
4528	澄	2	0.000249%	801105	99.815471%	0.014712	0.25
4529	觳	2	0.000249%	801107	99.815721%	0.014712	0.50
4530	洮	2	0.000249%	801109	99.815970%	0.014712	0.25
4531	嫪	2	0.000249%	801111	99.816219%	0.014712	0.25
4532	媚	2	0.000249%	801113	99.816468%	0.014712	0.50
4533	惛	2	0.000249%	801115	99.816717%	0.014712	0.25
4534	臘	2	0.000249%	801117	99.816967%	0.014712	0.25
4535	複	2	0.000249%	801119	99.817216%	0.014712	0.25
4536	茫	2	0.000249%	801121	99.817465%	0.014712	0.25
4537	粉	2	0.000249%	801123	99.817714%	0.014712	0.25
4538	圊	2	0.000249%	801125	99.817963%	0.014712	0.50
4539	椓	2	0.000249%	801127	99.818213%	0.014712	0.25
4540	撐	2	0.000249%	801129	99.818462%	0.014712	0.25
4541	霄	2	0.000249%	801131	99.818711%	0.014712	0.50
4542	翆	2	0.000249%	801133	99.818960%	0.014712	0.25
4543	譟	2	0.000249%	801135	99.819209%	0.014712	0.50
4544	鵰	2	0.000249%	801137	99.819459%	0.014712	0.25
4545	捫	2	0.000249%	801139	99.819708%	0.014712	0.50
4546	紺	2	0.000249%	801141	99.819957%	0.014712	0.25
4547	尻	2	0.000249%	801143	99.820206%	0.014712	0.50
4548	筮	2	0.000249%	801145	99.820455%	0.014712	0.25
4549	寔	2	0.000249%	801147	99.820705%	0.014712	0.25
4550	顙	2	0.000249%	801149	99.820954%	0.014712	0.25
4551	胭	2	0.000249%	801151	99.821203%	0.014712	0.25
4552	蜂	2	0.000249%	801153	99.821452%	0.014712	0.50
4553	帚	2	0.000249%	801155	99.821701%	0.014712	0.50
4554	栞	2	0.000249%	801157	99.821951%	0.014712	0.25
4555	轠	2	0.000249%	801159	99.822200%	0.014712	0.25

序號	字種	絕對字頻	相對字頻	累積字頻	累積覆蓋率	均頻倍值	分佈量
4556	袞	2	0.000249%	801161	99.822449%	0.014712	0.50
4557	瑜	2	0.000249%	801163	99.822698%	0.014712	0.25
4558	窨	2	0.000249%	801165	99.822947%	0.014712	0.25
4559	岌	2	0.000249%	801167	99.823197%	0.014712	0.25
4560	額	2	0.000249%	801169	99.823446%	0.014712	0.25
4561	臮	2	0.000249%	801171	99.823695%	0.014712	0.25
4562	篠	2	0.000249%	801173	99.823944%	0.014712	0.25
4563	蕩	2	0.000249%	801175	99.824193%	0.014712	0.25
4564	蹊	2	0.000249%	801177	99.824442%	0.014712	0.25
4565	笳	2	0.000249%	801179	99.824692%	0.014712	0.25
4566	幨	2	0.000249%	801181	99.824941%	0.014712	0.25
4567	蹇	2	0.000249%	801183	99.825190%	0.014712	0.25
4568	鬍	2	0.000249%	801185	99.825439%	0.014712	0.25
4569	綢	2	0.000249%	801187	99.825688%	0.014712	0.25
4570	躔	2	0.000249%	801189	99.825938%	0.014712	0.25
4571	纜	2	0.000249%	801191	99.826187%	0.014712	0.50
4572	貍	2	0.000249%	801193	99.826436%	0.014712	0.50
4573	灣	2	0.000249%	801195	99.826685%	0.014712	0.25
4574	球	2	0.000249%	801197	99.826934%	0.014712	0.50
4575	犛	2	0.000249%	801199	99.827184%	0.014712	0.25
4576	樑	2	0.000249%	801201	99.827433%	0.014712	0.25
4577	伾	2	0.000249%	801203	99.827682%	0.014712	0.25
4578	漾	2	0.000249%	801205	99.827931%	0.014712	0.50
4579	玷	2	0.000249%	801207	99.828180%	0.014712	0.25
4580	佟	2	0.000249%	801209	99.828430%	0.014712	0.25
4581	磋	2	0.000249%	801211	99.828679%	0.014712	0.25
4582	蹌	2	0.000249%	801213	99.828928%	0.014712	0.25
4583	芨	2	0.000249%	801215	99.829177%	0.014712	0.25
4584	稾	2	0.000249%	801217	99.829426%	0.014712	0.25
4585	巉	2	0.000249%	801219	99.829676%	0.014712	0.50
4586	寰	2	0.000249%	801221	99.829925%	0.014712	0.50
4587	徨	2	0.000249%	801223	99.830174%	0.014712	0.25
4588	袷	2	0.000249%	801225	99.830423%	0.014712	0.25
4589	攬	2	0.000249%	801227	99.830672%	0.014712	0.25
4590	崟	2	0.000249%	801229	99.830922%	0.014712	0.25

序號	字種	絕對字頻	相對字頻	累積字頻	累積覆蓋率	均頻倍值	分佈量
4591	芭	2	0.000249%	801231	99.831171%	0.014712	0.25
4592	葠	2	0.000249%	801233	99.831420%	0.014712	0.50
4593	炘	2	0.000249%	801235	99.831669%	0.014712	0.25
4594	研	2	0.000249%	801237	99.831918%	0.014712	0.50
4595	泫	2	0.000249%	801239	99.832168%	0.014712	0.25
4596	玫	2	0.000249%	801241	99.832417%	0.014712	0.25
4597	羑	2	0.000249%	801243	99.832666%	0.014712	0.25
4598	珉	2	0.000249%	801245	99.832915%	0.014712	0.25
4599	替	2	0.000249%	801247	99.833164%	0.014712	0.25
4600	佔	2	0.000249%	801249	99.833413%	0.014712	0.25
4601	諓	2	0.000249%	801251	99.833663%	0.014712	0.25
4602	綷	2	0.000249%	801253	99.833912%	0.014712	0.25
4603	渦	2	0.000249%	801255	99.834161%	0.014712	0.25
4604	濦	2	0.000249%	801257	99.834410%	0.014712	0.25
4605	嶟	2	0.000249%	801259	99.834659%	0.014712	0.25
4606	灈	2	0.000249%	801261	99.834909%	0.014712	0.25
4607	葴	2	0.000249%	801263	99.835158%	0.014712	0.25
4608	薠	2	0.000249%	801265	99.835407%	0.014712	0.25
4609	響	2	0.000249%	801267	99.835656%	0.014712	0.25
4610	曖	2	0.000249%	801269	99.835905%	0.014712	0.25
4611	崑	2	0.000249%	801271	99.836155%	0.014712	0.25
4612	藕	2	0.000249%	801273	99.836404%	0.014712	0.25
4613	洈	2	0.000249%	801275	99.836653%	0.014712	0.25
4614	爗	2	0.000249%	801277	99.836902%	0.014712	0.25
4615	芎	2	0.000249%	801279	99.837151%	0.014712	0.25
4616	鉐	2	0.000249%	801281	99.837401%	0.014712	0.25
4617	鄄	2	0.000249%	801283	99.837650%	0.014712	0.25
4618	窟	2	0.000249%	801285	99.837899%	0.014712	0.25
4619	岠	2	0.000249%	801287	99.838148%	0.014712	0.25
4620	渚	2	0.000249%	801289	99.838397%	0.014712	0.50
4621	蓨	2	0.000249%	801291	99.838647%	0.014712	0.25
4622	梬	2	0.000249%	801293	99.838896%	0.014712	0.25
4623	逎	2	0.000249%	801295	99.839145%	0.014712	0.25
4624	粲	2	0.000249%	801297	99.839394%	0.014712	0.25
4625	蜒	2	0.000249%	801299	99.839643%	0.014712	0.25

序號	字種	絕對字頻	相對字頻	累積字頻	累積覆蓋率	均頻倍值	分佈量
4626	殲	2	0.000249%	801301	99.839893%	0.014712	0.50
4627	甀	2	0.000249%	801303	99.840142%	0.014712	0.50
4628	噭	2	0.000249%	801305	99.840391%	0.014712	0.25
4629	憿	2	0.000249%	801307	99.840640%	0.014712	0.25
4630	禠	2	0.000249%	801309	99.840889%	0.014712	0.25
4631	倏	2	0.000249%	801311	99.841139%	0.014712	0.25
4632	倪	2	0.000249%	801313	99.841388%	0.014712	0.25
4633	泝	2	0.000249%	801315	99.841637%	0.014712	0.25
4634	竃	1	0.000125%	801316	99.841762%	0.007356	0.25
4635	憪	1	0.000125%	801317	99.841886%	0.007356	0.25
4636	圻	1	0.000125%	801318	99.842011%	0.007356	0.25
4637	睿	1	0.000125%	801319	99.842135%	0.007356	0.25
4638	蟆	1	0.000125%	801320	99.842260%	0.007356	0.25
4639	屑	1	0.000125%	801321	99.842384%	0.007356	0.25
4640	暍	1	0.000125%	801322	99.842509%	0.007356	0.25
4641	舳	1	0.000125%	801323	99.842634%	0.007356	0.25
4642	艫	1	0.000125%	801324	99.842758%	0.007356	0.25
4643	踶	1	0.000125%	801325	99.842883%	0.007356	0.25
4644	跱	1	0.000125%	801326	99.843007%	0.007356	0.25
4645	膢	1	0.000125%	801327	99.843132%	0.007356	0.25
4646	澓	1	0.000125%	801328	99.843257%	0.007356	0.25
4647	廲	1	0.000125%	801329	99.843381%	0.007356	0.25
4648	檣	1	0.000125%	801330	99.843506%	0.007356	0.25
4649	刉	1	0.000125%	801331	99.843630%	0.007356	0.25
4650	阮	1	0.000125%	801332	99.843755%	0.007356	0.25
4651	劭	1	0.000125%	801333	99.843880%	0.007356	0.25
4652	轙	1	0.000125%	801334	99.844004%	0.007356	0.25
4653	姚	1	0.000125%	801335	99.844129%	0.007356	0.25
4654	床	1	0.000125%	801336	99.844253%	0.007356	0.25
4655	斝	1	0.000125%	801337	99.844378%	0.007356	0.25
4656	鋤	1	0.000125%	801338	99.844503%	0.007356	0.25
4657	癢	1	0.000125%	801339	99.844627%	0.007356	0.25
4658	項	1	0.000125%	801340	99.844752%	0.007356	0.25
4659	諡	1	0.000125%	801341	99.844876%	0.007356	0.25
4660	隖	1	0.000125%	801342	99.845001%	0.007356	0.25

序號	字種	絕對字頻	相對字頻	累積字頻	累積覆蓋率	均頻倍值	分佈量
4661	亘	1	0.000125%	801343	99.845126%	0.007356	0.25
4662	济	1	0.000125%	801344	99.845250%	0.007356	0.25
4663	隋	1	0.000125%	801345	99.845375%	0.007356	0.25
4664	剛	1	0.000125%	801346	99.845499%	0.007356	0.25
4665	籃	1	0.000125%	801347	99.845624%	0.007356	0.25
4666	徵	1	0.000125%	801348	99.845749%	0.007356	0.25
4667	隨	1	0.000125%	801349	99.845873%	0.007356	0.25
4668	需	1	0.000125%	801350	99.845998%	0.007356	0.25
4669	旰	1	0.000125%	801351	99.846122%	0.007356	0.25
4670	纏	1	0.000125%	801352	99.846247%	0.007356	0.25
4671	弃	1	0.000125%	801353	99.846372%	0.007356	0.25
4672	褘	1	0.000125%	801354	99.846496%	0.007356	0.25
4673	痼	1	0.000125%	801355	99.846621%	0.007356	0.25
4674	嚱	1	0.000125%	801356	99.846745%	0.007356	0.25
4675	淒	1	0.000125%	801357	99.846870%	0.007356	0.25
4676	蔞	1	0.000125%	801358	99.846995%	0.007356	0.25
4677	宪	1	0.000125%	801359	99.847119%	0.007356	0.25
4678	曤	1	0.000125%	801360	99.847244%	0.007356	0.25
4679	根	1	0.000125%	801361	99.847368%	0.007356	0.25
4680	欵	1	0.000125%	801362	99.847493%	0.007356	0.25
4681	釘	1	0.000125%	801363	99.847618%	0.007356	0.25
4682	槳	1	0.000125%	801364	99.847742%	0.007356	0.25
4683	阁	1	0.000125%	801365	99.847867%	0.007356	0.25
4684	淯	1	0.000125%	801366	99.847991%	0.007356	0.25
4685	坊	1	0.000125%	801367	99.848116%	0.007356	0.25
4686	瞵	1	0.000125%	801368	99.848241%	0.007356	0.25
4687	两	1	0.000125%	801369	99.848365%	0.007356	0.25
4688	昱	1	0.000125%	801370	99.848490%	0.007356	0.25
4689	嫋	1	0.000125%	801371	99.848614%	0.007356	0.25
4690	鎭	1	0.000125%	801372	99.848739%	0.007356	0.25
4691	万	1	0.000125%	801373	99.848864%	0.007356	0.25
4692	謾	1	0.000125%	801374	99.848988%	0.007356	0.25
4693	歷	1	0.000125%	801375	99.849113%	0.007356	0.25
4694	蒭	1	0.000125%	801376	99.849237%	0.007356	0.25
4695	畛	1	0.000125%	801377	99.849362%	0.007356	0.25

序號	字種	絕對字頻	相對字頻	累積字頻	累積覆蓋率	均頻倍值	分佈量
4696	縕	1	0.000125%	801378	99.849487%	0.007356	0.25
4697	愍	1	0.000125%	801379	99.849611%	0.007356	0.25
4698	鈺	1	0.000125%	801380	99.849736%	0.007356	0.25
4699	惇	1	0.000125%	801381	99.849860%	0.007356	0.25
4700	粘	1	0.000125%	801382	99.849985%	0.007356	0.25
4701	嬪	1	0.000125%	801383	99.850110%	0.007356	0.25
4702	沴	1	0.000125%	801384	99.850234%	0.007356	0.25
4703	嶢	1	0.000125%	801385	99.850359%	0.007356	0.25
4704	疕	1	0.000125%	801386	99.850483%	0.007356	0.25
4705	瞭	1	0.000125%	801387	99.850608%	0.007356	0.25
4706	箇	1	0.000125%	801388	99.850733%	0.007356	0.25
4707	蒟	1	0.000125%	801389	99.850857%	0.007356	0.25
4708	荻	1	0.000125%	801390	99.850982%	0.007356	0.25
4709	陥	1	0.000125%	801391	99.851106%	0.007356	0.25
4710	娩	1	0.000125%	801392	99.851231%	0.007356	0.25
4711	驀	1	0.000125%	801393	99.851355%	0.007356	0.25
4712	冷	1	0.000125%	801394	99.851480%	0.007356	0.25
4713	泽	1	0.000125%	801395	99.851605%	0.007356	0.25
4714	庀	1	0.000125%	801396	99.851729%	0.007356	0.25
4715	讚	1	0.000125%	801397	99.851854%	0.007356	0.25
4716	駿	1	0.000125%	801398	99.851978%	0.007356	0.25
4717	裊	1	0.000125%	801399	99.852103%	0.007356	0.25
4718	壼	1	0.000125%	801400	99.852228%	0.007356	0.25
4719	鮭	1	0.000125%	801401	99.852352%	0.007356	0.25
4720	沌	1	0.000125%	801402	99.852477%	0.007356	0.25
4721	塡	1	0.000125%	801403	99.852601%	0.007356	0.25
4722	遏	1	0.000125%	801404	99.852726%	0.007356	0.25
4723	鼓	1	0.000125%	801405	99.852851%	0.007356	0.25
4724	斂	1	0.000125%	801406	99.852975%	0.007356	0.25
4725	夋	1	0.000125%	801407	99.853100%	0.007356	0.25
4726	斂	1	0.000125%	801408	99.853224%	0.007356	0.25
4727	趣	1	0.000125%	801409	99.853349%	0.007356	0.25
4728	扔	1	0.000125%	801410	99.853474%	0.007356	0.25
4729	虁	1	0.000125%	801411	99.853598%	0.007356	0.25
4730	厖	1	0.000125%	801412	99.853723%	0.007356	0.25

序號	字種	絕對字頻	相對字頻	累積字頻	累積覆蓋率	均頻倍值	分佈量
4731	扄	1	0.000125%	801413	99.853847%	0.007356	0.25
4732	嬉	1	0.000125%	801414	99.853972%	0.007356	0.25
4733	靴	1	0.000125%	801415	99.854097%	0.007356	0.25
4734	騆	1	0.000125%	801416	99.854221%	0.007356	0.25
4735	庇	1	0.000125%	801417	99.854346%	0.007356	0.25
4736	邥	1	0.000125%	801418	99.854470%	0.007356	0.25
4737	釗	1	0.000125%	801419	99.854595%	0.007356	0.25
4738	紃	1	0.000125%	801420	99.854720%	0.007356	0.25
4739	襃	1	0.000125%	801421	99.854844%	0.007356	0.25
4740	撖	1	0.000125%	801422	99.854969%	0.007356	0.25
4741	釜	1	0.000125%	801423	99.855093%	0.007356	0.25
4742	磋	1	0.000125%	801424	99.855218%	0.007356	0.25
4743	簙	1	0.000125%	801425	99.855343%	0.007356	0.25
4744	劖	1	0.000125%	801426	99.855467%	0.007356	0.25
4745	頪	1	0.000125%	801427	99.855592%	0.007356	0.25
4746	嫣	1	0.000125%	801428	99.855716%	0.007356	0.25
4747	楱	1	0.000125%	801429	99.855841%	0.007356	0.25
4748	顚	1	0.000125%	801430	99.855966%	0.007356	0.25
4749	暺	1	0.000125%	801431	99.856090%	0.007356	0.25
4750	气	1	0.000125%	801432	99.856215%	0.007356	0.25
4751	郗	1	0.000125%	801433	99.856339%	0.007356	0.25
4752	紇	1	0.000125%	801434	99.856464%	0.007356	0.25
4753	董	1	0.000125%	801435	99.856589%	0.007356	0.25
4754	晏	1	0.000125%	801436	99.856713%	0.007356	0.25
4755	昄	1	0.000125%	801437	99.856838%	0.007356	0.25
4756	弢	1	0.000125%	801438	99.856962%	0.007356	0.25
4757	厄	1	0.000125%	801439	99.857087%	0.007356	0.25
4758	丏	1	0.000125%	801440	99.857212%	0.007356	0.25
4759	栢	1	0.000125%	801441	99.857336%	0.007356	0.25
4760	柤	1	0.000125%	801442	99.857461%	0.007356	0.25
4761	槩	1	0.000125%	801443	99.857585%	0.007356	0.25
4762	鑪	1	0.000125%	801444	99.857710%	0.007356	0.25
4763	恒	1	0.000125%	801445	99.857835%	0.007356	0.25
4764	气	1	0.000125%	801446	99.857959%	0.007356	0.25
4765	麜	1	0.000125%	801447	99.858084%	0.007356	0.25

序號	字種	絕對字頻	相對字頻	累積字頻	累積覆蓋率	均頻倍值	分佈量
4766	根	1	0.000125%	801448	99.858208%	0.007356	0.25
4767	芽	1	0.000125%	801449	99.858333%	0.007356	0.25
4768	蚳	1	0.000125%	801450	99.858458%	0.007356	0.25
4769	嵬	1	0.000125%	801451	99.858582%	0.007356	0.25
4770	纊	1	0.000125%	801452	99.858707%	0.007356	0.25
4771	剔	1	0.000125%	801453	99.858831%	0.007356	0.25
4772	袖	1	0.000125%	801454	99.858956%	0.007356	0.25
4773	聚	1	0.000125%	801455	99.859081%	0.007356	0.25
4774	瑳	1	0.000125%	801456	99.859205%	0.007356	0.25
4775	磧	1	0.000125%	801457	99.859330%	0.007356	0.25
4776	塤	1	0.000125%	801458	99.859454%	0.007356	0.25
4777	梘	1	0.000125%	801459	99.859579%	0.007356	0.25
4778	竆	1	0.000125%	801460	99.859704%	0.007356	0.25
4779	茆	1	0.000125%	801461	99.859828%	0.007356	0.25
4780	庬	1	0.000125%	801462	99.859953%	0.007356	0.25
4781	蔀	1	0.000125%	801463	99.860077%	0.007356	0.25
4782	鯿	1	0.000125%	801464	99.860202%	0.007356	0.25
4783	縶	1	0.000125%	801465	99.860326%	0.007356	0.25
4784	罟	1	0.000125%	801466	99.860451%	0.007356	0.25
4785	晨	1	0.000125%	801467	99.860576%	0.007356	0.25
4786	鹹	1	0.000125%	801468	99.860700%	0.007356	0.25
4787	潰	1	0.000125%	801469	99.860825%	0.007356	0.25
4788	凹	1	0.000125%	801470	99.860949%	0.007356	0.25
4789	瘚	1	0.000125%	801471	99.861074%	0.007356	0.25
4790	薺	1	0.000125%	801472	99.861199%	0.007356	0.25
4791	蔞	1	0.000125%	801473	99.861323%	0.007356	0.25
4792	督	1	0.000125%	801474	99.861448%	0.007356	0.25
4793	窊	1	0.000125%	801475	99.861572%	0.007356	0.25
4794	膂	1	0.000125%	801476	99.861697%	0.007356	0.25
4795	莅	1	0.000125%	801477	99.861822%	0.007356	0.25
4796	壖	1	0.000125%	801478	99.861946%	0.007356	0.25
4797	勇	1	0.000125%	801479	99.862071%	0.007356	0.25
4798	斐	1	0.000125%	801480	99.862195%	0.007356	0.25
4799	掞	1	0.000125%	801481	99.862320%	0.007356	0.25
4800	訣	1	0.000125%	801482	99.862445%	0.007356	0.25

序號	字種	絕對字頻	相對字頻	累積字頻	累積覆蓋率	均頻倍值	分佈量
4801	熲	1	0.000125%	801483	99.862569%	0.007356	0.25
4802	狨	1	0.000125%	801484	99.862694%	0.007356	0.25
4803	殫	1	0.000125%	801485	99.862818%	0.007356	0.25
4804	佻	1	0.000125%	801486	99.862943%	0.007356	0.25
4805	醒	1	0.000125%	801487	99.863068%	0.007356	0.25
4806	徦	1	0.000125%	801488	99.863192%	0.007356	0.25
4807	扢	1	0.000125%	801489	99.863317%	0.007356	0.25
4808	涤	1	0.000125%	801490	99.863441%	0.007356	0.25
4809	髵	1	0.000125%	801491	99.863566%	0.007356	0.25
4810	濫	1	0.000125%	801492	99.863691%	0.007356	0.25
4811	轙	1	0.000125%	801493	99.863815%	0.007356	0.25
4812	瓴	1	0.000125%	801494	99.863940%	0.007356	0.25
4813	鑑	1	0.000125%	801495	99.864064%	0.007356	0.25
4814	邡	1	0.000125%	801496	99.864189%	0.007356	0.25
4815	篪	1	0.000125%	801497	99.864314%	0.007356	0.25
4816	銚	1	0.000125%	801498	99.864438%	0.007356	0.25
4817	貁	1	0.000125%	801499	99.864563%	0.007356	0.25
4818	旆	1	0.000125%	801500	99.864687%	0.007356	0.25
4819	胞	1	0.000125%	801501	99.864812%	0.007356	0.25
4820	踖	1	0.000125%	801502	99.864937%	0.007356	0.25
4821	亂	1	0.000125%	801503	99.865061%	0.007356	0.25
4822	抽	1	0.000125%	801504	99.865186%	0.007356	0.25
4823	攦	1	0.000125%	801505	99.865310%	0.007356	0.25
4824	縈	1	0.000125%	801506	99.865435%	0.007356	0.25
4825	壽	1	0.000125%	801507	99.865560%	0.007356	0.25
4826	鞿	1	0.000125%	801508	99.865684%	0.007356	0.25
4827	騂	1	0.000125%	801509	99.865809%	0.007356	0.25
4828	煣	1	0.000125%	801510	99.865933%	0.007356	0.25
4829	餢	1	0.000125%	801511	99.866058%	0.007356	0.25
4830	湻	1	0.000125%	801512	99.866183%	0.007356	0.25
4831	皽	1	0.000125%	801513	99.866307%	0.007356	0.25
4832	瘠	1	0.000125%	801514	99.866432%	0.007356	0.25
4833	牪	1	0.000125%	801515	99.866556%	0.007356	0.25
4834	秄	1	0.000125%	801516	99.866681%	0.007356	0.25
4835	歛	1	0.000125%	801517	99.866806%	0.007356	0.25

序號	字種	絕對字頻	相對字頻	累積字頻	累積覆蓋率	均頻倍值	分佈量
4836	幅	1	0.000125%	801518	99.866930%	0.007356	0.25
4837	墆	1	0.000125%	801519	99.867055%	0.007356	0.25
4838	橢	1	0.000125%	801520	99.867179%	0.007356	0.25
4839	㰌	1	0.000125%	801521	99.867304%	0.007356	0.25
4840	紝	1	0.000125%	801522	99.867429%	0.007356	0.25
4841	醩	1	0.000125%	801523	99.867553%	0.007356	0.25
4842	酨	1	0.000125%	801524	99.867678%	0.007356	0.25
4843	硯	1	0.000125%	801525	99.867802%	0.007356	0.25
4844	璿	1	0.000125%	801526	99.867927%	0.007356	0.25
4845	隩	1	0.000125%	801527	99.868052%	0.007356	0.25
4846	楷	1	0.000125%	801528	99.868176%	0.007356	0.25
4847	澇	1	0.000125%	801529	99.868301%	0.007356	0.25
4848	賽	1	0.000125%	801530	99.868425%	0.007356	0.25
4849	佝	1	0.000125%	801531	99.868550%	0.007356	0.25
4850	磃	1	0.000125%	801532	99.868675%	0.007356	0.25
4851	錘	1	0.000125%	801533	99.868799%	0.007356	0.25
4852	鬺	1	0.000125%	801534	99.868924%	0.007356	0.25
4853	鼐	1	0.000125%	801535	99.869048%	0.007356	0.25
4854	鼒	1	0.000125%	801536	99.869173%	0.007356	0.25
4855	吴	1	0.000125%	801537	99.869297%	0.007356	0.25
4856	屣	1	0.000125%	801538	99.869422%	0.007356	0.25
4857	腏	1	0.000125%	801539	99.869547%	0.007356	0.25
4858	瑄	1	0.000125%	801540	99.869671%	0.007356	0.25
4859	鏠	1	0.000125%	801541	99.869796%	0.007356	0.25
4860	塚	1	0.000125%	801542	99.869920%	0.007356	0.25
4861	潯	1	0.000125%	801543	99.870045%	0.007356	0.25
4862	黳	1	0.000125%	801544	99.870170%	0.007356	0.25
4863	醮	1	0.000125%	801545	99.870294%	0.007356	0.25
4864	蔟	1	0.000125%	801546	99.870419%	0.007356	0.25
4865	稭	1	0.000125%	801547	99.870543%	0.007356	0.25
4866	饌	1	0.000125%	801548	99.870668%	0.007356	0.25
4867	逄	1	0.000125%	801549	99.870793%	0.007356	0.25
4868	勾	1	0.000125%	801550	99.870917%	0.007356	0.25
4869	嗉	1	0.000125%	801551	99.871042%	0.007356	0.25
4870	廥	1	0.000125%	801552	99.871166%	0.007356	0.25

序號	字種	絕對字頻	相對字頻	累積字頻	累積覆蓋率	均頻倍值	分佈量
4871	棫	1	0.000125%	801553	99.871291%	0.007356	0.25
4872	昂	1	0.000125%	801554	99.871416%	0.007356	0.25
4873	涒	1	0.000125%	801555	99.871540%	0.007356	0.25
4874	灘	1	0.000125%	801556	99.871665%	0.007356	0.25
4875	詻	1	0.000125%	801557	99.871789%	0.007356	0.25
4876	噩	1	0.000125%	801558	99.871914%	0.007356	0.25
4877	蜃	1	0.000125%	801559	99.872039%	0.007356	0.25
4878	緞	1	0.000125%	801560	99.872163%	0.007356	0.25
4879	坼	1	0.000125%	801561	99.872288%	0.007356	0.25
4880	垘	1	0.000125%	801562	99.872412%	0.007356	0.25
4881	遻	1	0.000125%	801563	99.872537%	0.007356	0.25
4882	跆	1	0.000125%	801564	99.872662%	0.007356	0.25
4883	敚	1	0.000125%	801565	99.872786%	0.007356	0.25
4884	鬠	1	0.000125%	801566	99.872911%	0.007356	0.25
4885	晈	1	0.000125%	801567	99.873035%	0.007356	0.25
4886	鷩	1	0.000125%	801568	99.873160%	0.007356	0.25
4887	叶	1	0.000125%	801569	99.873285%	0.007356	0.25
4888	雺	1	0.000125%	801570	99.873409%	0.007356	0.25
4889	畚	1	0.000125%	801571	99.873534%	0.007356	0.25
4890	輂	1	0.000125%	801572	99.873658%	0.007356	0.25
4891	綆	1	0.000125%	801573	99.873783%	0.007356	0.25
4892	橐	1	0.000125%	801574	99.873908%	0.007356	0.25
4893	鄑	1	0.000125%	801575	99.874032%	0.007356	0.25
4894	玃	1	0.000125%	801576	99.874157%	0.007356	0.25
4895	膰	1	0.000125%	801577	99.874281%	0.007356	0.25
4896	觥	1	0.000125%	801578	99.874406%	0.007356	0.25
4897	儌	1	0.000125%	801579	99.874531%	0.007356	0.25
4898	鸖	1	0.000125%	801580	99.874655%	0.007356	0.25
4899	傋	1	0.000125%	801581	99.874780%	0.007356	0.25
4900	螗	1	0.000125%	801582	99.874904%	0.007356	0.25
4901	柑	1	0.000125%	801583	99.875029%	0.007356	0.25
4902	欬	1	0.000125%	801584	99.875154%	0.007356	0.25
4903	犨	1	0.000125%	801585	99.875278%	0.007356	0.25
4904	稔	1	0.000125%	801586	99.875403%	0.007356	0.25
4905	蔭	1	0.000125%	801587	99.875527%	0.007356	0.25

序號	字種	絕對字頻	相對字頻	累積字頻	累積覆蓋率	均頻倍值	分佈量
4906	愒	1	0.000125%	801588	99.875652%	0.007356	0.25
4907	晢	1	0.000125%	801589	99.875777%	0.007356	0.25
4908	旻	1	0.000125%	801590	99.875901%	0.007356	0.25
4909	愁	1	0.000125%	801591	99.876026%	0.007356	0.25
4910	歾	1	0.000125%	801592	99.876150%	0.007356	0.25
4911	鄌	1	0.000125%	801593	99.876275%	0.007356	0.25
4912	稊	1	0.000125%	801594	99.876400%	0.007356	0.25
4913	顗	1	0.000125%	801595	99.876524%	0.007356	0.25
4914	峇	1	0.000125%	801596	99.876649%	0.007356	0.25
4915	鵜	1	0.000125%	801597	99.876773%	0.007356	0.25
4916	鶘	1	0.000125%	801598	99.876898%	0.007356	0.25
4917	鶩	1	0.000125%	801599	99.877023%	0.007356	0.25
4918	錡	1	0.000125%	801600	99.877147%	0.007356	0.25
4919	蛙	1	0.000125%	801601	99.877272%	0.007356	0.25
4920	蠆	1	0.000125%	801602	99.877396%	0.007356	0.25
4921	蠻	1	0.000125%	801603	99.877521%	0.007356	0.25
4922	躲	1	0.000125%	801604	99.877646%	0.007356	0.25
4923	庫	1	0.000125%	801605	99.877770%	0.007356	0.25
4924	蠶	1	0.000125%	801606	99.877895%	0.007356	0.25
4925	腫	1	0.000125%	801607	99.878019%	0.007356	0.25
4926	椒	1	0.000125%	801608	99.878144%	0.007356	0.25
4927	邲	1	0.000125%	801609	99.878268%	0.007356	0.25
4928	戕	1	0.000125%	801610	99.878393%	0.007356	0.25
4929	驟	1	0.000125%	801611	99.878518%	0.007356	0.25
4930	奠	1	0.000125%	801612	99.878642%	0.007356	0.25
4931	嵋	1	0.000125%	801613	99.878767%	0.007356	0.25
4932	潟	1	0.000125%	801614	99.878891%	0.007356	0.25
4933	埴	1	0.000125%	801615	99.879016%	0.007356	0.25
4934	蠐	1	0.000125%	801616	99.879141%	0.007356	0.25
4935	瑻	1	0.000125%	801617	99.879265%	0.007356	0.25
4936	杶	1	0.000125%	801618	99.879390%	0.007356	0.25
4937	栝	1	0.000125%	801619	99.879514%	0.007356	0.25
4938	箘	1	0.000125%	801620	99.879639%	0.007356	0.25
4939	簵	1	0.000125%	801621	99.879764%	0.007356	0.25
4940	甀	1	0.000125%	801622	99.879888%	0.007356	0.25

序號	字種	絕對字頻	相對字頻	累積字頻	累積覆蓋率	均頻倍值	分佈量
4941	繾	1	0.000125%	801623	99.880013%	0.007356	0.25
4942	壚	1	0.000125%	801624	99.880137%	0.007356	0.25
4943	玕	1	0.000125%	801625	99.880262%	0.007356	0.25
4944	崙	1	0.000125%	801626	99.880387%	0.007356	0.25
4945	澀	1	0.000125%	801627	99.880511%	0.007356	0.25
4946	池	1	0.000125%	801628	99.880636%	0.007356	0.25
4947	戞	1	0.000125%	801629	99.880760%	0.007356	0.25
4948	溠	1	0.000125%	801630	99.880885%	0.007356	0.25
4949	沭	1	0.000125%	801631	99.881010%	0.007356	0.25
4950	豀	1	0.000125%	801632	99.881134%	0.007356	0.25
4951	垝	1	0.000125%	801633	99.881259%	0.007356	0.25
4952	爥	1	0.000125%	801634	99.881383%	0.007356	0.25
4953	洱	1	0.000125%	801635	99.881508%	0.007356	0.25
4954	梗	1	0.000125%	801636	99.881633%	0.007356	0.25
4955	陭	1	0.000125%	801637	99.881757%	0.007356	0.25
4956	鄘	1	0.000125%	801638	99.881882%	0.007356	0.25
4957	騳	1	0.000125%	801639	99.882006%	0.007356	0.25
4958	漢	1	0.000125%	801640	99.882131%	0.007356	0.25
4959	朗	1	0.000125%	801641	99.882256%	0.007356	0.25
4960	瀨	1	0.000125%	801642	99.882380%	0.007356	0.25
4961	駣	1	0.000125%	801643	99.882505%	0.007356	0.25
4962	澄	1	0.000125%	801644	99.882629%	0.007356	0.25
4963	秭	1	0.000125%	801645	99.882754%	0.007356	0.25
4964	鄆	1	0.000125%	801646	99.882879%	0.007356	0.25
4965	睆	1	0.000125%	801647	99.883003%	0.007356	0.25
4966	鄢	1	0.000125%	801648	99.883128%	0.007356	0.25
4967	袾	1	0.000125%	801649	99.883252%	0.007356	0.25
4968	瑗	1	0.000125%	801650	99.883377%	0.007356	0.25
4969	杕	1	0.000125%	801651	99.883502%	0.007356	0.25
4970	愻	1	0.000125%	801652	99.883626%	0.007356	0.25
4971	犁	1	0.000125%	801653	99.883751%	0.007356	0.25
4972	枭	1	0.000125%	801654	99.883875%	0.007356	0.25
4973	浯	1	0.000125%	801655	99.884000%	0.007356	0.25
4974	柜	1	0.000125%	801656	99.884125%	0.007356	0.25
4975	郏	1	0.000125%	801657	99.884249%	0.007356	0.25

序號	字種	絕對字頻	相對字頻	累積字頻	累積覆蓋率	均頻倍值	分佈量
4976	叚	1	0.000125%	801658	99.884374%	0.007356	0.25
4977	椑	1	0.000125%	801659	99.884498%	0.007356	0.25
4978	郫	1	0.000125%	801660	99.884623%	0.007356	0.25
4979	厽	1	0.000125%	801661	99.884748%	0.007356	0.25
4980	酁	1	0.000125%	801662	99.884872%	0.007356	0.25
4981	鮚	1	0.000125%	801663	99.884997%	0.007356	0.25
4982	鄲	1	0.000125%	801664	99.885121%	0.007356	0.25
4983	黝	1	0.000125%	801665	99.885246%	0.007356	0.25
4984	灃	1	0.000125%	801666	99.885371%	0.007356	0.25
4985	鷲	1	0.000125%	801667	99.885495%	0.007356	0.25
4986	鞞	1	0.000125%	801668	99.885620%	0.007356	0.25
4987	魼	1	0.000125%	801669	99.885744%	0.007356	0.25
4988	伶	1	0.000125%	801670	99.885869%	0.007356	0.25
4989	柗	1	0.000125%	801671	99.885994%	0.007356	0.25
4990	陜	1	0.000125%	801672	99.886118%	0.007356	0.25
4991	鑠	1	0.000125%	801673	99.886243%	0.007356	0.25
4992	陎	1	0.000125%	801674	99.886367%	0.007356	0.25
4993	昫	1	0.000125%	801675	99.886492%	0.007356	0.25
4994	䳒	1	0.000125%	801676	99.886617%	0.007356	0.25
4995	椅	1	0.000125%	801677	99.886741%	0.007356	0.25
4996	庢	1	0.000125%	801678	99.886866%	0.007356	0.25
4997	湨	1	0.000125%	801679	99.886990%	0.007356	0.25
4998	灉	1	0.000125%	801680	99.887115%	0.007356	0.25
4999	蕡	1	0.000125%	801681	99.887239%	0.007356	0.25
5000	墝	1	0.000125%	801682	99.887364%	0.007356	0.25
5001	扁	1	0.000125%	801683	99.887489%	0.007356	0.25
5002	麓	1	0.000125%	801684	99.887613%	0.007356	0.25
5003	捲	1	0.000125%	801685	99.887738%	0.007356	0.25
5004	潣	1	0.000125%	801686	99.887862%	0.007356	0.25
5005	瀝	1	0.000125%	801687	99.887987%	0.007356	0.25
5006	麦	1	0.000125%	801688	99.888112%	0.007356	0.25
5007	鄁	1	0.000125%	801689	99.888236%	0.007356	0.25
5008	爕	1	0.000125%	801690	99.888361%	0.007356	0.25
5009	譃	1	0.000125%	801691	99.888485%	0.007356	0.25
5010	跕	1	0.000125%	801692	99.888610%	0.007356	0.25

序號	字種	絕對字頻	相對字頻	累積字頻	累積覆蓋率	均頻倍値	分佈量
5011	㦤	1	0.000125%	801693	99.888735%	0.007356	0.25
5012	歬	1	0.000125%	801694	99.888859%	0.007356	0.25
5013	巙	1	0.000125%	801695	99.888984%	0.007356	0.25
5014	鯷	1	0.000125%	801696	99.889108%	0.007356	0.25
5015	麜	1	0.000125%	801697	99.889233%	0.007356	0.25
5016	椢	1	0.000125%	801698	99.889358%	0.007356	0.25
5017	釃	1	0.000125%	801699	99.889482%	0.007356	0.25
5018	洚	1	0.000125%	801700	99.889607%	0.007356	0.25
5019	潺	1	0.000125%	801701	99.889731%	0.007356	0.25
5020	湲	1	0.000125%	801702	99.889856%	0.007356	0.25
5021	湋	1	0.000125%	801703	99.889981%	0.007356	0.25
5022	椤	1	0.000125%	801704	99.890105%	0.007356	0.25
5023	溢	1	0.000125%	801705	99.890230%	0.007356	0.25
5024	弢	1	0.000125%	801706	99.890354%	0.007356	0.25
5025	謦	1	0.000125%	801707	99.890479%	0.007356	0.25
5026	釽	1	0.000125%	801708	99.890604%	0.007356	0.25
5027	鋠	1	0.000125%	801709	99.890728%	0.007356	0.25
5028	稗	1	0.000125%	801710	99.890853%	0.007356	0.25
5029	匽	1	0.000125%	801711	99.890977%	0.007356	0.25
5030	泡	1	0.000125%	801712	99.891102%	0.007356	0.25
5031	娷	1	0.000125%	801713	99.891227%	0.007356	0.25
5032	鴂	1	0.000125%	801714	99.891351%	0.007356	0.25
5033	砂	1	0.000125%	801715	99.891476%	0.007356	0.25
5034	捃	1	0.000125%	801716	99.891600%	0.007356	0.25
5035	霓	1	0.000125%	801717	99.891725%	0.007356	0.25
5036	噎	1	0.000125%	801718	99.891850%	0.007356	0.25
5037	疝	1	0.000125%	801719	99.891974%	0.007356	0.25
5038	瘲	1	0.000125%	801720	99.892099%	0.007356	0.25
5039	罾	1	0.000125%	801721	99.892223%	0.007356	0.25
5040	舡	1	0.000125%	801722	99.892348%	0.007356	0.25
5041	洹	1	0.000125%	801723	99.892473%	0.007356	0.25
5042	檥	1	0.000125%	801724	99.892597%	0.007356	0.25
5043	締	1	0.000125%	801725	99.892722%	0.007356	0.25
5044	敲	1	0.000125%	801726	99.892846%	0.007356	0.25
5045	籬	1	0.000125%	801727	99.892971%	0.007356	0.25

序號	字種	絕對字頻	相對字頻	累積字頻	累積覆蓋率	均頻倍值	分佈量
5046	鍉	1	0.000125%	801728	99.893096%	0.007356	0.25
5047	鏼	1	0.000125%	801729	99.893220%	0.007356	0.25
5048	慚	1	0.000125%	801730	99.893345%	0.007356	0.25
5049	蓻	1	0.000125%	801731	99.893469%	0.007356	0.25
5050	篠	1	0.000125%	801732	99.893594%	0.007356	0.25
5051	猝	1	0.000125%	801733	99.893719%	0.007356	0.25
5052	刓	1	0.000125%	801734	99.893843%	0.007356	0.25
5053	坂	1	0.000125%	801735	99.893968%	0.007356	0.25
5054	爨	1	0.000125%	801736	99.894092%	0.007356	0.25
5055	堇	1	0.000125%	801737	99.894217%	0.007356	0.25
5056	嘸	1	0.000125%	801738	99.894342%	0.007356	0.25
5057	猛	1	0.000125%	801739	99.894466%	0.007356	0.25
5058	菹	1	0.000125%	801740	99.894591%	0.007356	0.25
5059	飴	1	0.000125%	801741	99.894715%	0.007356	0.25
5060	晛	1	0.000125%	801742	99.894840%	0.007356	0.25
5061	裸	1	0.000125%	801743	99.894965%	0.007356	0.25
5062	惛	1	0.000125%	801744	99.895089%	0.007356	0.25
5063	伻	1	0.000125%	801745	99.895214%	0.007356	0.25
5064	廥	1	0.000125%	801746	99.895338%	0.007356	0.25
5065	瘡	1	0.000125%	801747	99.895463%	0.007356	0.25
5066	儌	1	0.000125%	801748	99.895588%	0.007356	0.25
5067	槩	1	0.000125%	801749	99.895712%	0.007356	0.25
5068	踊	1	0.000125%	801750	99.895837%	0.007356	0.25
5069	鰸	1	0.000125%	801751	99.895961%	0.007356	0.25
5070	斃	1	0.000125%	801752	99.896086%	0.007356	0.25
5071	裁	1	0.000125%	801753	99.896210%	0.007356	0.25
5072	狶	1	0.000125%	801754	99.896335%	0.007356	0.25
5073	僡	1	0.000125%	801755	99.896460%	0.007356	0.25
5074	蹳	1	0.000125%	801756	99.896584%	0.007356	0.25
5075	奸	1	0.000125%	801757	99.896709%	0.007356	0.25
5076	呆	1	0.000125%	801758	99.896833%	0.007356	0.25
5077	邃	1	0.000125%	801759	99.896958%	0.007356	0.25
5078	齫	1	0.000125%	801760	99.897083%	0.007356	0.25
5079	邰	1	0.000125%	801761	99.897207%	0.007356	0.25
5080	蕞	1	0.000125%	801762	99.897332%	0.007356	0.25

序號	字種	絕對字頻	相對字頻	累積字頻	累積覆蓋率	均頻倍值	分佈量
5081	詷	1	0.000125%	801763	99.897456%	0.007356	0.25
5082	粮	1	0.000125%	801764	99.897581%	0.007356	0.25
5083	薑	1	0.000125%	801765	99.897706%	0.007356	0.25
5084	紗	1	0.000125%	801766	99.897830%	0.007356	0.25
5085	騃	1	0.000125%	801767	99.897955%	0.007356	0.25
5086	鹽	1	0.000125%	801768	99.898079%	0.007356	0.25
5087	藜	1	0.000125%	801769	99.898204%	0.007356	0.25
5088	愲	1	0.000125%	801770	99.898329%	0.007356	0.25
5089	迥	1	0.000125%	801771	99.898453%	0.007356	0.25
5090	帚	1	0.000125%	801772	99.898578%	0.007356	0.25
5091	牏	1	0.000125%	801773	99.898702%	0.007356	0.25
5092	疲	1	0.000125%	801774	99.898827%	0.007356	0.25
5093	巇	1	0.000125%	801775	99.898952%	0.007356	0.25
5094	銛	1	0.000125%	801776	99.899076%	0.007356	0.25
5095	偭	1	0.000125%	801777	99.899201%	0.007356	0.25
5096	蠪	1	0.000125%	801778	99.899325%	0.007356	0.25
5097	块	1	0.000125%	801779	99.899450%	0.007356	0.25
5098	圠	1	0.000125%	801780	99.899575%	0.007356	0.25
5099	傗	1	0.000125%	801781	99.899699%	0.007356	0.25
5100	燃	1	0.000125%	801782	99.899824%	0.007356	0.25
5101	坦	1	0.000125%	801783	99.899948%	0.007356	0.25
5102	搐	1	0.000125%	801784	99.900073%	0.007356	0.25
5103	甀	1	0.000125%	801785	99.900198%	0.007356	0.25
5104	箒	1	0.000125%	801786	99.900322%	0.007356	0.25
5105	剟	1	0.000125%	801787	99.900447%	0.007356	0.25
5106	傿	1	0.000125%	801788	99.900571%	0.007356	0.25
5107	奊	1	0.000125%	801789	99.900696%	0.007356	0.25
5108	簅	1	0.000125%	801790	99.900821%	0.007356	0.25
5109	仗	1	0.000125%	801791	99.900945%	0.007356	0.25
5110	蝐	1	0.000125%	801792	99.901070%	0.007356	0.25
5111	薪	1	0.000125%	801793	99.901194%	0.007356	0.25
5112	睫	1	0.000125%	801794	99.901319%	0.007356	0.25
5113	屐	1	0.000125%	801795	99.901444%	0.007356	0.25
5114	陷	1	0.000125%	801796	99.901568%	0.007356	0.25
5115	慾	1	0.000125%	801797	99.901693%	0.007356	0.25

序號	字種	絕對字頻	相對字頻	累積字頻	累積覆蓋率	均頻倍値	分佈量
5116	嬈	1	0.000125%	801798	99.901817%	0.007356	0.25
5117	拑	1	0.000125%	801799	99.901942%	0.007356	0.25
5118	抔	1	0.000125%	801800	99.902067%	0.007356	0.25
5119	酭	1	0.000125%	801801	99.902191%	0.007356	0.25
5120	餉	1	0.000125%	801802	99.902316%	0.007356	0.25
5121	篩	1	0.000125%	801803	99.902440%	0.007356	0.25
5122	鶚	1	0.000125%	801804	99.902565%	0.007356	0.25
5123	袨	1	0.000125%	801805	99.902690%	0.007356	0.25
5124	廧	1	0.000125%	801806	99.902814%	0.007356	0.25
5125	怫	1	0.000125%	801807	99.902939%	0.007356	0.25
5126	滄	1	0.000125%	801808	99.903063%	0.007356	0.25
5127	絖	1	0.000125%	801809	99.903188%	0.007356	0.25
5128	搔	1	0.000125%	801810	99.903313%	0.007356	0.25
5129	磨	1	0.000125%	801811	99.903437%	0.007356	0.25
5130	礱	1	0.000125%	801812	99.903562%	0.007356	0.25
5131	蚋	1	0.000125%	801813	99.903686%	0.007356	0.25
5132	骳	1	0.000125%	801814	99.903811%	0.007356	0.25
5133	棰	1	0.000125%	801815	99.903936%	0.007356	0.25
5134	瑾	1	0.000125%	801816	99.904060%	0.007356	0.25
5135	劉	1	0.000125%	801817	99.904185%	0.007356	0.25
5136	袛	1	0.000125%	801818	99.904309%	0.007356	0.25
5137	鶩	1	0.000125%	801819	99.904434%	0.007356	0.25
5138	呫	1	0.000125%	801820	99.904559%	0.007356	0.25
5139	囁	1	0.000125%	801821	99.904683%	0.007356	0.25
5140	柸	1	0.000125%	801822	99.904808%	0.007356	0.25
5141	輘	1	0.000125%	801823	99.904932%	0.007356	0.25
5142	訹	1	0.000125%	801824	99.905057%	0.007356	0.25
5143	佃	1	0.000125%	801825	99.905182%	0.007356	0.25
5144	睿	1	0.000125%	801826	99.905306%	0.007356	0.25
5145	荎	1	0.000125%	801827	99.905431%	0.007356	0.25
5146	煦	1	0.000125%	801828	99.905555%	0.007356	0.25
5147	濟	1	0.000125%	801829	99.905680%	0.007356	0.25
5148	曬	1	0.000125%	801830	99.905804%	0.007356	0.25
5149	恝	1	0.000125%	801831	99.905929%	0.007356	0.25
5150	疢	1	0.000125%	801832	99.906054%	0.007356	0.25

序號	字種	絕對字頻	相對字頻	累積字頻	累積覆蓋率	均頻倍值	分佈量
5151	鮈	1	0.000125%	801833	99.906178%	0.007356	0.25
5152	杕	1	0.000125%	801834	99.906303%	0.007356	0.25
5153	碻	1	0.000125%	801835	99.906427%	0.007356	0.25
5154	暫	1	0.000125%	801836	99.906552%	0.007356	0.25
5155	稜	1	0.000125%	801837	99.906677%	0.007356	0.25
5156	憺	1	0.000125%	801838	99.906801%	0.007356	0.25
5157	扼	1	0.000125%	801839	99.906926%	0.007356	0.25
5158	薁	1	0.000125%	801840	99.907050%	0.007356	0.25
5159	熅	1	0.000125%	801841	99.907175%	0.007356	0.25
5160	槩	1	0.000125%	801842	99.907300%	0.007356	0.25
5161	鏖	1	0.000125%	801843	99.907424%	0.007356	0.25
5162	鱗	1	0.000125%	801844	99.907549%	0.007356	0.25
5163	疕	1	0.000125%	801845	99.907673%	0.007356	0.25
5164	獟	1	0.000125%	801846	99.907798%	0.007356	0.25
5165	菫	1	0.000125%	801847	99.907923%	0.007356	0.25
5166	圬	1	0.000125%	801848	99.908047%	0.007356	0.25
5167	蛛	1	0.000125%	801849	99.908172%	0.007356	0.25
5168	淯	1	0.000125%	801850	99.908296%	0.007356	0.25
5169	歟	1	0.000125%	801851	99.908421%	0.007356	0.25
5170	琢	1	0.000125%	801852	99.908546%	0.007356	0.25
5171	腠	1	0.000125%	801853	99.908670%	0.007356	0.25
5172	襌	1	0.000125%	801854	99.908795%	0.007356	0.25
5173	姹	1	0.000125%	801855	99.908919%	0.007356	0.25
5174	弟	1	0.000125%	801856	99.909044%	0.007356	0.25
5175	壄	1	0.000125%	801857	99.909169%	0.007356	0.25
5176	坿	1	0.000125%	801858	99.909293%	0.007356	0.25
5177	珹	1	0.000125%	801859	99.909418%	0.007356	0.25
5178	玏	1	0.000125%	801860	99.909542%	0.007356	0.25
5179	礌	1	0.000125%	801861	99.909667%	0.007356	0.25
5180	橐	1	0.000125%	801862	99.909792%	0.007356	0.25
5181	莨	1	0.000125%	801863	99.909916%	0.007356	0.25
5182	蕫	1	0.000125%	801864	99.910041%	0.007356	0.25
5183	藲	1	0.000125%	801865	99.910165%	0.007356	0.25
5184	蔆	1	0.000125%	801866	99.910290%	0.007356	0.25
5185	梗	1	0.000125%	801867	99.910415%	0.007356	0.25

序號	字種	絕對字頻	相對字頻	累積字頻	累積覆蓋率	均頻倍值	分佈量
5186	枏	1	0.000125%	801868	99.910539%	0.007356	0.25
5187	檗	1	0.000125%	801869	99.910664%	0.007356	0.25
5188	蝝	1	0.000125%	801870	99.910788%	0.007356	0.25
5189	貙	1	0.000125%	801871	99.910913%	0.007356	0.25
5190	胂	1	0.000125%	801872	99.911038%	0.007356	0.25
5191	洌	1	0.000125%	801873	99.911162%	0.007356	0.25
5192	毗	1	0.000125%	801874	99.911287%	0.007356	0.25
5193	胷	1	0.000125%	801875	99.911411%	0.007356	0.25
5194	繘	1	0.000125%	801876	99.911536%	0.007356	0.25
5195	袘	1	0.000125%	801877	99.911661%	0.007356	0.25
5196	襯	1	0.000125%	801878	99.911785%	0.007356	0.25
5197	呷	1	0.000125%	801879	99.911910%	0.007356	0.25
5198	葳	1	0.000125%	801880	99.912034%	0.007356	0.25
5199	嫛	1	0.000125%	801881	99.912159%	0.007356	0.25
5200	窂	1	0.000125%	801882	99.912284%	0.007356	0.25
5201	鷃	1	0.000125%	801883	99.912408%	0.007356	0.25
5202	枻	1	0.000125%	801884	99.912533%	0.007356	0.25
5203	摋	1	0.000125%	801885	99.912657%	0.007356	0.25
5204	籥	1	0.000125%	801886	99.912782%	0.007356	0.25
5205	喝	1	0.000125%	801887	99.912907%	0.007356	0.25
5206	礧	1	0.000125%	801888	99.913031%	0.007356	0.25
5207	燵	1	0.000125%	801889	99.913156%	0.007356	0.25
5208	胕	1	0.000125%	801890	99.913280%	0.007356	0.25
5209	瀣	1	0.000125%	801891	99.913405%	0.007356	0.25
5210	偟	1	0.000125%	801892	99.913530%	0.007356	0.25
5211	听	1	0.000125%	801893	99.913654%	0.007356	0.25
5212	湃	1	0.000125%	801894	99.913779%	0.007356	0.25
5213	潭	1	0.000125%	801895	99.913903%	0.007356	0.25
5214	泌	1	0.000125%	801896	99.914028%	0.007356	0.25
5215	灂	1	0.000125%	801897	99.914153%	0.007356	0.25
5216	潵	1	0.000125%	801898	99.914277%	0.007356	0.25
5217	漑	1	0.000125%	801899	99.914402%	0.007356	0.25
5218	潬	1	0.000125%	801900	99.914526%	0.007356	0.25
5219	浥	1	0.000125%	801901	99.914651%	0.007356	0.25
5220	瀺	1	0.000125%	801902	99.914775%	0.007356	0.25

序號	字種	絕對字頻	相對字頻	累積字頻	累積覆蓋率	均頻倍值	分佈量
5221	瀶	1	0.000125%	801903	99.914900%	0.007356	0.25
5222	霣	1	0.000125%	801904	99.915025%	0.007356	0.25
5223	磅	1	0.000125%	801905	99.915149%	0.007356	0.25
5224	匌	1	0.000125%	801906	99.915274%	0.007356	0.25
5225	洛	1	0.000125%	801907	99.915398%	0.007356	0.25
5226	潩	1	0.000125%	801908	99.915523%	0.007356	0.25
5227	潒	1	0.000125%	801909	99.915648%	0.007356	0.25
5228	灝	1	0.000125%	801910	99.915772%	0.007356	0.25
5229	溔	1	0.000125%	801911	99.915897%	0.007356	0.25
5230	囂	1	0.000125%	801912	99.916021%	0.007356	0.25
5231	鮔	1	0.000125%	801913	99.916146%	0.007356	0.25
5232	鱛	1	0.000125%	801914	99.916271%	0.007356	0.25
5233	鯝	1	0.000125%	801915	99.916395%	0.007356	0.25
5234	鮥	1	0.000125%	801916	99.916520%	0.007356	0.25
5235	鮻	1	0.000125%	801917	99.916644%	0.007356	0.25
5236	魠	1	0.000125%	801918	99.916769%	0.007356	0.25
5237	鮛	1	0.000125%	801919	99.916894%	0.007356	0.25
5238	鰼	1	0.000125%	801920	99.917018%	0.007356	0.25
5239	鰭	1	0.000125%	801921	99.917143%	0.007356	0.25
5240	硬	1	0.000125%	801922	99.917267%	0.007356	0.25
5241	磊	1	0.000125%	801923	99.917392%	0.007356	0.25
5242	澔	1	0.000125%	801924	99.917517%	0.007356	0.25
5243	瑪	1	0.000125%	801925	99.917641%	0.007356	0.25
5244	鸝	1	0.000125%	801926	99.917766%	0.007356	0.25
5245	鵠	1	0.000125%	801927	99.917890%	0.007356	0.25
5246	鶂	1	0.000125%	801928	99.918015%	0.007356	0.25
5247	嚼	1	0.000125%	801929	99.918140%	0.007356	0.25
5248	龍	1	0.000125%	801930	99.918264%	0.007356	0.25
5249	嵸	1	0.000125%	801931	99.918389%	0.007356	0.25
5250	嶄	1	0.000125%	801932	99.918513%	0.007356	0.25
5251	巇	1	0.000125%	801933	99.918638%	0.007356	0.25
5252	巇	1	0.000125%	801934	99.918763%	0.007356	0.25
5253	崟	1	0.000125%	801935	99.918887%	0.007356	0.25
5254	崛	1	0.000125%	801936	99.919012%	0.007356	0.25
5255	呀	1	0.000125%	801937	99.919136%	0.007356	0.25

序號	字種	絕對字頻	相對字頻	累積字頻	累積覆蓋率	均頻倍値	分佈量
5256	硊	1	0.000125%	801938	99.919261%	0.007356	0.25
5257	嵔	1	0.000125%	801939	99.919386%	0.007356	0.25
5258	廆	1	0.000125%	801940	99.919510%	0.007356	0.25
5259	巊	1	0.000125%	801941	99.919635%	0.007356	0.25
5260	貏	1	0.000125%	801942	99.919759%	0.007356	0.25
5261	虋	1	0.000125%	801943	99.919884%	0.007356	0.25
5262	蘘	1	0.000125%	801944	99.920009%	0.007356	0.25
5263	蓀	1	0.000125%	801945	99.920133%	0.007356	0.25
5264	芧	1	0.000125%	801946	99.920258%	0.007356	0.25
5265	咇	1	0.000125%	801947	99.920382%	0.007356	0.25
5266	縝	1	0.000125%	801948	99.920507%	0.007356	0.25
5267	芴	1	0.000125%	801949	99.920632%	0.007356	0.25
5268	貘	1	0.000125%	801950	99.920756%	0.007356	0.25
5269	騱	1	0.000125%	801951	99.920881%	0.007356	0.25
5270	驘	1	0.000125%	801952	99.921005%	0.007356	0.25
5271	瑲	1	0.000125%	801953	99.921130%	0.007356	0.25
5272	櫚	1	0.000125%	801954	99.921255%	0.007356	0.25
5273	橑	1	0.000125%	801955	99.921379%	0.007356	0.25
5274	僤	1	0.000125%	801956	99.921504%	0.007356	0.25
5275	裖	1	0.000125%	801957	99.921628%	0.007356	0.25
5276	嶕	1	0.000125%	801958	99.921753%	0.007356	0.25
5277	嶫	1	0.000125%	801959	99.921878%	0.007356	0.25
5278	玢	1	0.000125%	801960	99.922002%	0.007356	0.25
5279	駁	1	0.000125%	801961	99.922127%	0.007356	0.25
5280	琬	1	0.000125%	801962	99.922251%	0.007356	0.25
5281	琰	1	0.000125%	801963	99.922376%	0.007356	0.25
5282	橙	1	0.000125%	801964	99.922501%	0.007356	0.25
5283	榛	1	0.000125%	801965	99.922625%	0.007356	0.25
5284	枇	1	0.000125%	801966	99.922750%	0.007356	0.25
5285	橪	1	0.000125%	801967	99.922874%	0.007356	0.25
5286	柿	1	0.000125%	801968	99.922999%	0.007356	0.25
5287	薁	1	0.000125%	801969	99.923124%	0.007356	0.25
5288	扤	1	0.000125%	801970	99.923248%	0.007356	0.25
5289	櫧	1	0.000125%	801971	99.923373%	0.007356	0.25
5290	楓	1	0.000125%	801972	99.923497%	0.007356	0.25

序號	字種	絕對字頻	相對字頻	累積字頻	累積覆蓋率	均頻倍值	分佈量
5291	枰	1	0.000125%	801973	99.923622%	0.007356	0.25
5292	櫪	1	0.000125%	801974	99.923746%	0.007356	0.25
5293	偓	1	0.000125%	801975	99.923871%	0.007356	0.25
5294	癹	1	0.000125%	801976	99.923996%	0.007356	0.25
5295	葥	1	0.000125%	801977	99.924120%	0.007356	0.25
5296	蓼	1	0.000125%	801978	99.924245%	0.007356	0.25
5297	薊	1	0.000125%	801979	99.924369%	0.007356	0.25
5298	猨	1	0.000125%	801980	99.924494%	0.007356	0.25
5299	蚝	1	0.000125%	801981	99.924619%	0.007356	0.25
5300	蠦	1	0.000125%	801982	99.924743%	0.007356	0.25
5301	蝚	1	0.000125%	801983	99.924868%	0.007356	0.25
5302	獑	1	0.000125%	801984	99.924992%	0.007356	0.25
5303	縠	1	0.000125%	801985	99.925117%	0.007356	0.25
5304	蛫	1	0.000125%	801986	99.925242%	0.007356	0.25
5305	斑	1	0.000125%	801987	99.925366%	0.007356	0.25
5306	磧	1	0.000125%	801988	99.925491%	0.007356	0.25
5307	鴈	1	0.000125%	801989	99.925615%	0.007356	0.25
5308	羂	1	0.000125%	801990	99.925740%	0.007356	0.25
5309	夐	1	0.000125%	801991	99.925865%	0.007356	0.25
5310	鶀	1	0.000125%	801992	99.925989%	0.007356	0.25
5311	鴰	1	0.000125%	801993	99.926114%	0.007356	0.25
5312	鸉	1	0.000125%	801994	99.926238%	0.007356	0.25
5313	搳	1	0.000125%	801995	99.926363%	0.007356	0.25
5314	雂	1	0.000125%	801996	99.926488%	0.007356	0.25
5315	闦	1	0.000125%	801997	99.926612%	0.007356	0.25
5316	寓	1	0.000125%	801998	99.926737%	0.007356	0.25
5317	鞈	1	0.000125%	801999	99.926861%	0.007356	0.25
5318	侏	1	0.000125%	802000	99.926986%	0.007356	0.25
5319	嬛	1	0.000125%	802001	99.927111%	0.007356	0.25
5320	韇	1	0.000125%	802002	99.927235%	0.007356	0.25
5321	嬤	1	0.000125%	802003	99.927360%	0.007356	0.25
5322	袦	1	0.000125%	802004	99.927484%	0.007356	0.25
5323	婺	1	0.000125%	802005	99.927609%	0.007356	0.25
5324	𢓊	1	0.000125%	802006	99.927734%	0.007356	0.25
5325	愀	1	0.000125%	802007	99.927858%	0.007356	0.25

序號	字種	絕對字頻	相對字頻	累積字頻	累積覆蓋率	均頻倍值	分佈量
5326	埜	1	0.000125%	802008	99.927983%	0.007356	0.25
5327	覬	1	0.000125%	802009	99.928107%	0.007356	0.25
5328	粗	1	0.000125%	802010	99.928232%	0.007356	0.25
5329	傶	1	0.000125%	802011	99.928357%	0.007356	0.25
5330	骿	1	0.000125%	802012	99.928481%	0.007356	0.25
5331	胘	1	0.000125%	802013	99.928606%	0.007356	0.25
5332	竑	1	0.000125%	802014	99.928730%	0.007356	0.25
5333	碮	1	0.000125%	802015	99.928855%	0.007356	0.25
5334	拯	1	0.000125%	802016	99.928980%	0.007356	0.25
5335	糜	1	0.000125%	802017	99.929104%	0.007356	0.25
5336	坒	1	0.000125%	802018	99.929229%	0.007356	0.25
5337	隚	1	0.000125%	802019	99.929353%	0.007356	0.25
5338	衸	1	0.000125%	802020	99.929478%	0.007356	0.25
5339	減	1	0.000125%	802021	99.929603%	0.007356	0.25
5340	靫	1	0.000125%	802022	99.929727%	0.007356	0.25
5341	蓊	1	0.000125%	802023	99.929852%	0.007356	0.25
5342	朧	1	0.000125%	802024	99.929976%	0.007356	0.25
5343	抳	1	0.000125%	802025	99.930101%	0.007356	0.25
5344	攙	1	0.000125%	802026	99.930226%	0.007356	0.25
5345	虬	1	0.000125%	802027	99.930350%	0.007356	0.25
5346	躩	1	0.000125%	802028	99.930475%	0.007356	0.25
5347	蟆	1	0.000125%	802029	99.930599%	0.007356	0.25
5348	佁	1	0.000125%	802030	99.930724%	0.007356	0.25
5349	踎	1	0.000125%	802031	99.930849%	0.007356	0.25
5350	踱	1	0.000125%	802032	99.930973%	0.007356	0.25
5351	蜡	1	0.000125%	802033	99.931098%	0.007356	0.25
5352	踏	1	0.000125%	802034	99.931222%	0.007356	0.25
5353	薆	1	0.000125%	802035	99.931347%	0.007356	0.25
5354	趚	1	0.000125%	802036	99.931472%	0.007356	0.25
5355	喬	1	0.000125%	802037	99.931596%	0.007356	0.25
5356	蓯	1	0.000125%	802038	99.931721%	0.007356	0.25
5357	瘳	1	0.000125%	802039	99.931845%	0.007356	0.25
5358	崘	1	0.000125%	802040	99.931970%	0.007356	0.25
5359	暠	1	0.000125%	802041	99.932095%	0.007356	0.25
5360	瀿	1	0.000125%	802042	99.932219%	0.007356	0.25

序號	字種	絕對字頻	相對字頻	累積字頻	累積覆蓋率	均頻倍值	分佈量
5361	霞	1	0.000125%	802043	99.932344%	0.007356	0.25
5362	嘰	1	0.000125%	802044	99.932468%	0.007356	0.25
5363	傑	1	0.000125%	802045	99.932593%	0.007356	0.25
5364	嶅	1	0.000125%	802046	99.932717%	0.007356	0.25
5365	厖	1	0.000125%	802047	99.932842%	0.007356	0.25
5366	埏	1	0.000125%	802048	99.932967%	0.007356	0.25
5367	晰	1	0.000125%	802049	99.933091%	0.007356	0.25
5368	觡	1	0.000125%	802050	99.933216%	0.007356	0.25
5369	譓	1	0.000125%	802051	99.933340%	0.007356	0.25
5370	漉	1	0.000125%	802052	99.933465%	0.007356	0.25
5371	揉	1	0.000125%	802053	99.933590%	0.007356	0.25
5372	賃	1	0.000125%	802054	99.933714%	0.007356	0.25
5373	饗	1	0.000125%	802055	99.933839%	0.007356	0.25
5374	髀	1	0.000125%	802056	99.933963%	0.007356	0.25
5375	陠	1	0.000125%	802057	99.934088%	0.007356	0.25
5376	翎	1	0.000125%	802058	99.934213%	0.007356	0.25
5377	貳	1	0.000125%	802059	99.934337%	0.007356	0.25
5378	哆	1	0.000125%	802060	99.934462%	0.007356	0.25
5379	構	1	0.000125%	802061	99.934586%	0.007356	0.25
5380	竣	1	0.000125%	802062	99.934711%	0.007356	0.25
5381	點	1	0.000125%	802063	99.934836%	0.007356	0.25
5382	夅	1	0.000125%	802064	99.934960%	0.007356	0.25
5383	髳	1	0.000125%	802065	99.935085%	0.007356	0.25
5384	窉	1	0.000125%	802066	99.935209%	0.007356	0.25
5385	憬	1	0.000125%	802067	99.935334%	0.007356	0.25
5386	蹋	1	0.000125%	802068	99.935459%	0.007356	0.25
5387	邗	1	0.000125%	802069	99.935583%	0.007356	0.25
5388	妥	1	0.000125%	802070	99.935708%	0.007356	0.25
5389	携	1	0.000125%	802071	99.935832%	0.007356	0.25
5390	悰	1	0.000125%	802072	99.935957%	0.007356	0.25
5391	嗌	1	0.000125%	802073	99.936082%	0.007356	0.25
5392	紺	1	0.000125%	802074	99.936206%	0.007356	0.25
5393	劖	1	0.000125%	802075	99.936331%	0.007356	0.25
5394	篁	1	0.000125%	802076	99.936455%	0.007356	0.25
5395	轎	1	0.000125%	802077	99.936580%	0.007356	0.25

序號	字種	絕對字頻	相對字頻	累積字頻	累積覆蓋率	均頻倍值	分佈量
5396	櫂	1	0.000125%	802078	99.936705%	0.007356	0.25
5397	峭	1	0.000125%	802079	99.936829%	0.007356	0.25
5398	癟	1	0.000125%	802080	99.936954%	0.007356	0.25
5399	攜	1	0.000125%	802081	99.937078%	0.007356	0.25
5400	紙	1	0.000125%	802082	99.937203%	0.007356	0.25
5401	蔬	1	0.000125%	802083	99.937328%	0.007356	0.25
5402	餒	1	0.000125%	802084	99.937452%	0.007356	0.25
5403	曠	1	0.000125%	802085	99.937577%	0.007356	0.25
5404	梃	1	0.000125%	802086	99.937701%	0.007356	0.25
5405	撻	1	0.000125%	802087	99.937826%	0.007356	0.25
5406	挂	1	0.000125%	802088	99.937951%	0.007356	0.25
5407	蹄	1	0.000125%	802089	99.938075%	0.007356	0.25
5408	糗	1	0.000125%	802090	99.938200%	0.007356	0.25
5409	抒	1	0.000125%	802091	99.938324%	0.007356	0.25
5410	靶	1	0.000125%	802092	99.938449%	0.007356	0.25
5411	紿	1	0.000125%	802093	99.938574%	0.007356	0.25
5412	捉	1	0.000125%	802094	99.938698%	0.007356	0.25
5413	蜉	1	0.000125%	802095	99.938823%	0.007356	0.25
5414	蝤	1	0.000125%	802096	99.938947%	0.007356	0.25
5415	呴	1	0.000125%	802097	99.939072%	0.007356	0.25
5416	岡	1	0.000125%	802098	99.939197%	0.007356	0.25
5417	蜥	1	0.000125%	802099	99.939321%	0.007356	0.25
5418	蝎	1	0.000125%	802100	99.939446%	0.007356	0.25
5419	膾	1	0.000125%	802101	99.939570%	0.007356	0.25
5420	譽	1	0.000125%	802102	99.939695%	0.007356	0.25
5421	泇	1	0.000125%	802103	99.939820%	0.007356	0.25
5422	鑝	1	0.000125%	802104	99.939944%	0.007356	0.25
5423	姣	1	0.000125%	802105	99.940069%	0.007356	0.25
5424	講	1	0.000125%	802106	99.940193%	0.007356	0.25
5425	褻	1	0.000125%	802107	99.940318%	0.007356	0.25
5426	偊	1	0.000125%	802108	99.940443%	0.007356	0.25
5427	喁	1	0.000125%	802109	99.940567%	0.007356	0.25
5428	鴿	1	0.000125%	802110	99.940692%	0.007356	0.25
5429	齟	1	0.000125%	802111	99.940816%	0.007356	0.25
5430	莛	1	0.000125%	802112	99.940941%	0.007356	0.25

序號	字種	絕對字頻	相對字頻	累積字頻	累積覆蓋率	均頻倍值	分佈量
5431	鼺	1	0.000125%	802113	99.941066%	0.007356	0.25
5432	鼰	1	0.000125%	802114	99.941190%	0.007356	0.25
5433	咋	1	0.000125%	802115	99.941315%	0.007356	0.25
5434	炰	1	0.000125%	802116	99.941439%	0.007356	0.25
5435	儜	1	0.000125%	802117	99.941564%	0.007356	0.25
5436	竅	1	0.000125%	802118	99.941688%	0.007356	0.25
5437	個	1	0.000125%	802119	99.941813%	0.007356	0.25
5438	佯	1	0.000125%	802120	99.941938%	0.007356	0.25
5439	酖	1	0.000125%	802121	99.942062%	0.007356	0.25
5440	燋	1	0.000125%	802122	99.942187%	0.007356	0.25
5441	摀	1	0.000125%	802123	99.942311%	0.007356	0.25
5442	鞁	1	0.000125%	802124	99.942436%	0.007356	0.25
5443	脚	1	0.000125%	802125	99.942561%	0.007356	0.25
5444	藳	1	0.000125%	802126	99.942685%	0.007356	0.25
5445	倅	1	0.000125%	802127	99.942810%	0.007356	0.25
5446	际	1	0.000125%	802128	99.942934%	0.007356	0.25
5447	酗	1	0.000125%	802129	99.943059%	0.007356	0.25
5448	滔	1	0.000125%	802130	99.943184%	0.007356	0.25
5449	骼	1	0.000125%	802131	99.943308%	0.007356	0.25
5450	愘	1	0.000125%	802132	99.943433%	0.007356	0.25
5451	陲	1	0.000125%	802133	99.943557%	0.007356	0.25
5452	踦	1	0.000125%	802134	99.943682%	0.007356	0.25
5453	葛	1	0.000125%	802135	99.943807%	0.007356	0.25
5454	欈	1	0.000125%	802136	99.943931%	0.007356	0.25
5455	盯	1	0.000125%	802137	99.944056%	0.007356	0.25
5456	隽	1	0.000125%	802138	99.944180%	0.007356	0.25
5457	玡	1	0.000125%	802139	99.944305%	0.007356	0.25
5458	咤	1	0.000125%	802140	99.944430%	0.007356	0.25
5459	橛	1	0.000125%	802141	99.944554%	0.007356	0.25
5460	蹞	1	0.000125%	802142	99.944679%	0.007356	0.25
5461	胼	1	0.000125%	802143	99.944803%	0.007356	0.25
5462	虷	1	0.000125%	802144	99.944928%	0.007356	0.25
5463	誒	1	0.000125%	802145	99.945053%	0.007356	0.25
5464	净	1	0.000125%	802146	99.945177%	0.007356	0.25
5465	侃	1	0.000125%	802147	99.945302%	0.007356	0.25

序號	字種	絕對字頻	相對字頻	累積字頻	累積覆蓋率	均頻倍值	分佈量
5466	籯	1	0.000125%	802148	99.945426%	0.007356	0.25
5467	癡	1	0.000125%	802149	99.945551%	0.007356	0.25
5468	惰	1	0.000125%	802150	99.945676%	0.007356	0.25
5469	荓	1	0.000125%	802151	99.945800%	0.007356	0.25
5470	墠	1	0.000125%	802152	99.945925%	0.007356	0.25
5471	踼	1	0.000125%	802153	99.946049%	0.007356	0.25
5472	艮	1	0.000125%	802154	99.946174%	0.007356	0.25
5473	獥	1	0.000125%	802155	99.946299%	0.007356	0.25
5474	欠	1	0.000125%	802156	99.946423%	0.007356	0.25
5475	崧	1	0.000125%	802157	99.946548%	0.007356	0.25
5476	趪	1	0.000125%	802158	99.946672%	0.007356	0.25
5477	澮	1	0.000125%	802159	99.946797%	0.007356	0.25
5478	莝	1	0.000125%	802160	99.946922%	0.007356	0.25
5479	鞏	1	0.000125%	802161	99.947046%	0.007356	0.25
5480	蘭	1	0.000125%	802162	99.947171%	0.007356	0.25
5481	耕	1	0.000125%	802163	99.947295%	0.007356	0.25
5482	郟	1	0.000125%	802164	99.947420%	0.007356	0.25
5483	岩	1	0.000125%	802165	99.947545%	0.007356	0.25
5484	醒	1	0.000125%	802166	99.947669%	0.007356	0.25
5485	狸	1	0.000125%	802167	99.947794%	0.007356	0.25
5486	丐	1	0.000125%	802168	99.947918%	0.007356	0.25
5487	規	1	0.000125%	802169	99.948043%	0.007356	0.25
5488	鍔	1	0.000125%	802170	99.948168%	0.007356	0.25
5489	慟	1	0.000125%	802171	99.948292%	0.007356	0.25
5490	歈	1	0.000125%	802172	99.948417%	0.007356	0.25
5491	彡	1	0.000125%	802173	99.948541%	0.007356	0.25
5492	軗	1	0.000125%	802174	99.948666%	0.007356	0.25
5493	咳	1	0.000125%	802175	99.948791%	0.007356	0.25
5494	邲	1	0.000125%	802176	99.948915%	0.007356	0.25
5495	梱	1	0.000125%	802177	99.949040%	0.007356	0.25
5496	憾	1	0.000125%	802178	99.949164%	0.007356	0.25
5497	躪	1	0.000125%	802179	99.949289%	0.007356	0.25
5498	愁	1	0.000125%	802180	99.949414%	0.007356	0.25
5499	唏	1	0.000125%	802181	99.949538%	0.007356	0.25
5500	疢	1	0.000125%	802182	99.949663%	0.007356	0.25

序號	字種	絕對字頻	相對字頻	累積字頻	累積覆蓋率	均頻倍值	分佈量
5501	痏	1	0.000125%	802183	99.949787%	0.007356	0.25
5502	抉	1	0.000125%	802184	99.949912%	0.007356	0.25
5503	衵	1	0.000125%	802185	99.950037%	0.007356	0.25
5504	褻	1	0.000125%	802186	99.950161%	0.007356	0.25
5505	扨	1	0.000125%	802187	99.950286%	0.007356	0.25
5506	蹉	1	0.000125%	802188	99.950410%	0.007356	0.25
5507	貑	1	0.000125%	802189	99.950535%	0.007356	0.25
5508	鸓	1	0.000125%	802190	99.950659%	0.007356	0.25
5509	翄	1	0.000125%	802191	99.950784%	0.007356	0.25
5510	呰	1	0.000125%	802192	99.950909%	0.007356	0.25
5511	恖	1	0.000125%	802193	99.951033%	0.007356	0.25
5512	綖	1	0.000125%	802194	99.951158%	0.007356	0.25
5513	皀	1	0.000125%	802195	99.951282%	0.007356	0.25
5514	僄	1	0.000125%	802196	99.951407%	0.007356	0.25
5515	標	1	0.000125%	802197	99.951532%	0.007356	0.25
5516	挹	1	0.000125%	802198	99.951656%	0.007356	0.25
5517	軓	1	0.000125%	802199	99.951781%	0.007356	0.25
5518	隳	1	0.000125%	802200	99.951905%	0.007356	0.25
5519	壈	1	0.000125%	802201	99.952030%	0.007356	0.25
5520	詀	1	0.000125%	802202	99.952155%	0.007356	0.25
5521	渶	1	0.000125%	802203	99.952279%	0.007356	0.25
5522	淰	1	0.000125%	802204	99.952404%	0.007356	0.25
5523	娃	1	0.000125%	802205	99.952528%	0.007356	0.25
5524	髦	1	0.000125%	802206	99.952653%	0.007356	0.25
5525	鵝	1	0.000125%	802207	99.952778%	0.007356	0.25
5526	驊	1	0.000125%	802208	99.952902%	0.007356	0.25
5527	騄	1	0.000125%	802209	99.953027%	0.007356	0.25
5528	狄	1	0.000125%	802210	99.953151%	0.007356	0.25
5529	芰	1	0.000125%	802211	99.953276%	0.007356	0.25
5530	茄	1	0.000125%	802212	99.953401%	0.007356	0.25
5531	翏	1	0.000125%	802213	99.953525%	0.007356	0.25
5532	菊	1	0.000125%	802214	99.953650%	0.007356	0.25
5533	稻	1	0.000125%	802215	99.953774%	0.007356	0.25
5534	鶂	1	0.000125%	802216	99.953899%	0.007356	0.25
5535	搗	1	0.000125%	802217	99.954024%	0.007356	0.25

序號	字種	絕對字頻	相對字頻	累積字頻	累積覆蓋率	均頻倍值	分佈量
5536	抨	1	0.000125%	802218	99.954148%	0.007356	0.25
5537	玵	1	0.000125%	802219	99.954273%	0.007356	0.25
5538	蹠	1	0.000125%	802220	99.954397%	0.007356	0.25
5539	魖	1	0.000125%	802221	99.954522%	0.007356	0.25
5540	獝	1	0.000125%	802222	99.954647%	0.007356	0.25
5541	昕	1	0.000125%	802223	99.954771%	0.007356	0.25
5542	嵤	1	0.000125%	802224	99.954896%	0.007356	0.25
5543	嵷	1	0.000125%	802225	99.955020%	0.007356	0.25
5544	狃	1	0.000125%	802226	99.955145%	0.007356	0.25
5545	莕	1	0.000125%	802227	99.955270%	0.007356	0.25
5546	駊	1	0.000125%	802228	99.955394%	0.007356	0.25
5547	騀	1	0.000125%	802229	99.955519%	0.007356	0.25
5548	摧	1	0.000125%	802230	99.955643%	0.007356	0.25
5549	嶉	1	0.000125%	802231	99.955768%	0.007356	0.25
5550	瀏	1	0.000125%	802232	99.955893%	0.007356	0.25
5551	恗	1	0.000125%	802233	99.956017%	0.007356	0.25
5552	軮	1	0.000125%	802234	99.956142%	0.007356	0.25
5553	瑌	1	0.000125%	802235	99.956266%	0.007356	0.25
5554	嵌	1	0.000125%	802236	99.956391%	0.007356	0.25
5555	摼	1	0.000125%	802237	99.956516%	0.007356	0.25
5556	柍	1	0.000125%	802238	99.956640%	0.007356	0.25
5557	桭	1	0.000125%	802239	99.956765%	0.007356	0.25
5558	蠓	1	0.000125%	802240	99.956889%	0.007356	0.25
5559	撇	1	0.000125%	802241	99.957014%	0.007356	0.25
5560	蜷	1	0.000125%	802242	99.957139%	0.007356	0.25
5561	瓏	1	0.000125%	802243	99.957263%	0.007356	0.25
5562	玲	1	0.000125%	802244	99.957388%	0.007356	0.25
5563	閟	1	0.000125%	802245	99.957512%	0.007356	0.25
5564	崺	1	0.000125%	802246	99.957637%	0.007356	0.25
5565	狓	1	0.000125%	802247	99.957762%	0.007356	0.25
5566	蕲	1	0.000125%	802248	99.957886%	0.007356	0.25
5567	吷	1	0.000125%	802249	99.958011%	0.007356	0.25
5568	弸	1	0.000125%	802250	99.958135%	0.007356	0.25
5569	彊	1	0.000125%	802251	99.958260%	0.007356	0.25
5570	倕	1	0.000125%	802252	99.958385%	0.007356	0.25

序號	字種	絕對字頻	相對字頻	累積字頻	累積覆蓋率	均頻倍值	分佈量
5571	劕	1	0.000125%	802253	99.958509%	0.007356	0.25
5572	剫	1	0.000125%	802254	99.958634%	0.007356	0.25
5573	蜅	1	0.000125%	802255	99.958758%	0.007356	0.25
5574	迖	1	0.000125%	802256	99.958883%	0.007356	0.25
5575	嗡	1	0.000125%	802257	99.959008%	0.007356	0.25
5576	腤	1	0.000125%	802258	99.959132%	0.007356	0.25
5577	灅	1	0.000125%	802259	99.959257%	0.007356	0.25
5578	濴	1	0.000125%	802260	99.959381%	0.007356	0.25
5579	晖	1	0.000125%	802261	99.959506%	0.007356	0.25
5580	祡	1	0.000125%	802262	99.959630%	0.007356	0.25
5581	焜	1	0.000125%	802263	99.959755%	0.007356	0.25
5582	爘	1	0.000125%	802264	99.959880%	0.007356	0.25
5583	觩	1	0.000125%	802265	99.960004%	0.007356	0.25
5584	汩	1	0.000125%	802266	99.960129%	0.007356	0.25
5585	闓	1	0.000125%	802267	99.960253%	0.007356	0.25
5586	剆	1	0.000125%	802268	99.960378%	0.007356	0.25
5587	施	1	0.000125%	802269	99.960503%	0.007356	0.25
5588	埯	1	0.000125%	802270	99.960627%	0.007356	0.25
5589	嵾	1	0.000125%	802271	99.960752%	0.007356	0.25
5590	岭	1	0.000125%	802272	99.960876%	0.007356	0.25
5591	嶜	1	0.000125%	802273	99.961001%	0.007356	0.25
5592	嶙	1	0.000125%	802274	99.961126%	0.007356	0.25
5593	岣	1	0.000125%	802275	99.961250%	0.007356	0.25
5594	緯	1	0.000125%	802276	99.961375%	0.007356	0.25
5595	俫	1	0.000125%	802277	99.961499%	0.007356	0.25
5596	遟	1	0.000125%	802278	99.961624%	0.007356	0.25
5597	彄	1	0.000125%	802279	99.961749%	0.007356	0.25
5598	飆	1	0.000125%	802280	99.961873%	0.007356	0.25
5599	趎	1	0.000125%	802281	99.961998%	0.007356	0.25
5600	菽	1	0.000125%	802282	99.962122%	0.007356	0.25
5601	簸	1	0.000125%	802283	99.962247%	0.007356	0.25
5602	矍	1	0.000125%	802284	99.962372%	0.007356	0.25
5603	踢	1	0.000125%	802285	99.962496%	0.007356	0.25
5604	蓄	1	0.000125%	802286	99.962621%	0.007356	0.25
5605	眽	1	0.000125%	802287	99.962745%	0.007356	0.25

序號	字種	絕對字頻	相對字頻	累積字頻	累積覆蓋率	均頻倍值	分佈量
5606	坷	1	0.000125%	802288	99.962870%	0.007356	0.25
5607	崝	1	0.000125%	802289	99.962995%	0.007356	0.25
5608	軔	1	0.000125%	802290	99.963119%	0.007356	0.25
5609	嶠	1	0.000125%	802291	99.963244%	0.007356	0.25
5610	鏌	1	0.000125%	802292	99.963368%	0.007356	0.25
5611	繯	1	0.000125%	802293	99.963493%	0.007356	0.25
5612	闥	1	0.000125%	802294	99.963618%	0.007356	0.25
5613	佖	1	0.000125%	802295	99.963742%	0.007356	0.25
5614	絅	1	0.000125%	802296	99.963867%	0.007356	0.25
5615	昈	1	0.000125%	802297	99.963991%	0.007356	0.25
5616	轤	1	0.000125%	802298	99.964116%	0.007356	0.25
5617	淋	1	0.000125%	802299	99.964241%	0.007356	0.25
5618	潚	1	0.000125%	802300	99.964365%	0.007356	0.25
5619	驞	1	0.000125%	802301	99.964490%	0.007356	0.25
5620	駖	1	0.000125%	802302	99.964614%	0.007356	0.25
5621	岋	1	0.000125%	802303	99.964739%	0.007356	0.25
5622	跋	1	0.000125%	802304	99.964864%	0.007356	0.25
5623	涎	1	0.000125%	802305	99.964988%	0.007356	0.25
5624	揳	1	0.000125%	802306	99.965113%	0.007356	0.25
5625	跇	1	0.000125%	802307	99.965237%	0.007356	0.25
5626	絹	1	0.000125%	802308	99.965362%	0.007356	0.25
5627	紭	1	0.000125%	802309	99.965487%	0.007356	0.25
5628	尣	1	0.000125%	802310	99.965611%	0.007356	0.25
5629	蹴	1	0.000125%	802311	99.965736%	0.007356	0.25
5630	焯	1	0.000125%	802312	99.965860%	0.007356	0.25
5631	爍	1	0.000125%	802313	99.965985%	0.007356	0.25
5632	睿	1	0.000125%	802314	99.966110%	0.007356	0.25
5633	鷩	1	0.000125%	802315	99.966234%	0.007356	0.25
5634	碕	1	0.000125%	802316	99.966359%	0.007356	0.25
5635	獱	1	0.000125%	802317	99.966483%	0.007356	0.25
5636	抾	1	0.000125%	802318	99.966608%	0.007356	0.25
5637	踤	1	0.000125%	802319	99.966733%	0.007356	0.25
5638	窶	1	0.000125%	802320	99.966857%	0.007356	0.25
5639	掮	1	0.000125%	802321	99.966982%	0.007356	0.25
5640	撕	1	0.000125%	802322	99.967106%	0.007356	0.25

序號	字種	絕對字頻	相對字頻	累積字頻	累積覆蓋率	均頻倍值	分佈量
5641	鏊	1	0.000125%	802323	99.967231%	0.007356	0.25
5642	鞳	1	0.000125%	802324	99.967356%	0.007356	0.25
5643	沄	1	0.000125%	802325	99.967480%	0.007356	0.25
5644	轒	1	0.000125%	802326	99.967605%	0.007356	0.25
5645	刊	1	0.000125%	802327	99.967729%	0.007356	0.25
5646	頡	1	0.000125%	802328	99.967854%	0.007356	0.25
5647	觔	1	0.000125%	802329	99.967979%	0.007356	0.25
5648	韜	1	0.000125%	802330	99.968103%	0.007356	0.25
5649	磋	1	0.000125%	802331	99.968228%	0.007356	0.25
5650	拮	1	0.000125%	802332	99.968352%	0.007356	0.25
5651	稉	1	0.000125%	802333	99.968477%	0.007356	0.25
5652	坏	1	0.000125%	802334	99.968601%	0.007356	0.25
5653	緳	1	0.000125%	802335	99.968726%	0.007356	0.25
5654	羖	1	0.000125%	802336	99.968851%	0.007356	0.25
5655	噤	1	0.000125%	802337	99.968975%	0.007356	0.25
5656	窒	1	0.000125%	802338	99.969100%	0.007356	0.25
5657	蝘	1	0.000125%	802339	99.969224%	0.007356	0.25
5658	蜓	1	0.000125%	802340	99.969349%	0.007356	0.25
5659	跗	1	0.000125%	802341	99.969474%	0.007356	0.25
5660	骼	1	0.000125%	802342	99.969598%	0.007356	0.25
5661	鎖	1	0.000125%	802343	99.969723%	0.007356	0.25
5662	姰	1	0.000125%	802344	99.969847%	0.007356	0.25
5663	湼	1	0.000125%	802345	99.969972%	0.007356	0.25
5664	阺	1	0.000125%	802346	99.970097%	0.007356	0.25
5665	絣	1	0.000125%	802347	99.970221%	0.007356	0.25
5666	澧	1	0.000125%	802348	99.970346%	0.007356	0.25
5667	攤	1	0.000125%	802349	99.970470%	0.007356	0.25
5668	掜	1	0.000125%	802350	99.970595%	0.007356	0.25
5669	聳	1	0.000125%	802351	99.970720%	0.007356	0.25
5670	摵	1	0.000125%	802352	99.970844%	0.007356	0.25
5671	嶕	1	0.000125%	802353	99.970969%	0.007356	0.25
5672	涥	1	0.000125%	802354	99.971093%	0.007356	0.25
5673	玃	1	0.000125%	802355	99.971218%	0.007356	0.25
5674	倥	1	0.000125%	802356	99.971343%	0.007356	0.25
5675	侗	1	0.000125%	802357	99.971467%	0.007356	0.25

序號	字種	絕對字頻	相對字頻	累積字頻	累積覆蓋率	均頻倍值	分佈量
5676	恩	1	0.000125%	802358	99.971592%	0.007356	0.25
5677	瓵	1	0.000125%	802359	99.971716%	0.007356	0.25
5678	馯	1	0.000125%	802360	99.971841%	0.007356	0.25
5679	摳	1	0.000125%	802361	99.971966%	0.007356	0.25
5680	遏	1	0.000125%	802362	99.972090%	0.007356	0.25
5681	澆	1	0.000125%	802363	99.972215%	0.007356	0.25
5682	撿	1	0.000125%	802364	99.972339%	0.007356	0.25
5683	勑	1	0.000125%	802365	99.972464%	0.007356	0.25
5684	淩	1	0.000125%	802366	99.972589%	0.007356	0.25
5685	芡	1	0.000125%	802367	99.972713%	0.007356	0.25
5686	蘪	1	0.000125%	802368	99.972838%	0.007356	0.25
5687	蘊	1	0.000125%	802369	99.972962%	0.007356	0.25
5688	苼	1	0.000125%	802370	99.973087%	0.007356	0.25
5689	勅	1	0.000125%	802371	99.973212%	0.007356	0.25
5690	楬	1	0.000125%	802372	99.973336%	0.007356	0.25
5691	徯	1	0.000125%	802373	99.973461%	0.007356	0.25
5692	穚	1	0.000125%	802374	99.973585%	0.007356	0.25
5693	嗜	1	0.000125%	802375	99.973710%	0.007356	0.25
5694	巩	1	0.000125%	802376	99.973835%	0.007356	0.25
5695	鮐	1	0.000125%	802377	99.973959%	0.007356	0.25
5696	觜	1	0.000125%	802378	99.974084%	0.007356	0.25
5697	鮄	1	0.000125%	802379	99.974208%	0.007356	0.25
5698	駔	1	0.000125%	802380	99.974333%	0.007356	0.25
5699	儈	1	0.000125%	802381	99.974458%	0.007356	0.25
5700	踆	1	0.000125%	802382	99.974582%	0.007356	0.25
5701	軥	1	0.000125%	802383	99.974707%	0.007356	0.25
5702	耤	1	0.000125%	802384	99.974831%	0.007356	0.25
5703	釃	1	0.000125%	802385	99.974956%	0.007356	0.25
5704	樽	1	0.000125%	802386	99.975081%	0.007356	0.25
5705	飫	1	0.000125%	802387	99.975205%	0.007356	0.25
5706	缾	1	0.000125%	802388	99.975330%	0.007356	0.25
5707	瓶	1	0.000125%	802389	99.975454%	0.007356	0.25
5708	叓	1	0.000125%	802390	99.975579%	0.007356	0.25
5709	礙	1	0.000125%	802391	99.975704%	0.007356	0.25
5710	嘗	1	0.000125%	802392	99.975828%	0.007356	0.25

序號	字種	絕對字頻	相對字頻	累積字頻	累積覆蓋率	均頻倍值	分佈量
5711	昳	1	0.000125%	802393	99.975953%	0.007356	0.25
5712	駿	1	0.000125%	802394	99.976077%	0.007356	0.25
5713	吭	1	0.000125%	802395	99.976202%	0.007356	0.25
5714	噬	1	0.000125%	802396	99.976327%	0.007356	0.25
5715	獂	1	0.000125%	802397	99.976451%	0.007356	0.25
5716	蹛	1	0.000125%	802398	99.976576%	0.007356	0.25
5717	犂	1	0.000125%	802399	99.976700%	0.007356	0.25
5718	隣	1	0.000125%	802400	99.976825%	0.007356	0.25
5719	袍	1	0.000125%	802401	99.976950%	0.007356	0.25
5720	秔	1	0.000125%	802402	99.977074%	0.007356	0.25
5721	蝡	1	0.000125%	802403	99.977199%	0.007356	0.25
5722	殯	1	0.000125%	802404	99.977323%	0.007356	0.25
5723	邀	1	0.000125%	802405	99.977448%	0.007356	0.25
5724	馳	1	0.000125%	802406	99.977572%	0.007356	0.25
5725	鑣	1	0.000125%	802407	99.977697%	0.007356	0.25
5726	蹔	1	0.000125%	802408	99.977822%	0.007356	0.25
5727	護	1	0.000125%	802409	99.977946%	0.007356	0.25
5728	鍐	1	0.000125%	802410	99.978071%	0.007356	0.25
5729	掌	1	0.000125%	802411	99.978195%	0.007356	0.25
5730	剥	1	0.000125%	802412	99.978320%	0.007356	0.25
5731	荕	1	0.000125%	802413	99.978445%	0.007356	0.25
5732	芫	1	0.000125%	802414	99.978569%	0.007356	0.25
5733	苻	1	0.000125%	802415	99.978694%	0.007356	0.25
5734	蠹	1	0.000125%	802416	99.978818%	0.007356	0.25
5735	藁	1	0.000125%	802417	99.978943%	0.007356	0.25
5736	殞	1	0.000125%	802418	99.979068%	0.007356	0.25
5737	槙	1	0.000125%	802419	99.979192%	0.007356	0.25
5738	樫	1	0.000125%	802420	99.979317%	0.007356	0.25
5739	壞	1	0.000125%	802421	99.979441%	0.007356	0.25
5740	餒	1	0.000125%	802422	99.979566%	0.007356	0.25
5741	澡	1	0.000125%	802423	99.979691%	0.007356	0.25
5742	数	1	0.000125%	802424	99.979815%	0.007356	0.25
5743	檣	1	0.000125%	802425	99.979940%	0.007356	0.25
5744	狠	1	0.000125%	802426	99.980064%	0.007356	0.25
5745	芩	1	0.000125%	802427	99.980189%	0.007356	0.25

序號	字種	絕對字頻	相對字頻	累積字頻	累積覆蓋率	均頻倍值	分佈量
5746	嫽	1	0.000125%	802428	99.980314%	0.007356	0.25
5747	竺	1	0.000125%	802429	99.980438%	0.007356	0.25
5748	琦	1	0.000125%	802430	99.980563%	0.007356	0.25
5749	劉	1	0.000125%	802431	99.980687%	0.007356	0.25
5750	嫄	1	0.000125%	802432	99.980812%	0.007356	0.25
5751	檏	1	0.000125%	802433	99.980937%	0.007356	0.25
5752	淚	1	0.000125%	802434	99.981061%	0.007356	0.25
5753	茯	1	0.000125%	802435	99.981186%	0.007356	0.25
5754	躊	1	0.000125%	802436	99.981310%	0.007356	0.25
5755	躇	1	0.000125%	802437	99.981435%	0.007356	0.25
5756	茸	1	0.000125%	802438	99.981560%	0.007356	0.25
5757	喧	1	0.000125%	802439	99.981684%	0.007356	0.25
5758	嫶	1	0.000125%	802440	99.981809%	0.007356	0.25
5759	姸	1	0.000125%	802441	99.981933%	0.007356	0.25
5760	懰	1	0.000125%	802442	99.982058%	0.007356	0.25
5761	糲	1	0.000125%	802443	99.982183%	0.007356	0.25
5762	褭	1	0.000125%	802444	99.982307%	0.007356	0.25
5763	謯	1	0.000125%	802445	99.982432%	0.007356	0.25
5764	扃	1	0.000125%	802446	99.982556%	0.007356	0.25
5765	萿	1	0.000125%	802447	99.982681%	0.007356	0.25
5766	萋	1	0.000125%	802448	99.982806%	0.007356	0.25
5767	櫳	1	0.000125%	802449	99.982930%	0.007356	0.25
5768	縩	1	0.000125%	802450	99.983055%	0.007356	0.25
5769	髤	1	0.000125%	802451	99.983179%	0.007356	0.25
5770	釭	1	0.000125%	802452	99.983304%	0.007356	0.25
5771	瞠	1	0.000125%	802453	99.983429%	0.007356	0.25
5772	宫	1	0.000125%	802454	99.983553%	0.007356	0.25
5773	孋	1	0.000125%	802455	99.983678%	0.007356	0.25
5774	幃	1	0.000125%	802456	99.983802%	0.007356	0.25
5775	嘵	1	0.000125%	802457	99.983927%	0.007356	0.25
5776	酹	1	0.000125%	802458	99.984052%	0.007356	0.25
5777	瘱	1	0.000125%	802459	99.984176%	0.007356	0.25
5778	襐	1	0.000125%	802460	99.984301%	0.007356	0.25
5779	寑	1	0.000125%	802461	99.984425%	0.007356	0.25
5780	銜	1	0.000125%	802462	99.984550%	0.007356	0.25

序號	字種	絕對字頻	相對字頻	累積字頻	累積覆蓋率	均頻倍值	分佈量
5781	蓂	1	0.000125%	802463	99.984675%	0.007356	0.25
5782	闉	1	0.000125%	802464	99.984799%	0.007356	0.25
5783	菇	1	0.000125%	802465	99.984924%	0.007356	0.25
5784	摽	1	0.000125%	802466	99.985048%	0.007356	0.25
5785	怍	1	0.000125%	802467	99.985173%	0.007356	0.25
5786	骨	1	0.000125%	802468	99.985298%	0.007356	0.25
5787	琫	1	0.000125%	802469	99.985422%	0.007356	0.25
5788	泌	1	0.000125%	802470	99.985547%	0.007356	0.25
5789	卣	1	0.000125%	802471	99.985671%	0.007356	0.25
5790	璽	1	0.000125%	802472	99.985796%	0.007356	0.25
5791	圓	1	0.000125%	802473	99.985921%	0.007356	0.25
5792	鍾	1	0.000125%	802474	99.986045%	0.007356	0.25
5793	幻	1	0.000125%	802475	99.986170%	0.007356	0.25
5794	旛	1	0.000125%	802476	99.986294%	0.007356	0.25
5795	銓	1	0.000125%	802477	99.986419%	0.007356	0.25
5796	厷	1	0.000125%	802478	99.986543%	0.007356	0.25
5797	驚	1	0.000125%	802479	99.986668%	0.007356	0.25
5798	捶	1	0.000125%	802480	99.986793%	0.007356	0.25
5799	頤	1	0.000125%	802481	99.986917%	0.007356	0.25
5800	嘶	1	0.000125%	802482	99.987042%	0.007356	0.25
5801	腋	1	0.000125%	802483	99.987166%	0.007356	0.25
5802	璇	1	0.000125%	802484	99.987291%	0.007356	0.25
5803	倔	1	0.000125%	802485	99.987416%	0.007356	0.25
5804	薅	1	0.000125%	802486	99.987540%	0.007356	0.25
5805	緵	1	0.000125%	802487	99.987665%	0.007356	0.25
5806	党	1	0.000125%	802488	99.987789%	0.007356	0.25
5807	剀	1	0.000125%	802489	99.987914%	0.007356	0.25
5808	筳	1	0.000125%	802490	99.988039%	0.007356	0.25
5809	抄	1	0.000125%	802491	99.988163%	0.007356	0.25
5810	皃	1	0.000125%	802492	99.988288%	0.007356	0.25
5811	很	1	0.000125%	802493	99.988412%	0.007356	0.25
5812	縟	1	0.000125%	802494	99.988537%	0.007356	0.25
5813	憶	1	0.000125%	802495	99.988662%	0.007356	0.25
5814	揚	1	0.000125%	802496	99.988786%	0.007356	0.25
5815	荊	1	0.000125%	802497	99.988911%	0.007356	0.25

序號	字種	絕對字頻	相對字頻	累積字頻	累積覆蓋率	均頻倍值	分佈量
5816	瑤	1	0.000125%	802498	99.989035%	0.007356	0.25
5817	頓	1	0.000125%	802499	99.989160%	0.007356	0.25
5818	攉	1	0.000125%	802500	99.989285%	0.007356	0.25
5819	飪	1	0.000125%	802501	99.989409%	0.007356	0.25
5820	韄	1	0.000125%	802502	99.989534%	0.007356	0.25
5821	鰒	1	0.000125%	802503	99.989658%	0.007356	0.25
5822	憑	1	0.000125%	802504	99.989783%	0.007356	0.25
5823	鸜	1	0.000125%	802505	99.989908%	0.007356	0.25
5824	飧	1	0.000125%	802506	99.990032%	0.007356	0.25
5825	杙	1	0.000125%	802507	99.990157%	0.007356	0.25
5826	欑	1	0.000125%	802508	99.990281%	0.007356	0.25
5827	薈	1	0.000125%	802509	99.990406%	0.007356	0.25
5828	值	1	0.000125%	802510	99.990531%	0.007356	0.25
5829	絓	1	0.000125%	802511	99.990655%	0.007356	0.25
5830	麑	1	0.000125%	802512	99.990780%	0.007356	0.25
5831	絆	1	0.000125%	802513	99.990904%	0.007356	0.25
5832	韁	1	0.000125%	802514	99.991029%	0.007356	0.25
5833	躅	1	0.000125%	802515	99.991154%	0.007356	0.25
5834	曜	1	0.000125%	802516	99.991278%	0.007356	0.25
5835	裋	1	0.000125%	802517	99.991403%	0.007356	0.25
5836	褻	1	0.000125%	802518	99.991527%	0.007356	0.25
5837	幺	1	0.000125%	802519	99.991652%	0.007356	0.25
5838	膺	1	0.000125%	802520	99.991777%	0.007356	0.25
5839	窾	1	0.000125%	802521	99.991901%	0.007356	0.25
5840	餗	1	0.000125%	802522	99.992026%	0.007356	0.25
5841	揮	1	0.000125%	802523	99.992150%	0.007356	0.25
5842	凱	1	0.000125%	802524	99.992275%	0.007356	0.25
5843	蛻	1	0.000125%	802525	99.992400%	0.007356	0.25
5844	貽	1	0.000125%	802526	99.992524%	0.007356	0.25
5845	愇	1	0.000125%	802527	99.992649%	0.007356	0.25
5846	昕	1	0.000125%	802528	99.992773%	0.007356	0.25
5847	焖	1	0.000125%	802529	99.992898%	0.007356	0.25
5848	竚	1	0.000125%	802530	99.993023%	0.007356	0.25
5849	蠡	1	0.000125%	802531	99.993147%	0.007356	0.25
5850	脢	1	0.000125%	802532	99.993272%	0.007356	0.25

序號	字種	絕對字頻	相對字頻	累積字頻	累積覆蓋率	均頻倍值	分佈量
5851	襮	1	0.000125%	802533	99.993396%	0.007356	0.25
5852	畂	1	0.000125%	802534	99.993521%	0.007356	0.25
5853	葩	1	0.000125%	802535	99.993646%	0.007356	0.25
5854	网	1	0.000125%	802536	99.993770%	0.007356	0.25
5855	蛃	1	0.000125%	802537	99.993895%	0.007356	0.25
5856	芉	1	0.000125%	802538	99.994019%	0.007356	0.25
5857	夐	1	0.000125%	802539	99.994144%	0.007356	0.25
5858	聆	1	0.000125%	802540	99.994269%	0.007356	0.25
5859	呱	1	0.000125%	802541	99.994393%	0.007356	0.25
5860	輶	1	0.000125%	802542	99.994518%	0.007356	0.25
5861	晧	1	0.000125%	802543	99.994642%	0.007356	0.25
5862	猿	1	0.000125%	802544	99.994767%	0.007356	0.25
5863	誼	1	0.000125%	802545	99.994892%	0.007356	0.25
5864	轡	1	0.000125%	802546	99.995016%	0.007356	0.25
5865	擒	1	0.000125%	802547	99.995141%	0.007356	0.25
5866	闞	1	0.000125%	802548	99.995265%	0.007356	0.25
5867	煜	1	0.000125%	802549	99.995390%	0.007356	0.25
5868	搦	1	0.000125%	802550	99.995514%	0.007356	0.25
5869	啾	1	0.000125%	802551	99.995639%	0.007356	0.25
5870	芰	1	0.000125%	802552	99.995764%	0.007356	0.25
5871	氿	1	0.000125%	802553	99.995888%	0.007356	0.25
5872	韞	1	0.000125%	802554	99.996013%	0.007356	0.25
5873	蜯	1	0.000125%	802555	99.996137%	0.007356	0.25
5874	眡	1	0.000125%	802556	99.996262%	0.007356	0.25
5875	躆	1	0.000125%	802557	99.996387%	0.007356	0.25
5876	譸	1	0.000125%	802558	99.996511%	0.007356	0.25
5877	燀	1	0.000125%	802559	99.996636%	0.007356	0.25
5878	闍	1	0.000125%	802560	99.996760%	0.007356	0.25
5879	璋	1	0.000125%	802561	99.996885%	0.007356	0.25
5880	剭	1	0.000125%	802562	99.997010%	0.007356	0.25
5881	孌	1	0.000125%	802563	99.997134%	0.007356	0.25
5882	韙	1	0.000125%	802564	99.997259%	0.007356	0.25
5883	秒	1	0.000125%	802565	99.997383%	0.007356	0.25
5884	吴	1	0.000125%	802566	99.997508%	0.007356	0.25
5885	剡	1	0.000125%	802567	99.997633%	0.007356	0.25

序號	字種	絕對字頻	相對字頻	累積字頻	累積覆蓋率	均頻倍值	分佈量
5886	誌	1	0.000125%	802568	99.997757%	0.007356	0.25
5887	刪	1	0.000125%	802569	99.997882%	0.007356	0.25
5888	攜	1	0.000125%	802570	99.998006%	0.007356	0.25
5889	枋	1	0.000125%	802571	99.998131%	0.007356	0.25
5890	閑	1	0.000125%	802572	99.998256%	0.007356	0.25
5891	擒	1	0.000125%	802573	99.998380%	0.007356	0.25
5892	訬	1	0.000125%	802574	99.998505%	0.007356	0.25
5893	薺	1	0.000125%	802575	99.998629%	0.007356	0.25
5894	紜	1	0.000125%	802576	99.998754%	0.007356	0.25
5895	豔	1	0.000125%	802577	99.998879%	0.007356	0.25
5896	蔚	1	0.000125%	802578	99.999003%	0.007356	0.25
5897	禄	1	0.000125%	802579	99.999128%	0.007356	0.25
5898	娛	1	0.000125%	802580	99.999252%	0.007356	0.25
5899	緇	1	0.000125%	802581	99.999377%	0.007356	0.25
5900	彥	1	0.000125%	802582	99.999502%	0.007356	0.25
5901	縶	1	0.000125%	802583	99.999626%	0.007356	0.25
5902	躓	1	0.000125%	802584	99.999751%	0.007356	0.25
5903	蓀	1	0.000125%	802585	99.999875%	0.007356	0.25
5904	禑	1	0.000125%	802586	100.000000%	0.007356	0.25

《漢書》字種筆劃索引

一畫		刁	265	也	161	尸	202	四畫	
字種/頁碼		力	173	于	164	尐	211	气	297
一	162	匕	254	亡	164	山	164	不	161
乙	177	十	161	凡	173	巛	261	丐	297
		卜	193	刃	208	川	175	丏	318
二畫		又	165	勺	238	工	191	丑	184
丁	173			千	163	己	178	中	162
七	164	三畫		口	174	已	167	丹	180
乂	244	幺	328	土	173	巳	184	为	234
乃	163	万	295	士	165	巾	289	之	161
九	164	丈	190	夕	196	干	194	书	279
了	283	三	162	大	161	幺	266	予	178
二	161	上	162	女	168	广	279	云	173
人	161	下	162	子	161	弋	203	互	237
入	163	个	286	孑	279	弓	197	五	162
八	164	丸	237	寸	194	彡	318	井	186
几	225	久	172	小	169	才	245	亢	208
刀	195	乞	198						

什	199	厄	256	戈	217	瓦	214	凷	298
仁	175	厷	327	戶	166			出	163
仄	214	厶	286	手	194	**五畫**		刊	323
仆	223	厸	304	支	184	冊	255	刋	294
仇	201	及	163	文	164	且	169	功	166
今	164	友	190	斗	192	丕	250	加	174
介	195	反	167	斤	186	世	164	勾	242
仍	209	乜	307	方	165	丘	177	包	216
允	211	壬	182	无	277	丙	176	北	165
元	162	天	162	日	163	东	267	匜	266
內	181	太	162	曰	161	主	166	卉	259
公	162	夫	162	月	162	乍	223	半	189
六	162	夬	281	木	178	乎	169	占	186
兮	171	夭	205	欠	318	乏	194	卯	227
内	167	孔	174	止	175	仕	205	卮	297
冗	248	少	166	冊	175	他	206	卯	182
尤	322	尢	183	比	175	仗	307	厉	268
凶	189	尹	177	毛	199	付	215	去	167
分	168	尺	188	氏	165	仙	254	古	171
切	194	屯	181	气	297	仞	245	句	194
勾	300	巴	198	水	165	仟	235	叩	209
勿	179	市	207	火	176	仡	257	叫	254
化	176	帀	289	爪	221	代	169	召	171
匹	189	幻	327	父	166	令	163	可	163
卅	218	廿	213	爻	234	以	161	台	218
升	213	开	223	牙	197	兄	174	叱	230
午	181	弔	209	牛	179	冉	227	史	164
卞	239	引	175	犬	204	冊	214	右	167
印	196	心	167	王	161	冬	175	司	165
						尻	291		

囚	199	扔	296	目	189	仿	256	劣	281
四	162	斥	200	矛	238	企	273	匈	166
外	167	旦	181	矢	198	仔	201	匠	216
央	191	未	165	石	166	役	284	匡	189
失	168	末	184	示	195	仇	220	印	180
奴	165	本	171	禾	214	伊	191	危	178
孕	252	札	221	穴	215	伋	229	吁	272
宂	287	正	165	立	163	伍	199	吃	259
它	186	母	170	艾	208	伎	288	各	170
尢	269	氏	205	节	229	伏	175	合	171
尻	266	民	163	邔	280	伐	177	吉	175
尼	206	永	176	邢	260	休	181	同	169
左	166	氾	219	邘	315	充	178	名	166
巧	195	氻	329	邝	211	兆	180	后	163
巨	220	汁	269	阡	253	兇	267	吏	164
市	178	犯	181	阤	265	先	166	吐	223
布	172	玄	174	龙	279	光	165	向	178
平	163	玉	184	母	264	全	190	回	200
幼	191	瓜	228	目	271	共	169	因	167
庀	296	甘	177			关	282	在	164
弁	230	生	165	**六畫**		再	188	圬	309
弗	182	用	165	角	187	冰	211	圭	218
弘	177	田	167	丞	165	冲	268	妃	273
必	168	由	178	亘	295	刕	243	圯	273
戊	245	甲	173	交	181	刑	174	地	164
戊	181	申	175	亥	186	刓	306	夙	204
厇	237	疋	239	亦	166	刖	262	多	167
扐	264	白	169	仰	201	列	170	夷	170
扑	266	皮	201	仲	176	刚	295	夸	226
				任	172				

奸	224	托	230	江	172	臼	250	阮	294
好	173	扛	268	池	189	舌	216	阯	240
如	164	扞	250	污	265	舛	258	阱	268
妃	200	扜	222	汲	208	舟	213	防	199
妄	193	扢	299	灰	254	艮	318	阳	266
字	180	扤	312	牝	235	色	180	齐	236
存	186	收	177	牟	207	芋	274	吴	300
孙	226	旨	240	犴	287	芍	293		
宅	197	早	206	玓	309	芒	210	**七畫**	
宇	200	叶	301	甪	290	芊	287		
守	165	旬	204	百	162	芝	232	两	295
安	163	旭	254	祁	204	血	197	亨	211
寺	214	曲	181	竹	203	行	163	伯	171
岐	322	曳	229	米	214	衣	173	伶	304
岌	292	有	161	缶	243	西	164	伸	252
州	172	朱	180	网	329	迁	238	伺	235
巡	198	朴	238	羊	182	迄	250	伻	306
年	161	杕	263	羽	172	迅	271	似	208
开	277	朽	220	老	173	池	303	伾	292
并	254	杀	279	考	180	邦	303	佁	314
延	170	次	175	而	161	邧	318	佃	308
廷	172	此	164	耒	236	那	299	但	199
式	193	死	164	耳	172	邢	238	位	166
弛	221	汎	260	聿	264	那	255	低	238
忖	262	汗	215	肉	185	邦	220	住	244
戍	188	汙	201	肌	234	邪	170	佐	190
戌	200	污	278	臣	162	阤	271	佑	237
戎	186	氾	265	自	162	阪	225	佔	293
成	164	汝	192	至	162	阬	218	何	165
								必	322
								佗	200

余	209	却	270	坎	231	岑	210	抄	327
佚	222	卵	236	坏	323	岠	287	扠	319
佛	263	底	236	坐	166	岊	238	抉	319
作	167	君	164	坑	287	希	208	把	255
佞	202	吝	302	壯	188	庇	263	抗	268
佟	292	吞	221	夾	216	床	294	抑	203
克	193	吟	259	妍	326	序	185	抒	316
兌	283	吠	243	妒	215	弃	295	抔	308
免	166	否	220	妖	193	弄	212	投	207
兑	255	含	230	妙	252	弟	167	抗	218
兒	261	听	310	晏	297	形	188	折	189
兵	163	吮	325	姒	258	彤	271	拒	262
冶	216	吳	171	妌	226	役	196	攸	241
冷	296	吳	329	妥	315	忌	191	改	177
初	168	吸	234	妨	224	忍	191	攻	173
刪	242	吹	224	姊	194	忒	276	旰	278
判	258	吻	271	姒	226	志	184	旱	188
別	187	吽	285	孚	263	忘	189	旴	295
利	171	吾	169	孛	199	忭	225	更	169
刪	330	呀	311	孜	258	快	210	杆	227
別	201	呂	172	孝	164	忮	256	杆	280
助	182	告	172	宋	179	忻	279	李	176
努	282	呐	267	完	202	忼	244	杏	278
劫	199	困	186	宏	202	我	170	材	178
劬	285	坼	294	寿	245	戒	181	杓	224
劭	294	坂	306	尨	253	扶	185	杕	303
匣	287	均	202	尾	202	批	279	杖	209
卣	327	坊	295	局	283	扼	309	杙	309
即	231	坌	314	岐	220	技	206	杜	180

杞	255	沙	187	私	176	角	280	里	167
束	206	沛	174	禿	291	言	162	间	229
杠	245	没	194	究	207	谷	179	阮	207
步	189	泛	229	系	242	豆	225	陆	263
每	191	沸	227	罕	230	豕	215	阺	323
毒	255	灼	238	芊	329	豸	290	阻	205
求	171	災	174	羌	183	貝	214	阼	269
汧	232	牡	211	肖	211	赤	184	阽	289
汩	235	牢	203	肜	253	走	178	阿	188
汪	286	犺	251	肝	236	足	169	陁	272
汭	253	狂	196	良	172	身	171	陂	211
汶	231	狃	274	芉	279	車	166	附	185
決	180	狄	189	芟	329	辛	181	陥	296
汾	201	玕	303	芠	324	辰	177		
沁	268	玑	324	芥	268	迎	183	**八畫**	
沂	231	甫	211	芧	312	近	174	並	174
沃	217	甬	231	芩	325	返	262	乖	211
沄	323	男	179	芬	234	迕	250	乳	219
沅	229	甸	251	芭	293	邑	168	事	162
沆	259	町	226	芮	211	邭	297	亞	195
沈	255	疕	296	芰	319	邯	184	亟	211
沉	205	皁	255	芳	226	邰	306	享	199
沌	296	皀	319	芴	312	邲	302	京	171
沐	203	兒	327	芷	262	邳	209	佩	207
沒	231	盯	317	芸	268	郍	247	個	276
沔	224	矣	165	芾	318	邵	256	伴	317
沕	266	社	185	芛	298	邶	249	佰	243
沖	283	祀	179	虬	314	邸	201	佳	256
沘	270	秀	246	見	163	酉	181	很	272
								侊	313

佺	285	刿	327	命	169	妹	225	岩	318
佻	299	制	170	咀	273	姝	273	崃	309
佼	269	刷	273	呭	267	妻	177	岭	321
伙	246	券	281	呲	312	妾	189	岱	221
佾	251	刺	182	咋	317	姁	248	岳	237
使	162	刻	192	和	171	始	165	岷	256
侃	317	効	251	咎	182	姍	291	岸	228
來	169	劰	189	咏	235	姐	280	巫	191
侈	199	卑	188	囷	289	姑	194	帑	230
例	257	卒	167	囹	235	姓	171	帚	291
侍	171	卓	214	固	177	委	196	帛	186
侏	313	協	211	坤	224	姗	255	并	178
侔	228	卦	205	坦	307	孟	182	幸	169
侖	225	卷	175	块	307	季	180	底	218
侗	323	卹	229	坷	322	孤	189	庖	251
徇	300	厓	220	坻	279	孥	287	庚	188
供	210	厔	243	坼	301	宓	237	府	172
依	195	叀	324	坿	309	宕	277	廢	266
兒	186	叔	179	垂	192	宗	167	建	167
兔	256	取	171	夌	304	官	164	廼	229
兩	173	周	165	夜	174	宙	276	弢	305
其	161	呫	308	奄	222	定	165	弦	210
具	178	呱	329	爾	280	宛	183	弧	228
典	185	味	216	奇	183	宜	168	弩	195
冽	269	呴	316	奈	202	尚	171	彼	191
净	317	呵	242	奉	168	居	166	往	172
函	207	呷	310	奔	195	屈	196	征	187
刮	281	呋	320	妰	246	岡	316	徂	240
到	193	呼	185	姐	272	岨	285	忝	275

忠	174	抶	276	昏	204	柜	303	泔	321
念	192	押	286	昒	288	欣	208	法	166
忽	195	抽	299	易	168	欥	329	泗	199
忿	216	拈	322	昔	183	武	164	泜	248
怍	327	拂	226	昕	328	距	293	泝	294
快	279	挂	288	咠	251	殁	302	泠	225
怕	280	拉	289	朋	203	𣥂	313	泡	305
怖	237	拊	215	服	170	氛	252	波	201
怗	239	拑	308	杪	288	沓	256	泣	190
怛	234	拓	290	杭	271	沫	261	泥	218
怡	291	拔	191	杯	242	沬	245	注	209
性	186	拕	254	東	163	沭	303	泫	293
怪	191	拖	285	杲	306	沮	206	泮	254
怫	308	拘	208	杳	234	沱	239	泯	253
怯	221	拙	257	杵	246	河	166	泆	255
悅	266	招	191	杻	302	渗	216	泳	279
怵	236	放	183	杷	286	泲	296	澤	296
戕	302	斧	211	杼	239	沸	223	炊	242
或	170	於	162	松	219	油	270	炎	207
戾	204	旻	302	板	279	治	165	炔	269
房	177	旼	277	枇	312	沼	248	炕	222
所	162	昂	301	枉	213	沽	256	炘	293
承	176	昃	270	枌	270	沾	252	炙	259
抨	320	昄	297	析	209	況	186	爭	177
拚	274	昆	177	枕	217	泄	201	牀	224
披	223	昈	322	林	178	洗	291	版	252
抱	208	昊	209	枚	205	泊	249	牧	185
抳	314	昌	170	果	189	泌	310	物	172
抵	196	明	164	枝	214	泓	271	狀	187

狋	261	役	260	苟	198	述	185	挭	288
狔	261	秄	299	苞	250	邦	232	狮	272
狐	203	秅	252	苟	194	邾	213	罕	213
狄	281	秉	194	若	170	郁	208	郵	283
狗	197	穹	230	苦	183	郘	270	陕	304
狙	266	空	179	英	202	郯	273		
玡	317	竺	326	苴	235	郅	192	**九畫**	
玢	312	糾	237	苻	325	郇	271	亭	179
玦	256	绍	264	茀	237	邱	279	亮	253
玩	239	罔	193	茂	184	郊	180	侮	225
玫	293	者	161	范	195	郎	169	侯	161
甽	245	耶	253	茄	319	郕	302	侵	184
甾	233	股	209	茅	212	采	188	便	180
眈	282	肥	200	茆	298	金	167	係	212
畀	251	肩	228	茇	292	長	163	促	242
建	279	肯	185	茌	324	門	168	俄	260
疢	281	肱	216	虎	186	阜	222	俅	283
疝	305	育	196	虯	274	陋	214	俊	203
的	251	肴	243	表	190	陌	249	俎	234
盂	244	胖	248	袘	310	降	170	俗	177
盰	226	胗	280	质	261	限	223	俚	255
盲	253	肺	247	贬	234	陁	315	俛	240
直	173	肺	259	軋	238	陜	270	保	181
知	165	臥	199	泄	285	雨	178	俞	217
矻	283	臾	217	迥	307	青	178	俟	237
祅	230	舍	176	迨	281	青	219	俠	202
祇	215	苑	196	迪	254	非	166	信	166
祈	217	苓	288	迫	197	弤	242	俅	321
祉	220	苗	210	迭	214	弢	297	修	176
								兗	222

冒	195	眜	262	姞	281	帥	191	恢	195
冠	179	呴	287	姣	316	幽	187	恤	215
剄	224	咲	257	姦	176	庀	297	恨	192
則	163	咳	318	姧	306	庠	229	恪	265
削	193	姚	255	姪	286	庛	298	恬	208
刺	213	咸	173	姹	309	度	169	扁	233
前	167	咺	282	姻	226	庭	187	扃	326
勁	227	咽	254	姱	287	弈	255	拜	174
勃	182	哀	170	姿	266	弭	265	括	238
勑	324	品	207	娀	286	眷	315	拭	278
勇	190	哆	315	威	172	象	264	拮	323
勉	207	哉	175	娃	319	彥	330	拯	314
匍	277	囿	208	孩	288	彪	234	拱	227
匽	254	垓	237	客	174	待	179	拾	217
南	163	坱	301	宣	168	徇	210	持	175
卻	200	塊	303	室	171	很	327	挂	316
卽	166	垠	239	宥	259	徊	249	指	181
厖	315	垢	265	宦	197	律	180	按	202
庠	304	垣	201	宪	295	後	162	挍	268
厚	175	城	165	宮	326	怒	175	桐	281
受	167	埏	315	封	163	思	174	挑	227
叚	304	堥	307	屋	196	怠	206	挺	240
叛	204	奎	226	屍	247	急	178	挻	288
㝏	296	奏	167	峀	321	怨	177	政	170
呰	319	奐	282	岂	277	忽	288	故	162
咢	262	契	224	岴	321	恂	230	斫	243
咤	317	奕	261	差	191	恃	222	施	180
咨	228	姚	219	巷	208	恆	210	斿	225
㕙	242	姜	219	帝	162	恒	297	既	274

易	272	柏	198	泉	176	炫	271	疫	213
星	169	某	224	洈	293	炭	232	癸	180
春	168	柑	301	洋	219	炮	244	癹	313
昧	202	染	263	洦	248	炰	317	皆	162
昨	262	柔	208	洒	232	炳	243	皇	164
昫	304	柗	304	涷	269	爲	166	盃	282
昬	273	柘	234	洗	217	爰	198	盆	255
昭	169	柙	277	洙	271	牁	290	盈	196
是	162	柚	272	洚	305	牲	209	相	162
昱	295	柞	247	洛	204	狠	325	盾	215
昳	325	柟	310	洞	232	狡	228	省	181
昴	224	柢	273	津	209	狦	272	眂	329
昵	279	柤	297	洧	254	猁	306	眄	266
曷	224	柩	243	洨	252	狩	188	眇	208
胐	275	柬	280	洪	201	狿	322	眉	215
胸	211	柯	215	洫	261	玲	320	眊	228
枯	212	柰	208	洭	278	玷	292	矜	213
枰	313	柱	198	洮	229	珉	293	矧	291
枲	269	柳	202	洱	303	珊	270	矩	232
枳	251	柷	298	洲	263	珌	327	砂	305
枵	252	柸	308	泇	316	珍	205	研	264
枸	270	柿	312	洶	267	瓴	299	祐	218
枹	235	殃	210	洹	305	甚	168	袚	245
柵	310	殄	220	活	218	界	194	祕	208
柸	330	殆	199	洼	263	畎	241	祖	168
柄	214	段	224	洽	207	畏	185	祗	219
柂	273	毒	200	洿	242	疢	308	祚	215
柍	320	毖	319	済	295	疥	258	祛	264
柎	267	毗	256	涎	252	疵	309	祜	253

祝	188	羗	293	茌	269	祇	288	郖	246
神	170	狂	320	葵	253	衽	249	鄁	282
祠	172	羿	271	兹	180	衿	257	郝	256
禹	174	耇	251	茵	264	袀	275	郯	248
禺	221	奊	248	茸	246	袂	289	郡	164
秋	168	耏	258	茹	239	要	186	郢	207
种	277	耐	223	芜	325	訇	311	郤	228
秏	234	耑	259	荀	235	計	172	酋	240
科	211	胂	310	荃	308	貞	200	重	168
秒	329	胃	233	荄	285	負	187	鉅	236
秔	267	胄	231	苔	287	貳	315	阁	295
秬	262	胈	314	荆	327	赴	246	陓	307
秭	303	背	184	草	184	赳	214	陘	220
穽	315	胎	254	荊	194	軌	203	陛	169
穿	197	胙	272	荏	278	軍	162	陜	304
突	217	胝	291	荐	268	迴	261	陝	239
竿	254	胞	261	荒	196	迷	216	陟	225
竿	251	胅	280	荔	247	迹	193	陣	260
紀	178	胡	173	莒	215	迺	268	除	174
紆	201	胤	265	莛	316	追	182	面	187
紃	297	胥	193	虐	202	迾	281	革	197
約	180	舀	269	虵	287	退	183	韋	200
紅	203	舡	305	虷	317	送	183	韭	268
紆	235	屮	274	虹	239	适	282	音	186
紇	297	芘	283	虺	276	逃	203	項	294
紈	255	苟	273	蚤	204	逢	283	風	170
級	185	茜	284	衍	192	逆	175	飛	191
罘	227	茨	279	衏	249	迥	280	食	165
美	179	茫	291	衯	285	郗	297	首	172

香	247	倢	199	剝	325	姬	184	師	166
骨	185	值	243	勑	283	娑	275	帬	307
鬼	190	倥	323	勅	324	姆	284	席	201
乘	170	倦	220	務	184	娷	289	座	258
屑	294	倨	237	匪	217	娛	219	庫	198
毗	310	倩	230	匿	193	娟	290	庬	296
枲	303	倪	294	髙	250	娠	267	弱	183
		倫	201	卿	168	娣	218	徐	186
十畫		倭	284	厝	253	娥	244	徑	202
		值	328	原	174	娩	296	徒	175
骨	327	健	231	叟	255	娭	253	恁	279
毫	234	党	327	員	194	娯	330	恐	171
俯	233	兼	190	哥	267	孫	164	恕	233
俱	177	莃	279	哭	201	宮	167	恙	238
俳	234	冡	192	哲	229	宰	188	恚	229
俶	249	冤	199	哺	245	害	174	恋	199
俾	230	冥	204	哈	282	宴	210	恥	198
倂	252	凄	265	脣	256	宵	250	悪	259
倅	317	凋	258	唊	260	家	164	恩	177
倈	259	凌	232	唏	318	容	180	恭	184
倉	187	凍	229	唐	184	射	179	息	180
倍	204	剔	298	圂	291	將	162	悄	284
倏	294	剖	215	圃	232	屔	307	悃	283
倒	229	剗	329	圉	229	屑	248	悄	283
倔	327	剛	197	埃	272	展	230	悅	278
倕	320	剝	232	埋	220	峨	285	悌	241
候	185	剖	321	埒	254	峚	274	悍	215
倚	208	剟	307	夏	168	峭	316	悔	200
個	317	剡	271	奚	210	峻	230	悖	215
借	224								
倡	207								

悛	290	時	163	桃	209	浪	230	猳	306
悝	251	晉	176	案	189	浿	304	狷	264
悟	257	晏	193	桉	239	浮	196	狸	318
扃	297	晚	213	桎	267	浯	303	狹	249
扇	257	晛	306	桐	217	浰	310	狼	202
挐	286	晝	204	桑	190	浴	256	狝	290
拳	235	書	164	桓	179	海	168	珠	198
挈	244	胸	291	桯	316	浸	214	珥	259
挈	257	胱	244	條	188	浹	254	珪	265
挫	241	朔	171	梢	259	湏	241	班	206
振	191	朕	171	梧	218	涂	255	瓶	324
挹	319	朗	303	梨	263	涅	249	畔	190
挾	203	柴	220	欬	301	涇	211	留	173
捃	305	枸	261	殉	265	消	212	畚	301
捄	243	栖	288	殊	193	涉	184	畛	295
捉	316	栗	198	殷	179	涊	319	畜	182
捎	272	栘	258	殺	165	涌	222	畝	212
捐	200	栝	302	毣	291	涒	301	畢	188
捕	178	栞	291	氣	173	涓	214	疲	307
效	184	校	175	泰	176	涕	197	疢	318
敳	187	栢	297	流	173	㳠	264	疽	282
料	240	栩	275	浙	269	烈	195	疾	174
旁	185	株	240	浚	219	烏	174	病	170
旂	245	核	258	浞	226	烑	294	皋	192
旆	223	根	189	㳄	286	威	276	益	169
旄	219	栻	328	浡	323	烝	239	盍	248
旅	199	格	207	浥	310	牂	214	盎	190
施	299	桀	182	浦	209	牸	299	際	317
晁	276	桂	212	浩	219	特	192	盋	284

脊	294	窑	232	耘	240	莎	213	袘	313
眙	266	窬	292	聑	320	莖	232	袨	308
眚	222	竮	328	耽	250	莘	281	袪	289
眛	251	笑	193	耿	224	莝	318	被	177
眜	238	粉	291	胲	267	莞	253	訊	223
眞	190	納	191	胶	278	莠	287	討	201
眞	234	紐	275	胷	310	莢	287	許	237
眠	252	純	208	胸	248	莨	309	訓	211
眩	230	紗	307	能	164	莩	271	訕	273
砢	281	紘	258	脂	244	莫	170	訖	210
砥	266	紛	199	脃	299	莽	163	託	195
硌	261	紜	330	脅	205	華	185	記	185
砰	248	紕	300	脆	281	虓	235	豈	180
破	171	素	180	脈	252	虖	275	豹	197
祟	290	紡	245	脊	276	虜	252	豺	241
紫	321	索	202	脩	200	蚋	308	豻	286
翎	260	缺	206	臭	264	蚤	297	財	179
祥	191	罝	266	致	174	蚡	193	貢	185
桃	275	罟	298	舩	236	蚩	229	貣	241
袷	245	羔	242	般	223	衰	183	貤	272
秘	283	殺	323	芻	227	衷	247	起	167
租	195	羞	209	茝	298	衾	239	躬	184
秫	253	翁	187	茯	326	袁	254	軑	258
秦	165	狨	299	荷	232	袍	325	軒	220
秩	185	翅	319	荻	296	袑	319	靭	322
秕	325	耄	290	茶	205	祖	219	辱	190
窅	298	耆	193	茳	263	袖	298	通	222
窈	256	耕	195	莊	209	袛	308	逌	236
窊	298	耗	218	莋	220	袟	303	遒	293

逐	182	釜	269	偓	285	啄	246	奢	191
逑	321	陪	227	偕	235	商	174	嫩	271
途	285	陬	222	偟	310	牾	282	娶	224
逖	271	陭	303	偪	250	問	168	娾	305
逗	275	陰	168	偫	258	啓	232	娸	274
通	168	陲	317	偭	307	啖	275	嫠	200
逝	222	陳	167	側	208	啗	258	婆	280
逞	273	陵	166	偶	238	啓	238	婉	252
速	222	陶	181	偷	231	圈	237	斐	289
造	187	陷	193	兜	225	圉	210	婕	236
逡	223	陸	190	冕	231	國	162	婚	212
逢	194	陼	266	凰	262	垔	314	婢	193
連	178	隼	245	剧	329	域	187	婦	184
邕	278	隻	317	副	199	堄	321	婼	236
部	181	飢	189	勒	203	埤	249	娟	281
郰	269	馬	165	動	176	埴	302	孰	190
郯	272	高	164	勗	248	埶	284	宿	184
郭	186	邕	241	匏	263	執	175	寂	246
郲	225	鬲	220	匐	277	培	283	寄	200
郴	318	崌	320	甄	302	基	207	寅	184
郴	264	統	308	區	201	埼	278	密	193
郵	213			厢	284	埽	229	寇	187
都	164	**十一畫**		參	177	堀	273	專	184
酌	238	乾	205	唸	276	堂	181	尉	163
配	195	偃	187	唯	176	堅	192	扁	304
酎	190	假	186	唱	258	堆	246	屏	207
酒	173	偈	275	唵	274	堇	297	屠	187
釗	297	偉	223	唾	281	堊	309	崇	183
釘	295	偶	316	啁	316	堵	245	崒	261
		偏	206						

崎	274	強	221	悇	303	推	182	曹	178
嶠	261	弼	320	戚	182	掩	212	曼	204
崑	293	彗	206	戛	303	措	244	腌	309
崔	218	彫	230	屣	229	捯	297	望	170
崖	242	彬	244	掤	291	捷	266	桹	320
崘	303	得	162	掆	317	敍	230	梧	284
崟	314	徘	258	据	289	教	175	桷	289
崛	311	徙	171	捲	304	敏	212	桹	295
崝	322	從	164	捶	327	救	182	桼	253
崞	278	徠	229	捷	216	敕	199	梁	169
崟	292	悉	188	捽	248	敗	172	梅	222
崢	259	悲	227	掃	235	敘	245	梏	267
崒	311	愁	318	掇	271	教	243	梓	223
崤	287	悠	266	授	183	敩	301	梗	303
崧	318	患	183	掉	241	敝	199	梟	220
崩	175	恩	324	培	288	敢	171	樗	293
崒	267	悰	315	掍	278	斛	211	桐	305
巢	210	悵	268	掎	286	斜	226	械	213
帳	219	悸	281	排	212	斬	173	梱	318
帶	196	悼	186	披	192	臂	298	梲	238
帷	206	悽	247	掘	213	旋	215	棻	246
常	166	情	188	掅	323	旌	219	欲	163
庫	302	悙	231	掞	298	族	182	歊	246
庶	174	惓	248	掠	214	旣	169	毫	288
康	173	惕	240	採	266	晡	243	涪	257
庸	195	惛	281	探	221	晢	302	涫	277
庾	247	惜	217	接	189	晦	191	涯	262
廊	254	惱	320	揚	327	皓	329	液	240
張	168	惟	177	控	237	晨	202	淮	323

涸	245	淹	281	疵	252	符	183	聃	272
涼	228	淺	204	痍	273	第	171	聆	329
涿	207	清	224	痏	319	粗	314	聊	220
淄	218	渚	293	痧	314	粘	296	脚	317
淯	309	渠	179	晈	301	紺	315	脛	254
淇	240	渦	293	盛	174	紬	274	脟	310
淈	280	焗	328	皆	281	紘	322	脢	328
淋	322	烽	245	眦	240	累	193	脣	268
淑	218	焉	168	眭	228	細	201	脈	273
淒	295	爽	227	眴	273	紱	241	脫	254
淖	241	牽	208	眷	250	紲	263	脯	241
淚	326	犁	303	晔	321	紳	238	脛	289
淟	319	猇	279	眺	276	絟	250	脫	196
淡	257	猗	231	眼	275	紹	193	春	221
減	314	猛	195	眽	321	紺	291	舳	294
淤	250	猜	243	眾	221	紼	288	船	192
淥	299	猝	306	研	293	絎	227	菀	258
淦	272	猪	274	票	192	紬	253	菁	266
淩	279	率	180	祭	181	終	171	菅	263
淪	255	琁	275	祽	294	絃	242	菇	327
淫	183	球	292	秸	230	組	221	菊	319
淬	288	琅	189	移	189	絆	328	菌	282
淮	171	理	182	窒	323	紙	249	菑	197
清	295	瓠	224	窕	246	翊	193	菓	275
深	174	產	183	竟	182	翌	265	萊	234
淳	203	畤	187	章	169	翍	320	菽	325
淶	262	略	177	笙	284	翎	315	菟	215
混	239	畦	251	笞	201	習	184	菫	280
清	185	異	170	笱	288	粔	264	菪	326

菱 282
菲 250
菹 286
菽 232
萁 261
萃 275
萆 306
萇 257
萉 329
萊 201
萋 326
萌 201
萑 286
著 176
處 175
虖 187
虙 235
蚴 285
蛇 204
蛉 277
衒 284
術 181
袞 292
袤 251
袴 286
袷 292
規 214
視 174
觕 282
觖 271
訛 226
訞 241
訟 200
訢 209
訥 284
訪 245
訬 330
設 186
許 174
谋 264
谹 314
谺 314
豉 284
豚 246
象 175
貧 183
貨 193
販 230
貪 193
貫 198
責 182
貶 198
赦 175
赧 248
趾 262
跂 254
距 189
躭 319
軟 259
逮 194
逯 247
進 171
逶 286
逷 296
逸 204
過 167
鄁 303
鄃 265
郿 248
鄁 304
鄂 224
鄃 257
鄄 293
鄅 304
鄆 263
鄉 170
酖 317
野 183
釣 244
釭 326
鈌 268
閈 330
閉 198
陻 272
陽 163
陿 219
悷 296
斞 294
晣 320

十二畫

隁 305
隃 220
隄 196
隅 223
隆 187
隊 203
隋 295
階 216
随 295
隗 242
雀 230
雩 225
雪 203
頃 176
骫 323
魚 192
鳥 191
鸿 267
鹵 209
鹿 190
麥 219
麻 222
黄 168
黃 279
傅 171
傋 301
傌 307
傍 232
傑 240
傒 262
備 176
傚 306
傛 290
傲 273
滄 308
凱 328
割 204
創 205
勝 168
勞 181
募 205
博 169
厥 176
呰 280
啼 238
啾 329
喁 285
喝 266
善 168
喆 277
喉 290
喋 237
喘 271
喙 248
喜 178

喝	310	媟	243	嵯	270	惴	259	揖	277
喟	224	婧	249	巽	247	惶	216	握	219
煦	308	媚	291	幃	326	惇	296	揣	264
喧	326	媮	230	幄	216	惻	232	揭	213
喪	183	嫣	297	幅	300	惛	306	揮	328
喬	273	媿	225	幾	184	愀	313	援	220
單	167	嫂	228	廁	221	愇	328	搔	308
喻	240	屝	246	廂	285	愉	251	搜	212
嗟	209	孳	225	廐	251	愊	283	敞	182
圍	183	寋	292	麾	312	愒	302	散	184
堙	276	富	175	廈	278	愔	273	敦	198
塤	247	寐	226	強	192	愕	263	敬	172
堪	198	寑	228	弼	230	愎	277	斐	298
堯	188	寒	184	彘	211	愧	240	斑	313
報	176	寓	233	彭	179	愲	307	斳	272
場	231	寎	291	御	167	慨	235	斯	193
塈	290	尊	169	徦	299	戟	212	旂	267
塊	271	尋	199	徧	209	戢	251	旣	207
壹	185	尞	256	徨	292	掌	191	普	216
壺	214	就	176	復	163	掔	288	景	171
堶	213	屶	305	循	191	掾	189	晰	315
奠	302	崴	283	悲	198	揄	276	暑	221
奡	281	施	321	惪	249	揆	219	智	194
奥	213	嵌	320	怒	308	揉	315	晻	222
婺	223	崏	302	惑	188	提	209	暑	206
婿	288	崼	292	惠	172	揖	212	曾	178
媒	259	崶	312	惡	173	揚	181	替	250
媚	216	峻	274	惰	230	換	267	最	187
媛	268	崑	298	惲	194	揙	244	朝	167

朞	271	椑	304	湁	311	聚	298	琴	214
期	186	椒	215	湃	310	焦	226	瑯	270
棃	260	椓	291	湊	227	煬	278	甞	324
棄	178	楛	276	湋	305	焯	322	瓵	324
菓	288	極	177	湍	263	焱	249	瓶	324
椓	279	欺	203	湎	236	然	165	甥	255
棍	289	欽	186	溢	305	羡	245	甯	205
棐	236	款	224	湔	260	煮	257	番	200
棓	257	殖	212	湖	197	爲	161	畫	193
根	298	殘	197	湘	221	掌	325	晦	212
棗	216	殠	249	湛	204	犀	220	疎	275
棘	204	殽	227	湞	269	犂	199	疏	181
棟	273	毳	266	湟	229	犇	210	痛	199
棠	237	淵	202	湡	304	犍	224	痤	273
棣	243	渙	257	湣	264	猋	231	痫	221
棧	254	減	189	湧	277	猒	290	登	181
棻	293	渝	257	湫	255	猥	227	發	166
械	264	渡	203	湯	173	猨	313	皓	242
棰	308	渢	279	湲	305	猲	263	盜	174
棲	239	渤	234	湨	317	猴	255	眥	319
椶	273	渥	252	溉	211	猶	174	睃	266
椒	302	渫	244	湊	303	猾	208	睆	303
棺	207	測	222	滋	211	琢	309	睇	290
琹	270	渭	193	滑	232	琦	326	喬	314
椁	225	湀	299	焚	218	瑇	327	短	194
棱	297	渴	244	焜	321	琬	312	硞	309
椅	304	游	179	焞	245	琰	312	硰	284
植	258	湢	277	焠	278	瑂	247	祺	285
椎	221	渾	207	無	163	琳	267	祼	306

祿	170	粥	244	胇	317	葳	310	觚	263
禄	330	紫	205	腄	257	蕆	293	訴	238
褌	289	紝	316	臘	290	葵	264	訧	308
禍	182	結	187	腋	327	葷	309	診	268
禽	190	絓	328	朡	300	葺	326	詁	319
稀	228	絕	168	腑	280	蔞	298	訣	298
稅	233	絜	214	腴	231	蒐	274	詆	212
稉	323	綺	247	梟	292	蓀	330	詈	240
稊	302	絞	247	截	279	虜	179	詐	185
程	203	絡	258	舄	265	蛙	302	詔	165
稍	188	絣	323	舒	178	蛛	309	詖	260
稅	200	給	179	舜	182	蛟	236	詞	307
窨	292	絅	322	萩	277	蛤	276	詘	205
窬	234	絪	288	萬	163	蛩	265	詛	200
竢	234	絮	208	萬	267	蜕	313	詞	267
竣	315	絮	217	蕢	272	蛭	287	詠	255
童	203	絰	248	葥	313	蜒	293	謚	294
竦	215	統	180	落	203	蜓	323	狨	319
筆	217	絲	218	萉	306	衆	168	貂	233
等	166	絳	196	葆	256	街	216	貯	238
筋	271	絣	253	葉	205	裁	217	貰	224
筐	271	鉏	293	薔	321	裂	210	貳	191
筑	241	羨	217	葛	215	袓	291	貴	170
答	217	翔	220	董	180	袤	246	買	188
策	176	翁	214	葦	242	裕	260	貸	204
筵	327	翎	226	葬	181	振	312	費	187
粟	191	訾	285	葭	230	補	190	貽	328
粲	248	歲	306	葰	293	裞	285	貿	247
粵	185	脽	242	葱	228	覃	259	賀	178

賁	201	運	204	閏	190	馭	228	傷	175
超	214	遷	301	閑	236	馮	181	傾	195
越	172	遍	261	閒	207	馱	260	僑	259
跡	294	遏	230	間	170	髡	222	僂	317
跆	301	遐	225	閔	196	黍	226	僄	319
跐	322	遒	270	隖	314	黑	194	僅	241
跋	322	道	164	隔	219	鼎	177	僇	251
跌	252	達	197	隕	196	寙	313	僉	286
跕	304	違	196	隘	250	嵯	286	剸	235
跗	258	廓	303	隙	280	敫	296	剹	326
跙	323	鄒	301	雁	214	溢	311	剽	221
軥	324	鄒	204	雄	189	瑒	279	勠	254
軨	249	鄔	257	雅	192	槼	318	勢	181
軫	212	鄋	265	集	191	袓	328	勤	195
軮	320	鄗	244	雋	227	苦	320	匯	261
軵	318	鄭	260	雾	301	卷	264	嗁	276
軸	276	酣	235	雲	173	容	254	嗇	214
軹	222	酤	220	軒	240	躲	302	嗦	300
軺	239	量	199	靪	314	鄢	277	嗌	315
軻	225	鈆	259	韓	266	酭	317	嗕	267
軼	236	鈇	256	項	173	雉	313	嗚	231
辜	189	鈍	252	順	176			嗛	258
逼	289	鈎	287	須	188	**十三畫**		嗜	324
逾	258	鈐	289	飧	328	亂	169	嗣	164
遏	324	鈞	209	飥	324	亶	221	嗸	283
遁	213	鉅	191	飩	210	傭	258	園	184
遂	166	開	179	飯	220	僃	279	圓	327
遇	186	閎	320	飾	328	從	273	塋	241
遊	204	閔	200	飲	212	傳	166	塗	201
						傶	314		

塚	300	弒	200	捭	322	梗	309	漠	264
塞	173	縠	261	摺	270	楫	260	溶	256
填	195	彙	283	搤	252	楬	324	澖	237
塤	298	徭	269	搦	329	業	175	溺	216
塡	296	微	176	搶	268	楯	242	淫	222
墓	206	徯	324	携	315	榛	312	滂	239
壼	296	想	250	摇	201	楘	328	滃	289
夢	200	愁	206	摻	287	楷	300	滄	268
滕	246	愈	226	摛	329	榏	262	滅	173
嫛	310	愈	194	數	325	榆	214	滇	215
嫗	217	愍	203	斟	244	槐	217	滈	281
嫁	203	意	168	新	173	歆	318	滌	236
嫄	326	愚	181	旒	259	歃	184	滋	303
嫠	280	愛	176	旆	321	歇	219	滔	256
嫉	217	感	193	暆	278	歌	182	澤	310
嫋	295	愴	258	暇	220	歲	165	漢	263
嫌	236	愷	247	暈	248	殿	181	漣	274
浸	210	慎	190	暉	270	毀	238	輝	223
寀	297	慆	291	暍	294	毀	188	煌	204
寘	248	慈	212	暀	289	源	262	煎	248
寠	268	慊	289	暗	237	滐	311	煒	261
嵩	239	慍	241	會	168	準	215	煖	235
嶸	320	慎	231	械	301	溝	206	煥	283
幕	206	搆	245	椽	262	溢	198	煙	255
幹	222	摧	290	楊	187	溥	241	煜	329
廉	182	損	191	楓	312	溧	279	熒	249
廌	313	搏	221	楙	239	溪	288	燋	299
廓	227	搖	307	楚	166	溫	188	煥	260
廕	306	搖	258	楨	245	溱	253	照	244

煩	192	痹	267	稇	278	署	202	蒜	312
煬	205	痼	295	稔	301	羣	171	蓂	327
牏	307	瘘	263	稗	305	群	243	蓄	240
牒	257	瘁	284	稚	233	羡	280	蓊	314
献	278	瘃	289	稜	309	義	168	蓋	177
猷	267	痾	242	稟	250	聖	170	蓍	233
猿	329	督	283	稠	243	聘	205	蒞	286
獂	325	盟	207	窟	293	肄	234	蓐	247
瑁	264	睚	243	窣	310	肅	192	蓨	293
瑄	300	睡	259	筦	213	肆	217	蓬	213
瑇	263	睢	205	箭	284	腦	249	蓮	262
瑊	309	督	202	筮	216	腫	302	蔀	298
瑋	269	睦	204	筰	274	腰	280	蔭	301
瑑	236	睨	258	筲	255	腳	273	虜	174
瑕	215	睫	307	節	169	腸	252	虞	182
瑗	303	睩	223	粮	307	腹	207	號	172
瑚	270	碎	223	梁	243	舅	191	虡	250
瑜	270	碏	297	粲	234	與	162	蛻	328
瑞	203	碕	322	粵	236	蒙	180	蛾	254
瑟	223	稟	252	絹	322	蒞	284	蜂	291
瑰	259	禁	178	綌	257	蒦	284	蜃	301
瑳	298	禋	242	綆	301	蒭	295	蜉	316
瑤	328	禎	263	綈	236	蒯	215	蜎	273
瓿	280	福	178	綌	316	蒲	278	衙	263
甄	203	禔	314	綏	198	蒲	195	裊	296
當	165	禕	295	經	172	蒸	233	裏	234
畸	255	禖	257	繘	286	蒹	309	裔	214
畺	263	禩	286	罪	167	蒼	193	裘	227
痱	269	禘	240	置	169	蒿	269	裝	225

裨	217	誇	263	辟	179	鈺	296	馳	183
裯	273	誕	233	皋	202	鉤	203	馴	260
裶	283	誠	177	農	175	鉦	267	馼	291
裸	276	謾	295	遘	282	閒	283	髡	237
褐	288	狠	284	遙	243	閡	260	髢	319
裾	253	貉	219	遛	278	際	207	魁	219
褚	228	貊	268	遜	216	障	217	魂	219
觜	240	貲	234	遷	271	隖	262	梟	272
觡	315	賂	196	遞	248	雉	210	鳩	244
解	175	賃	315	遲	321	雊	236	黽	233
觥	301	賄	275	遠	172	雍	179	鼓	185
訾	200	資	197	遡	286	雎	241	鼓	296
訨	265	賈	177	遣	168	零	207	鼠	205
詡	226	賊	174	鄙	209	雷	195	僂	206
詢	263	跡	253	鄭	280	雹	218	愿	290
詣	188	跣	241	鄘	233	電	213	搋	320
試	197	跦	290	鄞	304	靖	197	槕	282
詩	173	跨	238	鄩	233	靳	238	槃	297
詬	270	跪	224	鄒	261	靶	316	溿	304
詭	206	跰	274	鄢	248	頊	211	瑞	320
詰	220	跟	314	鄣	229	頌	198	晨	298
該	257	路	180	截	300	預	267	逢	300
詳	203	跳	239	酪	243	頑	255	崩	269
詹	216	軾	255	鈲	305	頓	189	郗	271
詻	301	軿	318	鈴	289	飲	183	嘔	294
詼	242	輋	301	鉏	223	飴	306	餀	316
詿	228	較	247	鉗	221	飽	229		
誄	248	輅	256	鉛	246	飾	197	**十四畫**	
誅	167	載	184	鈌	222	駁	324	僑	221
								篖	307

僕	179	墥	300	寬	179	慟	318	暨	271
僖	245	墊	260	對	174	慢	224	曄	236
僚	210	墜	235	屢	222	慴	317	暈	256
僞	202	隆	213	屣	300	慷	264	朅	273
僤	312	墮	203	嵷	320	憅	318	榛	256
僦	253	壽	172	嵸	311	惰	318	榜	234
債	262	夐	329	嶚	315	截	249	槙	325
僭	201	夤	282	嶄	311	搴	251	榭	244
僮	214	夥	259	嶇	285	摎	249	榮	188
僰	222	奧	249	嶉	320	摠	310	槁	284
兢	209	奬	277	崔	320	摑	276	榷	227
剷	321	奪	188	嶄	292	摧	219	槀	222
匱	210	嫖	257	幘	274	摭	258	槔	272
厭	194	嫗	228	幣	197	撕	322	槃	277
厮	290	嫚	207	廄	224	摳	324	構	247
屬	184	嫡	259	廏	234	搏	272	槍	237
嗽	290	嫣	218	廑	239	摹	266	槶	243
嗥	286	嫪	291	廖	231	摺	282	槷	257
嘆	245	嫭	285	廣	167	摼	322	歊	262
嘉	172	嫚	290	弊	216	摽	327	歷	295
嘑	272	嫛	313	彰	272	撇	320	殞	325
嘔	262	察	181	愬	222	敲	305	殠	287
嘗	175	寠	284	愿	270	斡	230	毓	274
噓	284	寡	183	態	232	斲	264	熒	190
圖	186	寢	194	慓	315	旖	289	滯	238
塵	226	寤	195	慕	196	旗	198	滾	270
塹	241	寥	256	慘	232	暝	263	滲	277
墊	287	實	178	慚	306	暠	314	滿	186
境	202	寧	183	慝	228	暢	236	漁	211

漂	223	犖	282	稻	319	綷	293	藝	276
漆	220	獄	173	稱	168	繪	273	蓼	233
漉	315	獮	313	概	306	綺	233	菱	324
漏	205	瑣	251	窡	322	綽	249	蔑	249
溉	310	瑶	276	窬	286	綿	253	蔓	285
演	240	憲	239	竭	198	綞	288	蔕	268
漕	207	疑	177	端	192	緇	330	蓼	313
漚	290	瘧	269	箇	296	緒	228	蔚	330
漢	162	瘉	227	箒	307	緜	284	藪	321
漫	238	瘖	272	箕	202	綠	275	蔓	295
漬	245	瘦	240	算	200	緒	216	蔟	300
潔	246	皸	317	箘	302	繆	278	蔡	186
漳	223	盡	170	箔	277	罰	182	蔣	251
漉	323	監	304	箋	231	罳	270	蘄	307
漸	197	監	187	管	200	翟	190	蔽	200
漻	285	喻	292	箸	263	翠	220	薌	320
漾	292	睽	277	粹	267	翡	253	蜀	185
澈	310	睿	308	精	183	翥	269	蜇	219
潢	245	瞀	274	綜	243	耤	324	蜥	316
漠	303	硬	311	綠	227	聚	185	蜩	274
熅	309	碣	231	綢	292	聞	165	蜮	240
煽	299	碧	239	綦	256	肇	261	蜂	329
熊	198	碩	266	綫	269	腐	221	蜴	316
熏	235	碭	203	綏	188	膋	298	蜷	320
熒	201	魂	312	維	212	膏	215	蜺	215
熙	225	磋	292	綰	191	臧	180	蜼	313
熉	310	禡	330	綱	205	臺	189	蝻	329
熬	290	稭	300	網	237	舞	190	蝕	193
爾	194	種	187	綴	233	莅	314	裳	232

裴	255	豪	182	醒	299	需	295	鴞	311
裹	249	貌	197	醋	308	霆	228		
製	265	貍	292	酷	209	静	212	**十五畫**	
複	291	賑	255	酸	245	韶	323	鳳	175
褊	275	賒	247	酹	326	鞅	218	鳴	198
褌	309	賓	181	醐	231	敏	225	鳶	290
褐	242	賕	235	銀	208	韶	233	鼐	300
裸	229	赫	201	銅	197	頗	183	鼻	232
褔	281	趙	166	銍	244	領	186	齊	165
褕	261	踆	324	銓	327	颯	241	僵	227
覡	300	踊	252	銖	201	餅	274	傑	315
觫	290	輒	180	銘	257	餉	253	僻	275
誌	330	輓	228	銚	299	餌	257	儀	180
誑	241	輔	173	銛	307	駁	312	儁	243
誒	317	輕	179	銜	216	駃	273	億	215
誘	209	適	187	鋋	262	骸	308	儈	324
誚	286	遨	265	閡	264	髣	275	儉	197
語	172	遫	264	閣	213	髲	326	儋	208
誠	261	遭	190	閤	225	髦	282	傲	301
誣	202	遮	205	閨	226	魄	234	劇	206
誤	208	遜	242	閩	202	魅	268	劉	169
誥	233	鄧	204	閻	197	魠	311	剝	281
誦	200	鄑	276	隣	325	嶐	321	劌	297
誨	263	鄭	176	隤	232	撐	313	劍	192
說	196	鄲	304	隧	226	敵	287	嘰	315
説	170	鄴	226	隨	178	樓	305	嘵	326
豨	193	鄰	207	隩	300	磋	289	嘶	327
		鄱	278	雌	224	葛	317	嘸	306
		鄄	205	雒	188	鉸	305	嘻	275
								嘽	265

嘿	247	嶟	293	憒	266	毆	214	黎	248
噍	265	嶠	322	憚	207	夐	313	漿	248
嗡	321	嶢	234	憤	211	暫	309	潁	194
墀	264	嵩	241	憫	294	暮	208	潏	254
增	185	幟	231	憫	264	暴	179	潔	247
墠	318	幡	232	憮	277	槽	271	潄	311
墝	304	幢	269	憯	237	槃	295	潘	251
墨	198	廚	225	戮	198	樂	167	潛	225
噇	252	廝	246	摩	225	樅	238	潟	302
墳	211	廟	169	摯	225	樊	196	潤	210
奭	263	廡	290	撑	291	樑	292	潦	253
嫵	313	廢	172	撓	236	樓	188	潯	310
嫶	326	彈	236	撙	267	槲	326	潭	234
嫽	326	徵	174	撞	244	樗	249	潯	300
嫣	235	德	165	撟	236	標	319	潰	215
嫂	276	徹	218	撅	323	樛	274	潗	308
嬈	308	憖	210	揮	240	櫨	289	潺	305
嬉	297	慭	267	撥	236	樞	225	潼	272
嬌	262	慧	239	撫	203	橫	325	澄	291
審	202	慮	191	播	230	橢	300	潷	280
寫	235	慰	226	撮	274	歎	202	澆	324
寮	235	慶	184	撰	260	歐	206	澇	300
導	208	熱	319	撲	277	歔	262	澎	268
履	204	感	248	撻	316	殖	299	澓	294
嶓	261	慾	307	擒	330	殤	257	澔	311
嶔	285	憂	177	攜	280	毅	224	澗	246
嶕	323	憃	299	敵	192	毆	268	澦	321
嶙	321	憎	228	敷	241	氂	218	熛	272
嶜	322	憐	197	數	163	縢	211	熟	244

熱	226	磐	284	緤	236	葰	306	舼	278
牖	228	磑	285	緦	256	蕒	275	觭	302
犛	265	磔	239	編	221	蕤	235	誰	196
獝	320	磓	268	緩	199	蕩	210	課	211
獟	309	稷	185	緯	232	蕪	235	諄	266
獠	277	稿	324	緱	223	蕳	260	誹	216
瑩	281	稻	223	練	223	蕈	312	誼	184
瑱	302	稼	217	緲	327	虢	213	調	194
瑾	308	稽	188	緹	286	蝴	321	諂	234
璆	285	稾	292	緼	296	蝗	210	諄	265
璇	327	穀	176	纏	295	蝘	323	談	201
璋	329	窮	182	縋	319	蝚	313	諉	287
璜	235	窳	242	罵	206	蝯	249	請	169
甌	212	箭	238	罷	171	蝟	307	諍	283
畿	240	篌	306	翦	249	蝡	325	諏	284
瘛	270	箱	246	翩	274	蝤	316	譽	274
瘥	227	箴	234	甑	307	蝦	264	諒	241
瘠	299	篁	315	翬	254	蟲	259	諓	293
瘡	306	範	217	耦	226	蝮	270	論	176
瘢	262	篆	256	膚	218	蝝	276	諛	211
皞	288	篇	169	膝	244	蟲	268	諸	163
盤	225	篋	231	膠	185	衛	183	諾	217
瞋	271	糅	283	膘	294	衝	210	箜	291
蕡	328	緘	254	蔺	296	褒	297	豎	214
確	260	縣	225	蔬	316	褎	270	豫	191
磏	300	絹	270	蔫	282	褮	244	豬	230
磅	311	締	305	蕃	205	褒	230	貏	312
磊	311	緝	238	蕘	247	褢	326	賜	166
磏	323	緣	201	蕙	255	覢	232	賞	177

賢	167	選	183	鞍	237	髻	286	罋	301
賣	197	遺	176	鞏	237	髭	275	噫	281
賤	188	遼	196	嫺	323	魯	172	噬	325
賦	176	邁	261	頷	233	鳩	227	噭	294
質	188	鄲	303	頡	221	鴇	311	噱	278
赭	225	鄭	210	頰	270	鴈	211	噲	195
趑	321	鄷	278	養	179	麃	265	圜	210
趣	203	醇	227	餕	325	麾	235	墾	231
踏	314	醉	204	餓	212	黎	195	壁	196
踐	208	銳	258	餔	251	鼐	300	檗	206
踔	281	銷	202	餗	328	齒	199	壅	237
踞	230	鉛	287	餘	164	嶘	312	壇	205
踢	321	鋒	218	駮	320	斅	296	奮	194
踣	299	銷	252	駢	264	潰	298	嬖	236
踤	322	鋤	294	駐	246	燹	252	嬗	239
踦	317	鋪	262	駕	227	寢	326	嬡	313
輚	308	銳	208	駒	211			嬴	224
輜	224	闍	321	駔	324	**十六畫**		學	172
輝	250	闐	259	駕	195	儐	282	嶧	251
輟	230	閱	278	駖	322	儒	180	嶩	305
輧	285	閱	219	駘	281	儕	274	嶸	312
輦	217	險	198	駙	216	儗	233	嶭	268
輩	209	霄	291	駝	249	冀	200	嶮	286
輪	211	雪	290	馳	325	凝	275	廥	300
輬	288	震	181	駟	199	劓	231	廧	308
遲	210	靚	246	骸	199	勳	185	廩	211
遴	247	鞈	313	骼	317	叡	288	彊	175
遵	193	鞄	297	骿	314	嘯	288	彊	320
遷	169	鞏	276	髮	205	噤	323	徼	200
						器	182		

憊	306	橈	222	濊	245	瞰	257	繽	312
憑	328	橋	203	濛	267	磧	313	縞	250
憖	302	橐	216	濩	252	磨	308	繈	327
憙	242	橑	312	澗	310	磬	229	穀	237
憲	197	橘	250	熾	274	機	289	緯	321
憶	327	橙	312	輝	329	禪	195	縢	259
憺	309	橛	317	燃	307	穅	264	縣	169
懈	285	櫱	314	燈	272	穆	194	縫	287
懌	244	橖	206	燋	317	積	179	縈	281
懊	286	橤	312	燎	233	穎	247	罹	249
戰	172	橫	185	燒	199	竇	287	羲	212
撿	324	檠	309	燔	208	窺	213	翮	245
擁	212	歙	214	燕	172	築	196	翯	311
擅	189	歷	183	營	187	篠	292	翰	226
擇	194	殨	281	燠	272	篡	187	翱	244
操	205	殫	230	燧	269	篤	199	耨	247
擔	253	瀟	322	獨	171	篩	308	膫	280
據	193	潞	248	獫	233	篪	299	膰	301
整	233	澡	325	獲	179	糒	244	膳	224
曀	295	澣	286	璞	278	縠	282	臻	214
曆	185	澤	177	璣	235	糗	316	興	170
曉	204	澥	310	瓢	283	縈	299	舉	168
曈	297	澧	304	甌	294	縉	250	蕭	183
樵	244	澀	303	瘰	326	縊	273	薄	181
鼗	316	澮	318	瘲	305	縐	310	薅	327
樸	227	澹	216	瘳	229	縑	280	薆	275
樹	194	激	212	癃	265	縕	254	薉	272
樽	324	濁	213	盧	192	縟	271	薊	246
橅	272	濅	284	瞠	326	縛	207	薋	304

薨	314	諡	186	輵	264	閾	327	鮀	296
薑	276	諧	222	輶	329	閣	281	鮐	324
薛	192	諫	176	輸	196	隩	246	鮑	217
薜	260	諭	191	輻	227	隱	188	鮒	241
蕡	293	諱	201	辦	222	雕	219	駕	276
薦	185	諶	235	辨	232	霍	181	鴿	316
薨	165	諷	242	遽	229	霑	235	鴟	290
薪	206	諺	233	避	189	霓	305	鴉	266
薳	265	諼	257	邀	325	霖	264	鷗	233
融	222	謀	170	還	169	靜	223	麈	280
螟	314	謁	179	醒	318	頤	236	黈	316
螗	301	謂	167	醖	290	頭	184	黔	233
螳	287	譴	304	醜	222	頰	257	默	208
蟥	314	獧	319	鋸	262	頷	323	亂	299
螟	228	賴	196	錄	203	頸	218	龍	177
膡	275	賵	285	錐	248	頹	297	嫠	282
螭	256	椵	301	錘	300	頻	239	朁	293
蟆	294	踰	199	錡	249	頹	255	貌	299
蕢	302	踱	314	錢	173	餐	221		
衞	170	踴	318	錦	218	餒	261	**十七畫**	
衡	175	踵	218	錫	207	館	194	償	216
裏	230	蹀	294	錮	222	駢	241	優	202
褰	290	蹂	251	錯	180	駣	303	儲	219
襄	270	蹄	316	闍	313	駭	213	賣	276
襐	326	蹉	319	閣	276	駁	237	尷	298
覦	286	輶	328	闍	329	駱	235	嚊	284
親	167	輮	282	閣	218	骾	315	嚏	305
諜	276	輯	209	闋	198	鮭	311	嚮	216
諠	329	輳	285	闇	276	鮜	309	壐	290
								壑	231

壓	257	斂	197	爵	170	簋	288	聳	323
壖	254	斃	246	牆	218	糜	270	膺	240
壙	274	曖	293	獮	286	糞	251	膽	252
嬪	266	檀	234	獱	322	糟	267	膾	316
嬰	178	橄	223	獷	261	糠	251	臀	283
孺	194	樫	325	璫	312	縩	326	臂	223
屨	252	檗	310	環	212	縮	225	臆	278
嶷	278	檡	281	甕	282	績	278	臨	171
嶸	259	檢	242	癄	298	縱	323	舊	186
嶺	239	檣	294	癉	282	縱	186	艱	236
巉	292	檥	305	癘	316	縵	270	薰	250
嶽	206	歛	299	皤	287	縶	298	薽	260
彌	189	歌	273	盩	243	縷	289	薺	298
彍	316	歜	309	盪	227	縹	258	藁	317
徽	251	濕	251	瞭	296	麋	238	藂	307
徵	295	濞	209	瞵	279	總	204	藉	205
懇	280	濟	178	瞷	274	績	220	藍	221
應	173	濡	237	矯	205	繁	228	藏	207
懦	246	濤	265	矰	262	繄	330	藐	269
戲	194	濫	228	磷	262	繆	196	虧	209
戴	190	濫	299	磽	277	繇	180	螯	287
擊	166	濮	216	磾	203	繘	245	螻	287
擠	255	濯	242	禦	221	闕	219	蟊	221
擢	198	濰	267	禮	171	罾	305	螴	287
擣	270	濱	240	穄	215	翳	227	蟀	267
擬	239	瀁	321	穗	278	翼	192	蟊	276
擯	268	燥	252	窾	317	聯	271	蟜	307
擿	251	燭	206	竈	294	聰	204	蟤	310
斁	289	燮	275	簋	255	聲	177	蟄	239

蟉	268	貌	288	鍑	325	頜	276	麴	283
蟋	267	貘	312	鍔	318	鎮	323	黏	278
蠁	284	賻	258	錫	268	餱	277	黜	277
藝	328	購	227	鍛	260	餽	223	黜	202
襃	231	賽	300	鍠	284	餤	298	點	315
褒	186	贅	235	鍢	327	騂	269	戲	271
襄	179	趨	197	鏊	323	騍	240	黿	244
襌	275	蹇	222	鍰	290	騂	299	齋	232
襚	285	蹈	223	鍼	250	騐	246	龜	195
覬	258	蹊	292	鍾	200	駿	203	龠	232
觀	314	蹋	315	闇	226	騒	320	檻	246
譽	316	蹌	292	闈	278	騁	211	歟	295
謞	274	蹎	317	闊	322	驆	255	癟	294
譎	281	蹷	245	闊	217	騃	307	禮	247
謗	205	躍	239	關	262	髀	269	陵	309
謙	206	輿	189	闌	224	髫	278	犛	325
講	204	轀	271	隳	319	餔	249	貚	318
謝	178	轂	220	隸	193	魋	248	霢	289
謠	261	轃	259	雖	170	魏	173	餰	308
謡	221	轄	282	蓷	288	鮆	324	撋	319
護	325	轅	212	霜	204	鮚	304	戴	251
譕	256	邃	306	霞	315	鮦	280	黜	304
警	250	邁	240	鞜	323	鮪	259		
谿	215	邀	270	鞞	304	鮮	194		
豁	275	鄿	282	鞠	226	鴜	285		
豯	303	薈	330	鞬	234	鴻	182		
豰	313	醶	247	韓	171	鷄	311		
豵	277	鍇	280	顄	327	麗	304		
圙	232	鍉	306	顙	283	麌	215		

十八畫

儵	294
叢	226
囂	273
壘	210
巇	311
巇	239

彝	252	瓊	263	羂	313	謳	238	鎮	225
懟	254	鹽	307	贖	257	謹	185	鎭	295
懣	236	瞻	227	矗	249	譁	228	鎛	322
廖	294	瞽	229	職	176	謾	219	鏠	316
懰	326	瞿	274	臍	264	譁	231	闖	228
擎	286	朦	286	臑	263	豐	183	闌	260
擾	206	礞	268	藕	293	貙	310	闖	266
擄	260	襧	233	藜	250	贖	298	闓	259
斷	190	禱	221	藝	202	贄	287	闔	224
旛	327	穡	229	蟲	288	蹔	325	闕	186
曜	246	穢	220	藥	197	蹄	325	隴	194
曠	208	穫	251	藩	197	蹠	320	雙	221
檮	271	竄	240	藪	217	蹤	254	雛	283
檻	219	竅	298	薊	313	蹠	326	雜	186
壓	276	節	326	蟜	237	軀	236	雕	289
櫂	316	蕩	292	蟠	289	轉	187	雞	198
歸	167	簞	282	蟣	282	邊	174	離	177
殯	253	簫	307	蟬	238	鼇	253	霣	311
毉	245	簡	200	蟲	200	醴	300	霤	269
瀆	214	簪	224	薑	307	醪	245	霧	215
瀍	266	糧	198	繪	290	醫	199	鞏	318
瀏	320	繪	208	襠	271	醬	243	鞫	261
燿	212	織	206	禮	278	鼇	188	鞭	226
爇	306	繕	217	覆	189	鎔	287	鞮	209
爌	321	繚	247	覲	243	鎖	265	題	329
燻	293	韓	313	觴	226	鎗	275	軀	329
獵	193	繞	236	謫	250	鎧	282	顒	302
璧	212	續	268	謬	220	鍛	306	題	231
璿	300	繭	250	讘	326	鎬	231	額	292

顏	199	鼩	317	櫑	317	簸	321	襞	289
頏	190	齗	267	櫓	288	簾	259	襦	258
颺	256	壢	319	櫜	301	簿	201	覈	306
餼	298	攜	316	櫝	277	繡	205	謝	265
餡	299	鮫	321	櫟	211	繩	206	證	228
騅	269	趫	265	櫧	312	繫	187	譊	296
駒	261	蹴	322	歠	279	繯	322	譌	286
騎	166			殰	325	繳	262	譎	237
騏	249	**十九畫**		瀕	219	繪	298	譏	204
騆	297	勸	189	瀨	303	繹	229	譓	315
骼	323	嚚	280	瀛	269	羅	198	譔	229
鬈	315	嚴	177	瀡	314	羆	243	譜	207
鶯	304	壚	303	瀨	244	羸	228	識	197
鯛	324	壞	186	爍	322	羹	231	譙	240
鰈	244	壟	264	燹	304	臘	229	譚	197
鯁	261	壠	283	牘	246	豐	279	譜	240
鯉	260	嫵	296	犢	220	藹	261	警	218
鶵	305	孽	201	獸	190	藺	238	贈	229
鵒	231	寵	183	獺	265	藻	257	贊	192
鵔	325	寵	311	璽	192	藿	279	趫	296
鶼	277	嶜	321	疆	207	蘄	223	趨	314
鶡	302	廬	196	疇	216	蘇	192	蹲	288
鵝	319	懲	215	癡	318	蘊	324	蹶	306
鶩	274	懷	179	曜	328	蘢	271	蹴	288
鵠	241	懺	305	礙	324	蓬	269	蹙	238
黝	304	攀	232	襦	309	蠃	247	蹻	239
黠	225	攉	299	積	283	蠅	243	躄	265
黡	297	攁	328	簫	242	蠓	320	蹻	241
鼀	209	藜	250	簬	302	蠖	274	轍	284
		旗	282						

字	頁	字	頁	字	頁	字	頁	字	頁
轎	315	饉	213	龐	241	犨	248	蘭	192
轑	241	鶩	228	孽	284	獻	180	璽	327
轒	323	騠	260	糒	315	瓏	320	蠐	302
輜	284	鵬	303	蘗	296	甗	311	蠱	252
轔	249	騺	301	戀	254	礫	281	蠛	307
辭	176	騰	213	攣	276	礬	233	襮	329
酈	272	騷	210			礭	321	覺	191
醮	300	髇	254	**二十畫**		礪	310	觸	209
醢	260	鬊	301	嚳	238	礱	283	譟	291
鏃	253	鬋	292	嚵	295	礫	273	警	305
鏑	244	骹	279	嚶	280	寶	195	譬	218
鏖	309	魖	287	嚼	311	競	232	譯	204
鏗	253	鯢	261	壤	218	籥	285	議	170
鏘	260	鯨	287	孅	244	籌	216	讅	260
鏡	252	鮋	306	寶	182	籍	178	譴	213
鏤	237	鶗	291	巍	227	糯	326	護	178
鏦	271	鵲	223	廮	270	繻	250	譽	199
闞	260	鶒	313	懸	243	繼	183	贍	210
闈	289	鶍	233	懼	265	繽	267	趯	269
關	169	鶉	219	攘	209	纁	303	躁	270
闚	329	鹹	268	攙	314	纂	233	躅	328
難	175	麒	238	櫨	272	纊	292	躆	329
靡	180	麓	231	欄	312	囂	270	轘	258
韝	316	麚	305	懷	325	耀	229	轙	299
願	172	麗	201	櫳	326	臚	192	鼙	292
顙	291	麴	266	瀹	281	藥	252	酆	234
顚	219	黼	243	瀺	310	蘘	312	體	229
顛	297	黿	280	瀛	311	蘠	309	釋	192
類	182	黇	251	灌	192	藥	309	鐉	279
				犠	212				

鐔	272	鯤	305	欂	242	趯	318	鰱	311
鐘	196	鰯	311	權	178	躊	326	鰭	311
鐫	250	鰒	328	歡	224	躋	256	鶺	310
闈	272	鰓	246	殲	294	躍	239	鶴	230
闡	275	鶩	302	灃	269	辯	198	鷯	313
闢	242	鵡	302	灉	304	酆	220	鶬	277
闥	228	鶍	308	灌	293	酈	200	殻	291
霰	275	鶹	247	灒	292	鏽	325	鷙	308
響	293	鶖	288	灘	290	鐵	187	黯	195
飄	261	麝	283	爛	225	鐸	245	黶	265
櫂	300	黥	202	礱	308	鏺	252	鼱	317
瀗	293	黨	184	禳	282	鑔	300	齎	209
鮋	311	齟	285	竈	218	露	189	齧	232
		儼	290	籑	257	霸	179	齼	299
二十一畫		劗	315	籍	266	霹	232	儸	269
饋	245	劘	308	籓	254	轚	299	巋	312
饌	300	踸	306	纆	287	顥	250	麝	328
饑	210	囁	308	續	216	顧	186		
饒	192	囂	214	纍	222	飆	321	**二十二畫**	
饗	200	夔	251	纏	257	驌	319	龔	325
馨	289	屬	166	穮	261	驂	222	疊	234
驄	296	廱	235	贏	223	驃	233	儻	240
騫	198	懼	182	蠻	302	驅	210	囊	217
騮	279	懾	284	蠟	313	髓	246	壞	298
騥	312	攜	330	蠢	206	鬚	299	孃	242
驪	215	攝	190	蠢	262	鬺	300	孋	326
騫	296	攤	323	覽	196	鰥	206	變	329
鷔	241	囊	232	譸	329	鰫	311	彎	247
驊	319	櫻	275	贓	291	鰫	311	巖	218
鱸	320							彎	253

懿	202	躔	262	彠	321	鬢	285	讒	195
攢	256	轣	291	戀	272	驗	191	讓	181
灑	258	彎	231	攣	256	驛	234	讕	266
灘	301	轢	259	攫	274	髖	286	讖	241
玃	323	鑄	192	曬	308	髖	287	贛	214
疊	260	鑑	299	欏	313	鱗	221	釀	269
穰	208	鑒	260	欒	212	鷉	319	醻	324
竊	180	霽	281	玃	247	鷸	301	鑪	262
籚	295	轠	328	瓚	283	鷙	300	靈	182
籟	310	韆	328	癰	249	鼹	240	驪	322
籠	247	饗	315	籥	277	齮	237	驟	302
糴	223	饕	284	籣	318	齰	259	鬬	195
蘗	309	驍	237	籤	255	齫	306	鬭	258
聽	173	驛	265	纓	253	蘸	324	鱣	279
聲	275	驕	187	纔	256	籭	263	鸊	311
臁	314	曜	295	纖	226			鷹	239
艫	294			蠱	202	**二十四畫**		鷺	280
蘼	312	**二十三畫**		讄	227	攬	292	鸛	328
蠹	325	驚	189	變	172	蠆	246	蟻	277
螽	243	體	185	讎	242	灝	311	鸑	319
襲	195	鬻	220	讐	225	蠻	329	鹽	187
襳	310	鱄	283	贏	217	矗	282	顰	328
覿	268	鷩	263	轤	322	邊	276	鱸	270
轢	304	鷺	322	鑠	242	籬	305	鸂	313
讀	206	鷙	289	鑢	297	羈	217		
讁	250	鷟	327	靁	228	躝	230	**二十五畫**	
儷	205	麟	210	韅	294	蠣	285	**以上**	
贖	196	龔	207	韇	264	蠶	212	爥	303
躓	330	龢	263	顯	173	衢	260	糶	267
		囍	250			觀	176	纜	253

纛	248	鑽	266
纞	328	驤	285
蠻	187	驢	206
艦	242	贖	248
讄	280	羸	256
謹	217	鱛	311
躝	243	戀	229
躪	292	豔	330
饟	233	鑿	221
蠶	302	爨	306
鼇	241	讟	289
矗	273	驪	212
蕾	253	鬱	205
籲	318	鸛	233
讚	296	驫	312
躧	280	鸞	218
躝	318	鱻	328
罍	237	麤	253
醨	305		
驢	226		
驥	259		
鑠	309		
魘	243		
轚	301		
讛	284		
讞	226		
玃	301		
躩	314		

後　記

在計算機剛剛普及的年代，僅靠國標碼的 6763 個中文字符，要想做好在統計《漢書》字頻的基礎上，進而確立古漢語常用詞詞目，是極爲困難的。

現在的 Windows 操作系統已經能夠調用 UNICODE 超大字集全部七萬多個漢字，爲這項工作建立了一個堅實的平臺。實踐證明，處理《漢書》及十三經這樣古籍，已能夠完全勝任了。

要統計字頻的第二個必備條件，就是要有相應的計算機軟件。我所指導的語言信息處理研究方向的研究生程南昌，自主設計製作了“HC2007YLCL 多語種語料處理軟件”（現在更名爲“HyConc 語料處理軟體”），能夠在十秒左右完成《漢書》這樣規模文本的字頻統計。在此特別感謝程南昌同仁。沒有他的無私奉獻，是無法完成這項工作的。

要想進行《漢書》的字頻統計，第三個必備條件，就是要有經過校對、可靠的計算機文本。在這裏眞誠地感謝我的兩位研究生：程誠和孫東甯。沒有他們歷時近兩年的認眞校對，這項工作的質量要受影響。現在他們都以出色的成績獲得學位，祝他們在新的工作崗位上取得更大的成就。

《〈漢書〉字頻研究》是拙作《十三經字頻研究》（已於 2011 年 12 月由大陸高等教育出版社出版）的姊妹篇。由於疏忽，在出版《十三經字頻研究》時，忘了印製已撰寫好的後記。借本書出版之際，謹向爲《十三經字頻研究》作序的馮志偉先生致以崇高的敬意及懇摯的謝意。向爲《十三經字頻研究》語料校對工作付出辛勞的我的另外七位研究生：時昌桂、羅主賓、宋豔欣、何柳、曾利斌、張其娟、蘇燕表示深深的謝意。感謝花木蘭文化出版社編輯們工作的一絲不苟、認眞負責。

海柳文

2012 年 10 月 18 日

參考書目

1. 班固，漢書〔Z〕，北京，中華書局，1962。

2. 阮元，十三經註疏〔Z〕，北京，中華書局，1980。

3. 司馬遷，史記〔Z〕，北京，中華書局，1959。

4. 中國文字改革委員會，國家標準局，最常用的漢字是哪些〔Z〕，北京，文字改革出版社，1986。

5. 馮志偉，計算語言學基礎〔Z〕，北京，商務印書館，2001。

6. 黃昌寧，李涓子，語料庫語言學〔Z〕，北京，商務印書館，2002。

7. 蘇培成，二十世紀現代漢字研究〔Z〕，太原，書海出版社，2001。